# 작별 너머

La porte du voyage sans retour

Copyright © David Diop, 2021
Korean translation Copyright © HEEDAM, 2025
All Rights Reserved. This Korean edition was published by arrangement with David Diop, represented by So Far So Good Agency through Shinwon Agency Co., Seoul.

한국어판 출판권 © 희담, 2025
이 책의 한국어판 저작권은 Shinwon Agency를 통해
David Diop와의 독점계약으로 희담에 있습니다.
신저작권법에 의해 한국 내에서 보호를 받는 저작물이므로 무단 전재와 무단 복제를 금합니다.

 Cet ouvrage, publié dans le cadre du Programme d'aide à la Publication Sejong, a bénéficié du soutien de l'Institut français de Corée du Sud – Service culturel de l'Ambassade de France en République de Corée.
이 책은 주한 프랑스대사관 문화과의 세종 출판 번역 지원프로그램의 도움을 받아 출간되었습니다.

# 작별 너머

돌아올 수 없는 여행의 문

다비드 디옵 지음 · 목수정 옮김

희담

나의 아내에게, 직조된 언어는
오직 당신과, 당신의 비단같은 미소를 위해 존재하오
나의 사랑하는 아이들에게, 그리고 너희들의 꿈에게
지혜의 전령이신 나의 부모님께

유리디스 – 그런데 당신 손이 더 이상 내 손을 잡고 있지 않아!
당신이 그토록 소중히 여기던 내 눈빛을 피하다니!

> 글루크, 〈오르페우스와 유리디스〉
> 독일어에서 불어로 번역됨.
> 역자 : 삐에르-루이 몰린
> 1774년 8월 2일 초연
> 파리 팔레-루아얄 극장

차례

1부  무궁화 꽃의 비밀 — 11

2부  미셸 아당송 — 73

3부  마랍 — 153

4부  돌아올 수 없는 여행의 문 — 275

옮긴이의 말 — 347

# 1부
# 무궁화 꽃의 비밀

미셸 아당송은 딸의 눈길 아래서 죽어가는 자신을 바라보고 있었다. 그의 몸은 바짝 말라 갔고, 목덜미에는 뼈만 남아 있었다. 석회화된 그의 관절과 뼈는 더 이상 유연하지 않았다. 포도나무 가지처럼 뒤틀린 관절들은 그를 조용히 고문하고 있었다. 몸속 장기들이 하나둘 쇠약해져 가는 소리가 들리는 듯했다. 생의 종말을 고하는 은밀한 삐걱임이 머릿속에서 희미하게 울려 퍼졌다. 마치 오십여 년 전, 세네갈 강변에서 그가 붙인 관목숲의 불이 타오르기 시작하던 저녁 무렵처럼. 그때 그는 강을 잘 아는 세네갈 원주민 선원들과 함께 재빨리 카누에 올라타 피신한 채로 숲 전체로 번져가는 불길을 바라보았다.

노랗고, 붉고, 푸른 무지개 빛 불꽃들이 끈질긴 파리떼처럼 맴돌며 춤추더니 붉은 화염이 사막대추야자들을 단숨에 조각

냈다. 연기를 뿜어대는 맹렬한 불꽃에 휩싸인 야자수들은 땅에 거대한 뿌리를 박은 채 소리 없이 제자리에서 무너져 내렸다. 강가에선, 물에 흠뻑 적셔진 맹그로브 나무들이 껍질 속에서부터 부글부글 끓어오르며 산산조각으로 터져 버리기 직전이었다. 멀리 진홍빛 하늘 아래 지평선에선, 불길이 아카시아 나무, 가여수, 흑단 나무, 유칼립투스 나무들을 차례로 삼키며 울부짖고 있었고, 공포에 질린 마을 사람들은 숲을 떠나고 있었다. 사향쥐, 산토끼, 영양, 도마뱀, 맹수, 뱀 등 크고 작은 온갖 동물들이 산 채로 불태워지기보다 익사해 죽기를 바라는 듯 캄캄한 강물 속으로 뛰어들었다. 불길에 쫓긴 동물들이 마구잡이로 강물 속으로 뛰어드는 바람에 물 표면에 비친 불 그림자가 심하게 흔들렸다. 찰랑이는 소리와 함께 잔물결이 일었고, 그리곤 모두 물속에 잠겼다.

  미셸 아당송은 그날 밤, 숲이 내지르는 신음 소리를 듣지 못했다고 생각했다. 하지만 그의 마음은 강가의 카누를 밝힌 불만큼이나 격렬한 갈등과 분노에 휩싸인 채 불타오르고 있었다. 그는 불에 탄 나무들이 인간에겐 들리지 않는 식물의 언어로 저주를 퍼부었을 것이라고 짐작했다. 그는 목 놓아 소리 지르고 싶었지만, 어떤 소리도 그의 마비된 턱을 넘어 밖으로 나오지 못했다.

  노인은 생각했다. 나는 죽음이 두렵지 않다. 다만 나의 죽음이 과학의 발전에 아무 이바지도 할 수 없다는 사실이 개탄스러울 뿐이다. 마지막 충정을 다해 싸우던 그의 몸은 죽음이라는 거대한 적 앞에서 물러서며, 감지할 수 없을 정도로 서서히 포기를 선언했다. 죽는 순간까지 체계적이고자 했던 미셸 아당송은 그의 마지막 전투가 패배로 끝났다는 사실을 노트에 낱낱이 기록할 수 없음을 안타까워했다. 말을 할 수만 있다면, 딸 아글라에가 임종을 기록하는 비서 역할을 해줄 수도 있겠지만, 죽음에 대해 서술하기엔 너무 늦어 버렸다.

부디 아글라에가 그의 노트를 찾아낼 수 있기를! 왜 노트를 딸에게 물려준다는 내용을 유언장에 남기지 않았을까? 그는 딸의 판단을 신이 내릴 최후의 심판처럼 두려워하지 말았어야 했다. 저세상 문턱을 넘어설 때 수치심은 따라오지 않는 법이니.

어느 날 문득 정신이 맑아졌을 때, 그는 자신이 수집해 온 식물과 약초에 대한 연구들, 조개 수집품들, 그가 남긴 그림들까지 어느 날 지구상에서 흔적도 없이 사라질 거란 사실을 깨달았다. 서로 닮아가며 앞서거니 뒤서거니 끝없이 이어지는 후세 인류 중 어느날 무자비한 남자 혹은 여자 식물학자가 나타나 이 모든 것은 철 지난 얘기라며 내가 남긴 것들을 과학의 모래 무덤속에 모두 매장해 버릴 날이 올 것이다. 따라서 중요한 것은 그가 아글라에의 기억 속에나마 유령 학자의 모습이 아닌 그의 모습 그대로 선명하게 남는 것이다. 그에게 이런 생각이 번뜩 찾아온 것은 1806년 1월 26일이었다. 그가 사망하기 정확히 6개월 7일 9시간 전이었다.

그날 오전 11시, 그는 자신의 대퇴골이 두툼한 허벅지 아래서 부러지는 것을 느꼈다. 뚜렷한 이유도 없었고 우지끈 하는 소리도 없었다. 하지만 자칫 그의 머리가 벽난로 속으로 처박힐 수도 있는 상황이었다. 앙리 씨 부부가 그의 실내복 소매를 잡아주지 않았더라면 낙상하면서 필시 다른 타박상이나 얼굴 쪽 화상이 남았을 것이다. 앙리 씨 부부는 그를 침대에 눕혀 놓고 각자 도움을 청하러 집 밖으로 나섰다. 앙리 씨 부부가 파리 거리를 이리저리 뛰어다니는 동안, 그는 왼발 뒤꿈치를 오른발 등으로 누르려 애썼다. 다친 다리를 쭉 뻗어 대퇴골의 부러진 뼈가 제자리를 찾게 하기 위해서였다. 그러나 그는 고통 때문에 기절해 버렸고, 주치의가 도착하기 직전 깨어났을 때는 아글라에가 그를 돌보고 있었다.

사실 그는 딸의 존경을 받을 자격이 없는 아버지였다. 그날까지 그가 추구한 인생의 유일한 목표는 자신의 위대한 백과사전, 《자연백과사전(Orbe universel)》를 저술하는 것뿐이었다. 그는 이 저작을 통해 식물학계의 최고봉에 오르려 했다. 그러나 명예를 쫓고, 동료 학자들의 인정을 갈망했으며, 유럽 자연학자들의 존경을 희구했던 그의 삶은 한낱 허영에 지나지 않았다. 그는, 자신의 '존재'를 희생해 가며 십만 개에 가까운 식물들과 조개류, 동물들의 '존재'를 세밀하게 묘사하는 데 자신에게 주어진 낮과 밤을 모조리 바쳤다. 그러나 그는 존재에 의미를 부여해 줄 인간의 지성이 없다면 이 모든 것은 아무 의미도 없다는 사실을 뒤늦게 인정해야 했다. 그래서 그는 아글라에에게 자신의 삶의 기록을 남기는 것으로 삶에 마지막 의미를 부여하고자 한 것이다.

  9개월 전, 친구 클로드-프랑수아 르 조이앙이 무심코 그의 영혼에 가한 충격으로 싹트기 시작한 후회는 그를 점점 더 괴롭혔다. 그는 마음 속에 놓아 둔 덫으로 그 회한들을 단단히 가둬두려 해봤지만, 그것들은 마음의 심연 바닥 여기저기에서 예고 없이 터져 수면 위로 떠오르며 그를 공격했다. 하지만, 침대에 누워 천천히 기력을 회복하는 동안 그는 마침내 그 회한들을 지배하여 언어 안에 가두는 데 성공했다. 신의 은총으로 그의 기억들은 묵주의 구슬처럼 연결되어 노트의 페이지에 차례로 펼쳐졌다.

  앙리 씨 부부는 그가 허벅지 부상으로 꼼짝없이 침대에 갇혀 버렸다 생각하고 가여운 그의 처지에 눈물을 흘렸다. 그는 앙리 씨 부부가 그렇게 믿도록 내버려 둔 채 원하는 모든 와인을 구해오도록 하였다. 그는 늘 마시던 달콤한 물 대신 매일 1.5리터의 샤블리 와인을 마셨다. 와인의 취기에도 불구하고 노트에 글을 적어 갈수록 또렷해지는 고통의 기억은 수그러들지 않았다. 이제는 얼굴 윤곽조차 제대로 기억나지 않는 한 젊은 여인에 대한 격렬한 사랑의 기억이 그를 지배했다. 그녀의 얼굴 윤곽은 망각의 지옥으로 증발해 버린 듯했다. 오십 년 전, 그녀를 보았을 때 느끼던 열광의 감정을 어떤 말로 표현할 수 있을까? 그는 글로 당시의 감정을 온전히 복원해 내기 위해 사투를 벌였다. 그것은 죽음이 그를 따라잡기 전까진 승리했다고 믿었던, 죽음에 맞선 첫번째 전투였다. 마침내 죽음이 그를 찾아왔을 때, 다행히도 그는 아프리카 회고록의 집필을 마친 상태였다. 찰랑이는 바다 소리, 파도가 삼켜버린 영혼, 부활.

아글라에는 죽어가는 아버지를 바라보았다. 침대 옆, 모조 서랍이 달린 가구 위 촛불 아래서 아버지는 시들어가고 있었다. 고통이 드리워진 마지막 침상 한 가운데엔 아버지의 작은 일부만이 남아 있었다. 그는 수척했고, 장작처럼 여위어 있었다. 고통 속에서 몸부림치는 그의 앙상한 팔다리가 마치 각각 독자적 생명체인듯 제멋대로 움직이며 그를 덮은 침대 시트를 들썩이게 했다. 땀에 젖은 베개 위에 놓인 그의 커다란 머리만이 가련한 몸을 덮은 시트로부터 나와 있었다.

아글라에를 기숙학교에서 데리고 나와 왕의 정원에서 함께 산책하던 날이면, 짙은 붉은색 머리를 가진 아버지는 주말 정장으로 차려입고 검은 벨벳 리본으로 머리를 묶곤 했다. 하지만 올봄의 그는 대머리였다.

침대 옆 탁자 위, 춤추는 촛불의 움직임을 비추는 흰색 솜털 이불은 그의 얇은 두피에 드러난 굵고 푸른 정맥을 덮어주지 못했다.

회색 눈썹 사이로 보일 듯 말 듯 하던 그의 깊고 푸른 눈은 흐릿한 눈이 되어버렸다. 그의 눈은 빛을 잃어가고 있었다. 이는 아글라에게 아버지의 종말을 알려주는 다른 어떤 신호보다 참기 힘든 고통이었다. 아버지의 눈은 그의 인생 자체였다. 그는 수천 종의 동물과 식물들의 섬세한 디테일까지 조사하고, 수액이 흐르는 잎맥과 피가 흐르는 혈관 속의 감춰진 비밀들까지 모두 간파하느라 자신의 눈을 온통 혹사시켰다.

생명의 신비들을 꿰뚫어 보는 아버지의 능력은 숱한 세월을 바쳐 자신이 모은 표본들을 하나하나 세밀히 관찰한 끝에 얻어진 것이다. 그의 시선이 당신을 향할 때 그 능력은 즉각 작동한다. 그는 당신과 당신의 생각들을 분해해 따로따로 측정할 수 있다. 당신의 가장 은밀하고 세밀한 부분까지 들여다볼 수 있다. 그의 시선으로 인해 당신은 신의 수많은 창조물 중 하나일 뿐 아니라, 이 원대한 우주의 핵심적인 한 요소가 될 수 있다. 무한히 작은 존재들을 추적하는 데 익숙한 그의 눈은 하늘에서 길 잃은 별이 수십억 개의 다른 별들 사이에서 제자리를 찾듯, 무한히 큰 존재들 사이에서 당신의 자리를 찾아 줄 것이다.

그러나 이제 고통의 포로가 되어버린 아버지의 시선은 더 이상 아무것도 말할 수 없다.

　아글라에는 아버지의 땀에서 풍기는 지독한 체취에 개의치 않고, 시든 꽃을 향해 다가가듯 그를 향해 몸을 숙였다. 그는 딸에게 뭔가 말하려 하고 있었다. 아글라에는 가까이 다가가 들썩이는 아버지의 입술을 바라보았다. 그의 입술은 더듬거리며 발음하는 일련의 음절들을 뱉어낼 때마다 일그러졌다. 그는 먼저 입술을 깨문 뒤, 입술 사이로 거친 숨결에 실어 차례로 한 음절 한 음절을 내보냈다. 처음엔 아버지가 '마망(엄마)'이라고 말하는 줄 알았다. 사실은 '마 아람' 혹은 '마람'에 가까웠다. 그는 쉬지 않고 그 단어를 반복했다. 마지막 순간까지. 마람이라고.

아글라에가 좋아했던 만큼 미워했던 남자가 있다면, 그는 바로 클로드-프랑수아 르 조이앙이었다. 그는 미셸 아당송이 죽은 지 3주도 지나지 않아 거짓으로 가득한 부고 기사를 썼다. 어떻게 아버지의 친구라는 사람이 아버지 생의 마지막 6개월 동안 그의 곁을 유일하게 지킨 사람이 하인들뿐이었다고 쓸 수 있을까?

앙리 씨 부부가 아버지가 죽어가고 있다고 알려주자마자, 그녀는 부르보내에 있는 집을 떠나 부리나케 아버지 곁으로 달려왔다. 반면 클로드 프랑수아 르 조이앙은 아버지의 생명이 꺼져가던 그 긴 시간 동안 한 번도 모습을 드러내지 않았다. 그녀는 아버지의 장례식에서도 그를 보지 못했다. 그런데도 그 남자는 마치 자신이 임종을 지켰던 것처럼 미셸 아당송의 마지막 날들에 대해 떠들어댔다. 처음엔 앙리 씨 부부가 르 조이앙에게 악의적인 정보를 흘린 게 아닐까 생각했다. 그러나 그녀는 고통스러워하는 자신을 방해하지 않으려고 입을 틀어막으며 울음을 삼키던 그들의 모습을 떠올리며 자신의 사악한 의심을 질책했다.

  그녀는 이 부고 기사를 단숨에 읽어 내려갔다. 새 페이지를 펼칠 때마다 선의의 말이 언제쯤 등장할지 고대하면서. 그러나 끝까지 선의는 발견할 수 없었다. 그런 것은 당초에 없었다. 어느 겨울 저녁, 르 조이앙이 아버지 집을 방문했을 때, 아버지가 벽난로의 희미한 불 앞에서 얼어붙은 몸을 쪼그리고 앉아, 몇 개의 숯이 내는 불빛에 의지해 바닥에서 글을 쓰고 있는 것을 보고 깜짝 놀랐다는 그의 말은 거짓이다. 이런 식의 거짓된 기사만 잔뜩 실려있었다. 아니다. 그녀는 아버지가 밀크커피만으로 연명해야 할 만큼 심각한 상태에 이르도록 아버지를 내버려 둔 적이 없다. 결코 그런 적이 없다. 미셸 아당송은 르 조이앙이 날조한 것처럼 딸도 없이 혼자서 죽음을 맞이하지 않았다.

  이유는 알 수 없지만, 이 부고 기사는 미셸 아당송에 대한 애도를 돌이키기 힘든 공적 비방으로 바꾸기 위해 쓴 게 틀림없었다. 아버지의 친구라는 사람이 퍼뜨린 비방을 반박하는 것은 불가능했다. 앞으로도 그녀는 그의 이 사악한 의도에 대해 따져 물을 기회가 없을 것이다. 어쩌면 그러는 편이 나을 것이다.

  임종의 순간, 아버지가 남긴 마지막 말은 분명 '마아람' 혹은 '마람'이었으며, 르 조이앙이 그 가증스런 부고 기사에서 지어낸 이따위 가소로운 문장은 아니었다. "안녕, 불멸은 이 세상의 것이 아니다."

한 달에 한 번, 아버지가 왕실 정원으로 데리고 가던 시절 아글라에가 누린 행복은 거의 완벽에 가까운 것이었다. 거기서 아버지는 그녀에게 식물들의 삶을 보여주었다. 아버지는 58가지에 이르는 다양한 종류의 꽃들을 연구하고 있었는데, 현미경으로 관찰했을 때 그들은 서로 조금도 닮은 데가 없었다. 아글라에는 겉으로 드러나는 획일성의 법칙을 과감히 위배하는 자연의 절묘함에 이끌렸고, 마침내 그것에 압도당했다. 종종 그들은 왕실 정원의 커다란 온실 속 오솔길을 함께 달리곤 했다. 이른 아침, 손목에 시계를 찬 것도 아닌데, 무궁화과 꽃들이 종과는 상관없이 일제히 꽃봉오리를 열어, 아침 햇살을 맞이하는 놀라운 동시성에 아글라에는 감탄하곤 했다. 이후에 그녀는 아버지 덕에 며칠이고 몸을 숙여 꽃을 관찰하는 법을, 꽃의 길지 않은 생이 지닌 비밀들을 알아내는 법을 터득하게 되었다.

 아버지의 임종을 앞두고 두 사람이 다시 갖게 된 은밀한 공모의 시간은 그녀에게 진짜 미셀 아당송에 대해서 여전히 모르고 있다는 쓰라린 회한을 심어 주었다. 대퇴골이 부러진 아버지가 침대에서 떨어지기 전, 그녀가 파리 빅투아르 가의 아버지 집을 방문할 때면, 그는 늘 자신이 만든 파리의 작은 정원 한 편의 온실에서 무릎을 턱까지 세운 자세로 손에 검은 흙을 묻힌 채 웅크려 앉아 있곤 했다. 그는, 마치 전설이라도 만들고 싶은 듯 언제나 같은 말로 딸을 맞이했다. 그가 의자나 소파에 몸을 기대지 않고 웅크린 자세로 앉아 있던 것은 세네갈에서 보낸 5년 동안, 이 자세에 익숙해져 있었기 때문이었다. 아버지 눈엔 그다지 어울려 보이지 않았지만, 그녀는 부단히 이 자세를 취해보려 애썼다. 오랜 기억에 집착하는 노인들처럼 그는 세네갈에서 보낸 시절의 얘기를 반복해서 들려주었다. 어린 소녀였을 때 그가 가끔 들려주는 아프리카 여행 이야기에 상상의 나래를 펼치던 딸의 얼굴을 다시 한번 보고 싶어서였을 것이다.

 아글라에는 아버지가 들려주는 이야기들이 머릿속에서 서로 다른 이미지를 만들어 내는 것에 언제나 진심으로 놀라곤 했다. 같은 이야기를 반복하는 것이 아버지는 지겹지 않아 보였다. 아버지의 이야기는 딸의 눈 속에 아버지의 청춘이 지나

온 장면들을 생생하게 떠오르게 했다. 그녀는 커다란 판야나무 그늘 아래서 흑인[1]들에 둘러싸여 따뜻한 모래찜질을 하며 누워있는 젊은 아버지를 상상하기도 했고, 화려한 옷과 장식으로 치장한 흑인들에 둘러싸여 아프리카의 열대야를 피하기 위해 커다란 바오밥나무 속 공간에 몸을 숨긴 아버지를 그려보기도 했다.

이 상상 속 기억은 '모래', '판야나무', '세네갈 강', '바오밥' 등 신비한 힘을 가진 부적 같은 단어들에 의해 끝없이 반복하여 재생되었고, 어떤 순간엔 두 사람을 가깝게 해주기도 했다. 그러나 아글라에에게 이 정도로는 두 사람이 서로를 피하느라 잃어버린 시간을 보상해 주기엔 턱없이 부족했다. 아버지는 딸을 위해 단 1분의 시간도 바치지 못했고, 그녀는 채워지지 못한 사랑에 대한 보복으로 아버지를 피하곤 했다.

열여섯 살 때, 그녀가 엄마와 함께 영국에서 1년간 거주하기 위해 프랑스를 떠나 있을 때도 미셸 아당송은 딸에게 단 한 통의 편지도 보내지 않았다. 철학자들의 세기가 낳은 위대한 백과사전 집필이라는 원대한 꿈의 자발적 포로였던 그는 도무지 시간적 여유를 낼 수 없었던 것이다. 디드로와 알람베르,

---

[1] Nègre : 식민지 시절 흑인 노예를 지칭하는 옛 단어로, 이 소설의 배경인 18세기 중반-19세기 초의 프랑스인들에겐 모든 세네갈 주민들을 흑인=노예로 간주한 당시 프랑스 사회의 통념을 반영하며 저자는 이 단어를 일부러 대문자 N을 써서 사용한 것으로 보인다. 한역본에서는 단순하게 "흑인"이라는 말로 번역한다.

혹은 나중에 등장한 판크루크 같이 다른 백과사전을 편찬했던 이들은 모두 백여 명의 공동 작업자들에 둘러싸여 작업을 했지만, 그녀의 아버지는 수천 편의 글을 오로지 혼자서만 할 수 있다 여기며 다른 조력자들을 철저히 배제했다. 대체 어느 순간부터 그는 유사성으로 섬세하게 이어진 생태계의 거대한 실타래를 혼자서 풀어낼 수 있다고 생각한 것일까?

결혼하던 해, 그는 자신의 백과사전을 완성하기 위해 필요한 현기증 나는 시간을 계산하기 시작했다. '과대 평가'된 예측에 따라 75세까지 산다고 가정했을 때, 그에게 남은 33년 동안 매일 평균 15시간씩 일한다면 백과사전을 완성하는데 180,675시간이 걸린다는 계산이 나왔다. 그때부터 그는 아내와 딸에게 1분 1초의 관심을 쏟을 때마다, 마치 그 시간 때문에 자신의 과업을 결코 이룰 수 없게 될 것만 같은 태도로 살아왔다.

그리하여 아글라에는 다른 아버지를 찾게 되었다. 어머니의 연인이었던 지라르 드 뷔송이 바로 그였다. 아글라에의 눈에, 위대한 자연이 지라르 드 뷔송과 아버지 미셀 아당송을 녹여 한 인간으로 만들어낸다면 거의 완벽에 가까운 인간 접목의 결과에 이를 것으로 보였다.

분명 그녀의 어머니도 같은 생각이었을 것이다. 그녀의 어머니 쟌 베나르는 미셀 아당송보다 훨씬 젊었다. 어머니는 여전히 아버지를 사랑하고 있었지만, 이혼을 원했다. 그녀의 남편은 가족과 함께 시간을 나누는 것이 불가능함을 공증인 앞에서 기꺼이 인정했다. 진실하지만 잔인했던 그의 말들은 쟌 베나르를 고통스럽게 했고, 화가 난 그녀는 아홉 살의 어린 나이였던 딸 아글라에에게 남편이 한 말들을 모두 전했다. 아직 어렸을 때 아글라에는 아버지가 쓴 《식물 가족들》이라는 책을 읽고, 쓰라린 심정으로 아버지의 유일한 가족이 식물들뿐이란 사실을 받아들였다.

미셸 아당송이 체질적으로 작고 말랐다면 앙투안 지라르 드 뷔송은 크고 강했다. 아당송이 사교계에서 불쑥불쑥 무뚝뚝하고 불쾌한 태도를 드러내는 타입이라면, 아글라에가 '아저씨'라 부르던, 이혼한 어머니와 그녀를 자신의 저택에 맞이해 준 남자는 사교적이고 명랑한 사람이었다.

사람의 마음을 잘 헤아렸던 지라르 드 뷔송은 소녀 아글라에의 마음속에 있는 아버지의 자리를 애써 차지하려 하지 않았다. 오히려 그는 염세적 성향의 학자인 아당송의 그다지 정중하지 못한 거절에도 불구하고 그의 거창한 출간 프로젝트를 도우려고 부단히 애를 썼다.

결혼이나 자녀에 대해서는 전혀 신경 쓰지 않는 것처럼 보였던 미셸 아당송과 반대로, 지라르 드 뷔송은 가족의 행복을 위해 끊임없이 정성을 다했다. 아글라에가 변변찮은 두 전 남편들에게 가져간 지참금을 마련해 준 사람도, 1798년 발렌성[2]을 그녀에게 사준 사람도 지라르 드 뷔송이었다. 하지만, 기묘한 감정의 혼돈 속에서 그녀는 종종 그를 힘들게 했다. 지라르 드 뷔송은 그녀의 독설과 부당한 태도를 인내심을 가지고 받아주었다. 때론 그녀가 그를 함부로 대하는 것에 흡족해하는 것처럼 보이기도 했다. 친자녀가 없던 그에게 그녀가 보이는 변덕과 짜증은 가족이 되었다는 증거처럼 여겨지는 듯했다.

이혼의 불명예를 딸의 결혼으로 만회하기 위해 그녀의 어머니는 고작 17살이었던 딸을 서둘러 결혼시켰다. 상대는 조셉 드 레스피나스라는 공무원이었다. 그는, 두 사람의 첫날밤에 그녀의 처녀성을 힘으로 제압하겠다는 어리석은 계획을 세웠다. 마침내 두 사람이 신부의 방에서 첫날 밤을 맞이했을 때, 그는 그녀에게 돌이킬 수 없는 혐오감을 안겨 주었다. 신부가 자신의 흥분을 공유해 줄 거라 생각한 그는 야수처럼 달려들어 그녀의 목을 껴안으며 귓가에 그녀를 소유하고 싶다고 속삭였다. 교회식 라틴어로 내뱉은 노골적인 욕망의 고백

---

[2] Château de Balaine : 14세기에 처음 지어진 이 성은 여러 주인을 거쳐, 1804년 아글라에 아당송(1775-1852)이 구입, 정착하면서 복원했고, 대규모 정원을 조성했다. 그녀 사후엔 손자인 나폴레옹 두메-아당송(식물학자, 정치인)이 뒤를 이어, 성을 지금의 모습으로 가꾸었다. 1993년 문화유적으로 지정되었고, 현재, 아글라에 아당송의 후손인 루이즈 쿠르텍스-아당송이 소유주로, 20헥타르에 이르는 정원은 매년 3월부터 11월까지 관람객에게 개방되며, 성의 일부는 호텔로 쓰이고 있다.

은 자신의 열정을 그녀에게 각인시키고자 취한 거친 몸짓보다 덜 끔찍한 것이었다. 그는 자신의 공격적 행동을 곧바로 후회했다. 그녀는 그를 밀어내며 즉각 자기 몸을 보호할 줄 알았다. 조셉 드 레스피나스는 그날 이후 일주일간 집 밖으로 나가지 못했다. 오른쪽 눈가에 생긴 자줏빛 멍을 감춰야 했기 때문이다. 그녀는 한 달이 지나지 않아 어렵지 않게 이혼에 이를 수 있었다.

아글라에가 쟝 바티스트 두메와 함께 했던 시간도 그보다 더 행복하진 않았다. 드래곤 연대의 중위였다가 세트(Sète)의 상인이 된 그녀의 두 번째 남편이 가진 유일한 장점은 열정 없는 번식의 규칙을 철저히 준수하여 그녀에게 두 아들을 갖게 해 준 것뿐이었다. 그에게 사랑에 대한 각별한 취향이 있었을지는 모르나, 그는 그것을 아내와 나누진 않았다. 그는 자신의 정부들과 그것을 나누었을지도 모른다. 결혼 후 얼마 지나지 않았을 때, 그는 이런 사실을 아내에게 굳이 감추려 하지 않았다.

그녀는 다시 행복해질 수 없을까 봐 두려웠다. 사랑이 주는 행복은 문학 속에서만 존재한다는 생각이 그녀를 슬프게 했다. 더 이상 감정적 환상에 자신을 내맡기진 않을 만큼 충분히 인생을 경험했건만, 그녀는 두 번의 실패한 결혼 이후에도 여전히, 첫눈에 반할 수 있는 운명의 남자를 고대했다. 사랑에 대한 강박적인 믿음은 그녀 스스로를 화나게 했다. 그녀는 마치 죽음의 순간, 신에 대한 믿음의 유혹에 굴복하게 될까 봐 두려워하는 무신론자 같았다. 운명적 사랑을 약속하는 사랑의 신을 그녀는 끝끝내 부정하지 못하고 저주해야만 했다.

  어느 날 지라르 드 뷔송은 슬픔에 잠겨 시종 우울해하던 아글라에게 그녀를 위해 발렌성을 사들였으며 한 달 뒤 그 성을 함께 방문하게 될 것이라는 소식을 전해왔다. 그 소식은 그녀의 삶에 생기를 불어넣었다. 성을 보기도 전에, 그녀는 발렌성이 인생의 나침반이 되어 주리라는 것을 알았다. 사람들과 식물, 동물들이 그 속에서 조화를 이루며 살아가게 되리라는 기이한 믿음이 솟아났다. 발렌성은 그녀에게 황금 같은 시절을 선물할 것이고, 그녀만이 읽어낼 수 있는 은밀한 작품이 될 것이란 사실을 믿어 의심치 않았다. 오직 그녀만이 자신의 최종 결정으로 설계된 정원 속에 켜켜이 담길 희망과 열정의 섬광들을 해독해 낼 수 있으리라. 그 안에 담길 환멸까지도 그녀는 소중히 여길 것이다.

발렌 성은 물랭(Moulins[3])시에서 그리 멀지 않은 부르도네(Bourdonnais) 외곽에 자리 잡고 있었다. 바로 옆에는 인구가 700명이 채 안 되는 작은 마을 빌뢰브 쉬르 알리에가 인접해 있었다. 처음 지라르 드 뷔송이 아글라에를 그곳으로 안내했을 때, 동행한 사람은 단 두 사람뿐이었다. 그녀의 두 번째 남편 쟝 바티스트는 파리에 혼자 남겨지기를 원해 동반하지 않았고, 아들 에밀은 너무 먼 길을 동행하기엔 아직 어려서 할머니인 쟌에게 맡겨졌다.

그들은 지라르 드 뷔송의 화려한 마차에 몸을 실었다. 언제나처럼 가족의 마부였던 자크가 4마리 말이 끄는 그들의 마차를 몰았다. 그들은 1798년 6월 17일 새벽에 집을 떠났

---

[3] 파리에서 남쪽으로 약 300km 떨어진, 중부 지방에 자리 잡고 있는 역사 문화 도시로 10세기-1790까지 부르보네(Bourbonnais)라 불리던 지역의 수도였다.

다. 지라르 드 뷔송의 저택은 파리 포부르 생 토노레가(Rue du Faubourg-Saint-Honoré)의 폴리 보종(Folie Beaujon)[4]으로부터 멀지 않은 곳에 자리 잡고 있었다. 그들은 콩코드 다리를 지나 센강을 건넜다. 그러나 자크는 포부르 생 제르망가를 지나고 난 뒤, 남쪽으로 향하다가 다시 동쪽으로 길을 틀어 울타리가 이어지는 오래된 농장들의 담장을 따라 달렸다. 노동자들이 많은 서민 동네, 생 미셸과 생 자크, 특히 생 마르셀 지역을 피하기 위해서였다. 그 동네에서 무프타르가를 따라 가면 이탈리아문(Porte d'Italie)[5]에 도달할 수 있었다. 지라르 드 뷔송의 고급 마차는 그런 지역을 평온히 지나가기엔 지나치게 호사스러웠던 것이다. 당시 디렉투아르(Directoire)[6] 정부 시절의 파리 민중들은 혁명에 대한 강한 향수로 자칫 격해지기 쉬웠고, 그녀 일행을 태운 화려한 마차는 그들의 분노를 자극하기에 충분했다.

이탈리아문 너머로는 왕이 다니던 대로가 뻗어 있었다. 전제군주 시절에 '황실도로 8번'이라 불리던 이 도로는 파리와

---

4 파리의 금융가 니콜라 보종이 1781년부터 1783년 사이 현재의 샹젤리제 부근에 조성한 12헥타르 규모의 유원지.
5 Porte d'Italie 파리 남쪽, 이탈리아로 향하는 도로가 시작되는 지점.
6 1795-1799 프랑스 제1 공화국에서 시행되던 정치 체제. 로베스피에르의 공포정치 몰락 후, 부르주아 공화주의에 입각한 선거에 따라 하원과 상원이 구성되고 행정부에는 행정을 분담한 5인의 정부가 출범하였는데, 이를 디렉투아르 정부 혹은 총재 정부라 불렀다.

리옹 사이를 이어주는 길이었다. 아글라에가 이 부르봉 대로를 지나 파리를 떠나는 일은 좀처럼 없었다. 한참을 더 간 후, 그녀 일행은 느무르(Nemour)에서 잠시 길을 멈췄다. 그곳은 화창한 봄날 일요일 같은 때 파리지앵들이 친구들과 지붕이 열리는 마차를 타고 즐겨 나들이 오는 명소였다.

아글라에는 자신을 성찰하려는 듯 반쯤 눈을 감은 자세로 발렌 성으로 가는 긴 여정을 시작했다. 그녀는 진행 방향과 반대로 앉아 있었다. 맞은 편의 지라르 뒤 뷔송은 졸려 보이는 아글라에를 조용히 지켜보고 있었다. 그녀는 마차 창문 너머로 천천히 지나가는 풍경에 무관심한 채 마차의 흔들림에 몸을 맡긴 듯 앉아 있었다. 새벽의 어둠이 반쯤 걷힐 무렵, 마차의 쉭쉭 거리는 소리와 숨 가쁜 말발굽 소리가 어우러지는 소리를 들으며 아글라에는 대서양 연안에 정박한 범선의 돛에 바람이 스치는 소리와 배의 밧줄이 삐걱거리는 소리를 상상했다. 그러다가 갑자기, 동쪽으로부터 마차의 실내를 밝히던 빛이 사라지고 시간의 흐름을 거스르기라도 하듯이 밤이 다시 돌아오자, 암울한 불빛의 파도가 그들을 덮치며 백일몽을 꾸기 좋은 반수면 상태로 빠져들었다. 오벨리스크 교차로를 막 지난 그들은 퐁텐블로 숲을 가로지르는 직선도로를 따라 천천히 달리고 있었다.

그녀는 커다란 흰색 돛이 달린 배의 갑판 위에 서 있었다.

그녀의 발아래로는 나무가 타오르고 있었고, 그녀 위로는, 석양에 물들어 가던 초록, 주황, 푸른빛, 주홍빛의 구름 한 조각이 떠 있었다. 보이지 않는 포식자들에 의해 쫓기는 하늘을 나는 물고기 떼가 선체에서 소란을 피웠다. 그들의 지느러미로는 수면 밑에서 자신들을 노리는 위험으로부터 충분히 달아날 수 없었다. 그들은 하늘을 향해 몸을 던짐으로써 깊은 곳에서 나타난 쩍 벌어진 분홍빛 아가리로부터 달아날 수 있었다. 흰 새들, 가마우지와 갈매기들도 그들을 추격하고 있었다. 그러다가 물고기도 새도 아닌 은화살 같은 존재들은 거품 덩어리에 갇혀 때론 턱에 의해 때론 부리에 의해 분쇄되었다. 물속에도 공중에도 살지 않는 그 특이한 물고기들만큼이나 절망에 빠져 있던 그녀는 눈을 감은 채 간신히 울음을 참아내고 있었다.

  1798년 6월, 발렌 성을 향한 첫 번째 여행에서 아글라에가 기억하는 것은 반수면 상태에서 의식의 흐름을 따라서 꾸었던 이 슬픈 꿈뿐이었다. 그녀는 자신이 원하면 언제든지 이 꿈에서 빠져나올 수 있으리라 생각했다. 그러나 그날, 이 꿈은 그녀가 목적지에 도착할 때까지 집요하게 계속되었다. 이번 여행은 발렌 성의 재건축 공사가 진행되는 동안 그녀가 이웃의 한 농가에 머물게 된 1804년 9월 4일까지의 수년 동안, 대부분 고독했던 몇 차례의 여행 중 하나였다. 파리에서 성이 있는 빌뇌브 쉬르 알리에까지의 여정에서 만난 작은 도시와 마을에서 그녀는 크고 작은 은밀한 추억들을 만들었다.

비 내리던 몽타르지(Montargis). 브리에르 운하를 흐르던 검은 물. 종종 멈춰서 그녀의 친 아버지와 새아버지에게 드릴 상세르(Sancerre) 포도주를 사곤 했던 코슨-쿠르-쉬르-루아르(Cosne-Cours-Sur-Loire)와 갑작스런 폭우에 갇히는 바람에 아이러니하게도 파라다이스란 역설적 이름의 쓸쓸한 여인숙에 갇혀 지내야 했던 말타베른(Maltaverne). 그리고 샤리테-쉬르-누아르(Charité-sur-Loire)에선 이른 아침의 출발로 일찍이 본 적 없는 아름다운 강변의 풍경을 만나기도 했다. 안개에 뒤덮인 루아르강은 그녀가 첫 번째 결혼 전에 머물렀던 런던에서 마주한 음산한 분위기의 템스강을 떠오르게 했다. 네베르에서는 성에서 사용할 청색과 백색 자기 그릇 대부분을 사들였다. 그 외에도 여러 마을을 스쳐 지나갔지만, 특별히 남는 기억은 없다.

지라르 드 뷔송은 생장 축제일[7]을 그들이 빌뇌브 쉬르 알리에를 처음 방문하는 날로 잡았다. 마을에 도착하기 전에 그는 거의 모든 부르보네 마을들에서는 축제가 열리는 날이면 새벽

---

[7] Fête de la Saint Jean : 기독교 성인 중 한명인 장 르 바티스트(Jean le Baptiste)의 탄생을 기리는 축제의 날로, 원래는 6월 24일이지만, 하지와 가깝기 때문에 주로 하지인 6월 21일 치러진다. 마을 한가운데에선 불꽃놀이가 펼쳐지고, 마을 주민들은 읍내 광장에서 춤을 추며 축제를 즐긴다.

부터 시장 한 가운데에 마련된 임시 연단에 걸터앉아 부르주아 저택이나 농장에서 일자리를 찾는 농부들을 볼 수 있다고 귀띔해 주었다. 최대한 잘 차려입고 야생화 한 다발을 허리춤에 묶은 농부들은 자신들에게 가장 높은 임금을 제시하는 고용주에게 일년 계약으로 그들의 노동력을 팔았다. 열띤 급여 협상 끝에 주인들은 그들에게 계약 성사의 의미로 5프랑짜리 동전을 주거나 꽃다발에 대한 대가를 지불하기도 했다. 꽃을 지니지 않은 사람은 이미 계약이 성사되었음을 의미했다.

아침이 지나고, 꽃과 노동력을 함께 파는 이 특이한 거래가 끝날 무렵이면 좌판을 거두는 채소상들과 농부들 사이에서 젊은이들이 시끌벅적한 무도회 판을 벌였다. 아글라에와 지라르 드 뷔송이 탄 마차가 마을 광장에 도착한 것은 바로 그 무렵이었다. 그들은 마치 갑자기 하늘에서 내려온 신들처럼 그 자리에 등장했다. 그들은 마을 사람들이 아침 내내 주고받은 꽃다발을 받았고, 일부 마을 사람들은 장난삼아 마차 지붕 위로 꽃다발을 던져 올리기도 했다. 흥에 겨워 들꽃을 길가에 흩뿌리는 한 무리의 사람들이 한동안 그들의 마차를 뒤따랐다. 그리고 뽕나무가 늘어선 길의 끝에서 마침내 발렌 성을 발견하였다.

아글라에가 첫 만남부터 발렌 성과 즉각적으로 깊은 교감을 한 것은 아니었다. 그날은 약간의 거리를 두고 성을 관찰하는 것으로 만족했다. 훗날 그녀가 다시 만나게 될 좋거나 안 좋은 이미지들을 조심스럽게 살피는 것으로 충분했다. 그날 첫 만남에서 그녀는 성의 절반만 둘러보았다. 나머지는 뒤에 혼자서 천천히 만나 보는 것이 좋을 것 같았다. 성은 U자 모양의 안마당을 중심으로 양옆에 각진 망루 탑을 가지고 있었다. 방문객을 향해 넓게 열린 마당에는 잡초들이 무성했다. 두 망루 탑의 교차 지점은 더 이상 색을 선명히 구분하기 힘든 붉은 돌과 흰 돌로 둘러싸여 온통 이끼와 담쟁이넝쿨로 덮여 있었다. 건물 앞을 가로지르는 거대한 통로가 건물 전방의 미관을 해치고 있었다.

지라르 드 뷔송은 14세기부터 이 발렌 성을 거쳐 간 주인들의 이름을 열거했다. 첫 번째 소유주는 피에르퐁(Pierrepont)가였는데, 그들은 요새화된 성을 건설하고 여러 세대를 거치며 약 400년간 이 성을 지켜왔다. 1700년 이후, 피에르퐁가가 몰락하고 여러 사람이 이 성을 차지해 오다가, 1783년에 이르러 드 샤브르 경이란 귀족이 물랭 출신의 건축가 에브자르의 지휘하에 성에 대한 전면 재건축에 착수한다. 그러나 엄청난 공사 규모 앞에서 샤브르경은 결국 마음을 바꾸고 이 성을 팔아 버렸다.

지라르 드 뷔송은 성의 출입문을 열려고 애썼으나 뜻대로 되지 않았다. 갈라진 문틈으로 습한 석고와 젖은 나무 냄새가 새어

나왔다. 그들은 현관문으로 들어가는 데 성공하지 못했으나 건물 뒤편으로 난 커다란 창문의 덧문이 조금 열려 있는 것을 발견했다. 햇빛이 그 틈을 비춰주어 건물 내부의 검은 마룻바닥을 볼 수 있었다. 마루에는 양털같이 두꺼운 먼지들이 수북이 덮여 있었다.

"네가 이 성의 공사가 진행되는 걸 지켜볼 수 있도록 여기서 멀지 않은 곳에 농가를 하나 빌려 두었단다. 당장 오늘 저녁 거기서 하룻밤 머물자꾸나. 우선은 성을 한 바퀴 둘러보고 말이야." 그녀의 새아버지가 동의를 구하는 듯 고개를 끄덕이며 말했다.

그들이 뒤돌아섰을 때, 뒤를 따르던 몇몇 마을 사람들은 이미 사라지고 없었다. 마부 자크는 마차 지붕에 남아 있던 꽃다발로 마구를 장식하는 재미에 빠져 마차 주변을 부지런히 오갔다. 새아버지와 그녀는 옆에 있는 작은 냇물이 흘러들어 만들어진 것이 틀림없는 진흙탕 물웅덩이의 왼쪽을 따라 걸었다. 건물 뒤쪽은 덤불로 무성했다. 건물의 상태는 앞쪽 외관도 이미 경악할 만했지만, 뒤쪽은 더 심각해 보였다.

그제야, 그녀는 내면 깊은 곳에서 솟구치는 기쁨을 느낄 수 있었다. 어머니로부터 물려받은 영적 능력을 통해 그녀는 사물이나 장소의 겉으로 드러난 추함을 뛰어넘어 내면에 간직된 아름다움의 가능성을 간파할 줄 알았다. 만일 사라진 화려함의 흔적이 성 후면에 조금이라도 남아 지난 날의 영광을 재현하도록 그녀를 자극했다면, 아글라에는 그것을 무시했을 것이다. 그녀는 개척자이고 싶었다. 사라진 과거의 웅장함을 복원하기보다 새로운 아름다움을 창조하고 싶었다. 그녀는 어렵지 않게 피에르퐁 가문의 마지막 후손을 상상해 볼 수 있었다. 빚에 짓눌려 더는 어쩌지 못하고, 삶의 공간에 그 어떤 사소한 근대성을 더하는 것도 신성모독이라 여기며 낡은 성의 돌처럼 화석이 되어갔을 그를.

그녀는 결코 자기 자손들을 피에르퐁의 자손들이 처한 처지, 즉, 유구한 돌의 노예가 되도록 놔두지는 않을 것이다. 그녀는 자신의 아이들에게 생명의 중심이 성이 아니라, 정원에 있는 그녀가 가꾼 화초와 나무들의 아름다움과 귀함으로 채워진 공간을 남겨줄 생각이었다. 4세기가 지나 성이 무너지고, 성을 지은 사람들과 그들의 자손들의 자손들까지 모두 사라지고 나면, 오직 그들이 심은 나무들만이 살아남아 세월의 흐름에 저항할 것이다. 자연은 결코 유행을 타는 법이 없으니까. 이런 생각을 하며 그녀는 미소 지었다.

그녀를 엿보고 있던 지라르 드 뷔송은, 미소 짓는 그녀를 보고 놀랐다. 그녀는 지라르 드 뷔송의 놀란 모습을 보는 것이 기뻤다. 그 앞에서 미소 짓는 것은 그에게 감사의 마음을 전하는 새로운 방법이었다. 그녀가 반복해서 전달했지만, 충족감과 기쁨, 인정의 마음을 충분히 담지 못했던 말보다 어쩌면 미소가 훨씬 더 설득력 있게 그녀의 마음을 전달했을 것이다.

파리로 돌아오는 길 내내, 그녀는 지라르 드 뷔송에게 자기 머릿속에 있는 정원을 묘사했다. 당시에 성에 속해 있는 대지는 비좁았다. 인접한 땅을 사들여서 대지를 확장해야 했다. 그녀는 그렇게 넓혀진 대지 위에 아메리카 세쿼이아, 단풍나무, 목련을 심을 참이었다. 그녀는 이국의 꽃들을, 그중에서도 다섯 장의 꽃잎이 달린 동양 무궁화를 심기 위해 온실을 조성할 것이다. 아버지 미셸 아당송이 그녀를 도울 것이다. 그가 아는 식물학자들을 통해 전 세계의 나무들을 그곳에 심도록 할 것이다. 지라르 드 뷔송은 이 모든 것에 소요될 막대한 비용에도 불구하고 그녀의 계획에 무조건 찬성했다.

바로 그날 저녁, 아글라에는 자신의 열정 넘치는 꿈을 전하는 것만으로 장 바티스트가 거기에 매료당할 거란 환상에 사로잡혔다. 그녀는 그들을 기다리고 있을 영원한 행복을 단숨에 드러내 보일 만한 드라마틱한 표현을, 마술처럼 그를 설득할 수 있는 영감에 찬 말을 만들어낼 수 있을 것 같았다. 그러나 그녀가 남편에게 하려고 찾아낸 말은 오히려 그의 화를 돋구었다.

"당신, 발렌이란 이름이 어디서 온 지 알아요?…. 모르겠어요? 한 번 알아맞춰 봐요. …음… 사실은 그 마을 주민들이 오래전부터 성 주변에서 자라는 등나무를 꺾어서 그걸 가지고 빗자루[8]를 만들어 왔다네요. 바로 거기서 나온 이름이에요."

"우와~ 성 이름 한 번 끝내주는데! 성의 휘장으로 빗자루 두 개를 십자 모양으로 딱 걸어 놓으면, 성이 깨끗해지긴 하겠네." 장 바티스트는 이렇게 대꾸했다.[8]

아글라에는 남편의 조롱보다 그가 그녀의 동지가 아니라는 사실을 잊은 자신의 순진한 자신감이 더 수치스러웠다. 하지만 그날, 그녀의 마음은 강렬하게 누군가와 소통하길 원했다. 그녀 인생에 등장한 이 격정적 사건이 그 벅찬 감정을 함께 나눌 대상을 반드시 감동시키고야 말 것 같았다. 그 절제할 수 없는 감정을 그녀는 마침 바로 앞에 있던 남편 장-바티스트와 나누고자 했던 것이다. 그녀는 남편을 자신에게 다가온 믿을 수 없는 사건의 흥분을 나눌 은밀한 공모자로 삼으려 했다. 평소의 그녀라면 도저히 취할 수 없을 다정함을 흉내 내며 모든 매력을 동원하는 자기 자신을 그녀는 관객처럼 지켜보았다.

그리하여, 발렌 성을 처음 방문하고 돌아온 날 밤에 그녀는 둘째 아들 아나샤르시를 잉태했으며, 동시에 장-바티스트 두메와의 이혼도 결정하게 되었다.

---

8  Balais, '발레'라 발음하며, 성의 이름 Balaine 발렌과 유사하다.

그녀가 발렌 성을 처음 본 뒤, 마치 연인을 그리워하듯, 발렌 성 꿈을 꾸지 않은 날은 하루도 없었다. 그녀는 스케치북을 열어 굵은 연필로 정원에 만들어질 오솔길, 화단, 그리고 숲의 설계도를 그려갔다. 그녀는 아버지에게 자신의 계획을 털어놓았다. 미셸 아당송은 잠시 자신의 연구 작업을 멈추고, 일주일에 반나절 동안, 그녀를 자신의 집에서 맞이하겠다고 답했다. 그리하여 그녀는 거의 매주 금요일마다 아버지가 있는 빅투아르가를 방문하게 되었다. 그녀의 아버지가 편지에 약간 구식 표현으로 썼듯이 '점심 상 물린 후' 반나절 동안.

미셸 아당송은, 그가 세상을 떠난 뒤 아카데미[9] 회원 동료

---

9 Académie des Sciences : 1666년 루이 14세에 의해 창설된 프랑스 최고 과학자들의 단체다. 처음 창설되었을 땐 프랑스 왕실 과학 아카데미(Académie royales des sciences)로 불렸고, 현재까지도 같은 명성과 권위를 지닌 과학자들 단체로 이어져 내려오고 있다. 2020년엔 283명의 멤버로 구성되어 있다.

들이 묘사한 것 같은 그런 부류의 사람은 아니었다. 자존감이 상당했던 위대한 라마르크[10]도 까다롭고, 무뚝뚝하며, 인간 혐오자라는 평판을 들었다. 아글라에는 강직함과 정의를 최우선의 가치로 삼고, 친구를 잃게 될지언정 원칙 앞에서는 결코 타협할 줄 몰랐던 아버지 같은 사람이 그가 속했던 연구자들 사이에서 좋은 평판을 얻기는 힘들었을 것이라고 생각했다. 미셸 아당송에게 예의 바름, 도시적 세련미 따위는 그다지 중요하지 않았다. 그는 좋고 싫음이 분명했고 적당히 에둘러서 표현할 줄 몰랐다. 자신이 싫어하는 동료가 옆에 있을 때는 그에 대한 역겨움을 굳이 감추려 애쓰지도 않았다. 하지만 세월이 흐르고 몽테뉴의 저술 같은 철학서들을 읽으면서 그에게도 변화가 찾아왔다. 그는 딸에게도 몽테뉴를 읽을 것을 권했다. 아버지는 더 이상 자신을 향한 부당한 이야기들이나 소문을 듣고 불쾌해하면서 여러 날을 소진하지 않을 수 있는 내공을 갖게 되었다.

  그녀의 아버지는 자신의 온실에 청개구리 세 마리를 키우고 있었다. 그는 딸이 발렌 성 정원에 심고 가꾸게 될 이국적 식물과 나무들을 화분에 옮겨 심는 동안에도 한쪽 눈으론 계

---

10 Lamarck(1744-1829) : 최초로 진화의 개념을 제시한 프랑스의 생물학자. 기린의 목으로 상징되는 용불용설과 획득형질 유전설의 제창자로 널리 알려져 있다. 생물학(biologie)의 초안자, 현대적 의미의 화석(fossile) 용어의 고안자이기도 하다.

속 개구리를 관찰했다. 세 마리 개구리들은 거의 길들여져 있어, 그가 가까이 다가가도 놀라거나 피하지 않고 자리를 지켰다. 미셸 아당송은 그들을 '예의 바른 개구리들'이라 불렀다. 아글라에는 아버지가 이 세 마리 양서류 중 하나에게 "게타르, 안녕하신가?"라고 부르는 것을 듣고서 '예의 바른 개구리들'의 야릇한 의미를 이해할 수 있었다. 게타르는 아버지의 파리 왕실 과학 아카데미 시절 동료 중 최고의 적수였다. 미소 짓는 그녀를 보며, 그는 그녀가 알 수 없는 악의를 띤 표정으로 이렇게 말했다. "이 녀석은 아마존 숲에 사는 제 사촌만큼 독을 갖고 있진 않지만, 같은 이름을 가진 어떤 인간은 내 인생을 송두리째 독살하고도 남을 만한 독을 품고 있었지."

나머지 두 개구리에겐, 라마르크와 콩도르세라는 이름을 붙여주었다. 그렇게 세 놈에게 이름을 붙여 놓고 보니, 게타르와 붙었던 시비를 해결하는 데 두 동료들이 큰 역할을 해주었다는 사실이 떠올랐다고 아버지가 말했을 때, 아글라에는 진심으로 환하게 웃었다. "이젠 이 세 놈들을 구별하는 것도 쉽지 않아." 그는 쓸쓸하게 미소 지으며 이렇게 결론지었다.

생의 마지막 순간에 이르렀을 무렵, 그녀의 아버지는 바람 속에서 포식자의 존재를 감지한 암사슴처럼, 다가서면 늘 그를 피해 달아나던 명예를 쫓는 일을 포기한 듯했다. 그녀가 마지막으로 빅투아르가를 방문할 무렵에 아버지는 늘 언급하던 백과사전 이야기를 거의 하지 않았다. 그는 이제 편안하고 여유로워 보였고, 그녀의 말을 진심으로 들어줄 줄도 알았다. 마침내 아버지를 가깝게 느낄 수 있게 된 아글라에는 어느 가을 금요일, 함께 온실에 있던 아버지에게 자신의 속내를 털어놓을 수 있게 되었다.

그녀는 어린 시절 아버지를 따라가 광활한 우주의 천체를 관람하던 중 경험했던 불안에 대해 털어놓았다. 혹시 아버지는 그날을 기억하고 있을까… 어느 여름 밤, 아버지는 그녀를 파리 근교의 생모르 천문대로 데려갔다. 그녀의 눈은 망원경을 통해 허공을 달리고 있었다. 그녀의 눈에 하늘의 별빛은 그저 냉랭해 보였기에, 저런 하늘에 천국은 있을 수 없다는 생각이 불현듯 머리를 스쳤다. 별 의심 없이 기독교 신자로 지내왔던 그녀에게 이런 상상은 매우 충격적인 것으로 다가왔다. 무한한 우주 속에서 지구는 작은 한 점에 불과했다. 만약에 신이 인간에게 천국과 지옥을 내리려 한다면 왜 그것을 인간들이 이미 거주하고 있는 곳이 아닌 다른 곳에 두겠는가?

"너는 네 걱정에 맞추어 신의 계획을 생각했구나." 그녀가 털어놓은 고백에 아버지는 이렇게 답했다. "네가 사는 곳 밖에선 행복해지는 게 불가능하다고 생각되어, 천국이 눈에 보이는 곳에 있어야 마땅하다고 여긴 게 아닐까? 나는 천국과 지옥은 이미 우리 안에 존재한다고… 생각한다."

아버지가 낮은 목소리로 마지막 말을 중얼거릴 때, 아글레아는 그의 눈에서 어떤 망설임 같은 것이 스쳐 지나는 것을 목격했다. 갑작스러운 한 이미지의 출현, 불현듯 다가온 오랜 기억으로 말미암아 그의 생각이 잠시 한 지점에 멈춰 선 것처럼 보였다. 그런데 이 순간적인 집중은 늘 그랬던 것과 달리, 아버지의 오랜 집착인 백과사전을 향해 즉시 달아나진 않았다. 그것은 백과사전과는 완전히 다른 종류의 성질을 가진 것처럼 보였다. 그것은 돌발적 결단으로 솟아난 순간적인 에너지로 촉발된 것이었다. 여기에 어떤 의미를 부여해야 할지 몰랐지만, 아글라에는 그녀의 기억에 깊게 새겨진 그 순간을 좋아했다. 세 마리 '예의 바른 개구리들'에 둘러싸인 채로 아버지는 여전히 세네갈 흑인 농부의 자세로 쭈그리고 앉아 그녀에게 줄 식물들의 흙을 고르고 있었다. 그는 마치 망원경을 통해 자신의 내면을 들여다보고 있는 사람처럼 보였다.

지라르 드 뷔송의 마차가 지붕에 실은 엄청난 무게의 짐에 짓눌린 채로 천천히 마당으로 들어왔다. 자크는 네 마리 말들을 살살 걷게 했다. 그들은 파리에서부터 300km에 가까운 거리를 아글라에 아버지가 그녀에게 준 짐들을 싣고 달려왔다. 헤아릴 수 없이 많은 양의 조개 상자들, 말린 식물들, 박제된 동물들, 그리고 책들까지. 아글라에는 미셸 아당송이 그녀에게 이토록 이질적이고 잡다한 물건들을 건넬 거라고는 예측하지 못했다. 그 가운데서 일부를 추려 줄 것으로 생각하고 있었던 것이다.

그녀는 성문 앞에서 성의 공사 설계도를 보여주러 찾아온 삐에르-위베르 데스코틸을 맞이했다. 그는, 멋진 마차가 구질구질한 이삿짐 수레로 돌변한 것을 보고 그녀만큼 놀란 듯했다. 20년 전, 이 성의 첫 번째 재건축을 지휘했던 물랭 출신

건축가 에베자르의 뒤를 이어, 그녀는 삐에르-위베르 데스코틸을 재건축을 완성할 책임자로 선택했다. 짙은 밤색 머리에 도도한 풍채를 지닌 그는, 넓은 이마와 아름다운 치아 그리고 맑은 눈을 가진 청년으로 서른을 조금 넘긴 나이였다. 살짝 저음인 그의 음색은 주목할 만했다. 그는 모든 단어를 선명하고 꾸밈없이 발음했다. 마치 말더듬이가 결점을 감추려는 것처럼 천천히 힘을 주어서. 그의 특이한 말투는 그날 오후 내내 두 사람이 함께 시간을 보내는 동안 아글라에의 궁금증을 자아냈다.

성의 도면 위에서 그의 머리는 그녀의 머리와 너무 가까이 있었기 때문에, 속삭이기만 해도 그녀는 그의 설명을 충분히 알아들을 수 있었다. 그녀는 그의 목소리에서 흘러나오는 억양을 통해 그의 소심한 면을 간파했다고 생각했다. 하지만 그건 그녀의 착각이었다. 기괴한 잡동사니 더미들로 가득한 마차에 오도카니 앉아있는 마부 자크를 보자마자, 삐에르-위베르 데스코틸이 터트린 낭랑하고 강한 울림의 웃음소리는 그녀의 마음을 사로잡았다. 한바탕 웃고 나서 차분해진 건축가는 그녀의 '지시'대로 설계 도면을 수정한 뒤 다시 돌아오겠다는 약속과 함께 그녀 곁을 떠났다. 입술에는 여전히 미소를 머금은 채로.

고단한 여행 끝에 마주한 불쾌한 응대에 자크는 자크대로

골이 나 있었다. 그의 마음을 풀어주기 위해 애써 과장하며 따뜻한 말로 대해 주는 아글라에의 태도에도 불구하고 그는 무뚝뚝하고 차갑게 그녀를 대했다. 그녀는 자크가 마차 때문에 파리에서 겪은 갖가지 수모에 대해 전혀 알 리 없었다. 특히 무프타르가를 지나가는 일은 그에게 지옥 같았다. 한 무리의 넋 나간 아이들이 그의 마차를 쫓아 이탈리아문까지 따라왔다. 아이들은 작은 돌멩이를 던지며 짓궂은 장난을 치기도 했다. 어른들과 아이들의 부모들은 그런 애들의 행동을 모른 척했다. 끝도 없이 이어지는 무프타르가의 아이들에게 그의 마차는 카니발에 등장하는 꽃수레였던 셈이다.

마차에 가까이 다가서면서, 아글라에는 왜 자크가 파리에서부터 그토록 기분이 안 좋은 상태였는지를 이해할 수 있었다. 마차의 지붕만 무너져 내릴 듯한 무거운 짐들로 가득했던 것이 아니라 마차의 안도 마찬가지였다. 이런저런 화분들, 책들, 다양한 형태의 작은 가구들이 뒤엉켜 실내를 가득 채우고 있었다. 잡다한 물건들의 무게는 실로 엄청났다. 아글라에는 자크가 자신의 네 마리 말들을 친구처럼 아끼고 사랑한다는 사실을 잘 알고 있었다. 그는 라 샤리테 쉬르 루아르까지 이어지는 긴 오르막길과 그 밖의 많은 길들을 통과하는 동안 말들이 땀 흘리며 힘겹게 달리는 모습에 고통스러워했을 것이다. 그녀는 그가 마당에 들어오는 모습을 보고 크게 웃었던 것에 대해서 진심 어린 사과의 말을 전했다. 자크는 그녀가 정원사 제르맹에게 그를 도와 말들을 마차에서 풀어주고, 몸을 닦아 주며, 먹이를 주도록 지시한 후에야 비로소 화를 풀었다.

마당 한가운데 혼자 남게 되자 그녀는 눈을 들어 하늘을 바라보았다. 거기엔 붉은 노을에 물들어 가는 한 다발의 청록색 구름이 피어나고 있었다. 칼새들의 그림자가 길게 드리워져 있었고, 그들의 청명한 울음소리가 그녀의 가슴을 벅차게 두드렸다. 따뜻한 흙냄새가 기쁨의 천으로 둘러싸듯이 이 젊은 여인을 감싸고 있었다. 아글라에는 그녀의 목구멍이 부드럽고 은밀하며 깊은 행복으로 차오르는 것을 느꼈다. 그녀는 그 이유를 짐작할 만하다고 생각했지만, 그것을 스스로에게 설명하는 것은 금지하기로 했다. 그러기엔 너무 이른 시기였으니까. 그녀는 스스로 차오르는 희열을 더 잘 이해하고, 분석할 수 있게 되기까지 차분히 기다리기로 했다. 성의 모든 것이 제자리를 찾게 되면, 그녀는 자신의 기쁨을 명료한 의식 속에서 피어날 수 있도록 기꺼이 받아들이겠다고 스스로에게 약속했다.

삐에르-위베르 데스코틸은 그녀에게 달콤한 부드러움을 전했다. 그녀는 아직 그가 불러일으킨 감정이 사랑일 수 있다고 감히 말하지 못했다.

미셸 아당송은 아무것도 버리지 않았다. 어느 날엔가는 오랫동안 보관해 오던 이 빠진 화분을 잘게 부숴 만든 작은 조각들을 어린 나무가 심어진 바닥의 배수를 위해 사용했다. 때로는 화분 조각의 미네랄 가루를 모아 흙에 영양을 공급하는 데 사용하기도 했다.

정원 일을 할 때만 그의 절약 정신이 발휘되는 것은 아니었다. 책에 대해서도 마찬가지였는데, 그는 종종 100권의 식물 관련 책 중 읽을 가치가 있는 책은 10권도 채 안 된다고 말하곤 했다. 학계의 통상적 관행에 따라 들어간 내용이나 가짜 겸손으로 가리지 못한 허영이 드러나는 페이지들을 제외하고 나면 정작 쓸모 있는 책은 5권이 넘지 않는다고 덧붙였다. 따라서 그에게 백과사전이나 사전은 가장 효용이 뛰어난 책이었다. 간략하게 써야 한다는 제약 때문에 저자가 굳이 미사여

구를 동원할 필요가 없기 때문이다. 아글라에는 아버지가 자신의 백과사전을 염두에 두고 하는 말임을 잘 알고 있었다. 엄청난 양의 원고들이 영원히 초고인 채로 남게 될 그 미완의 백과사전 말이다. 다른 동료들과 마찬가지로 대단치 않은 명성을 가진 그였지만, 미셸 아당송은 자신의 현실적 약점에도 불구하고, 그의 동료들이 그랬던 것처럼 사소한 야망에 굴복하진 않았다. 아버지를 신격화하게 된 아글라에의 관점에서 볼 때, 적어도, 미셸 아당송의 야망은 거대한 것이었다.

마차에서 수십 개의 물건과 짝이 안 맞는 작은 가구들을 꺼내면서 아글라에는 사물의 유용함이란 순전히 주관적인 문제라는 사실을 순식간에 깨닫지 않을 수 없었다. 아버지가 왜 렌즈가 깨진 해양용 망원경이 그녀에게 필요할 거라고 판단했는지는 그녀는 알 수 없었다. 아버지는 모종의 미스터리를 풀게 하려고 그녀에게 일련의 이질적인 물건들을 남겨주신 걸까? 아니면 그는 이런 우회적 방식으로 딸의 정신 속으로 스며들 수 있다고 생각한 걸까? 녹색과 회색을 띤 철제 콤파스는 어디에 쓸 수 있을까? 이 무딘 칼은, 이 녹슨 기름 램프는? 작은 가구 서랍 속에서 발견한 흰색과 파란색 유리구슬 목걸이와 보랏빛 게와 노란 물고기 장식이 있는 인도풍의 천 조각에 대해선 어떻게 생각해야 할까? 가구 안에서는 금화가 발견되기도 했다. 그토록 검소하게 살아온 아버지가 어떻게 금화를 이렇게 소홀히 버려둘 수 있는지 이해할 수 없었다.

아버지의 소장품이란 사실 외에는 특별한 가치가 없어 보이는 물건들을 잔뜩 보내온 아버지의 이해하기 힘든 결정에 놀라면서도, 아글라에는 아무것도 버리지 않기로 결정했다. 훗날, 기억의 무의식적 작업이나, 꿈의 우회로를 통해서만 그 의미를 찾을 수 있을 법한 물건으로부터 영영 멀어졌을 때, 그것을 버린 사실을 후회할까 두려웠기 때문이다. 마차 의자 아래에서 세 개의 커다란 유리단지들이 담긴 와인 상자를 발견했을 때 그녀는 자신의 이러한 결정을 칭찬해 줄 수 있었다. 과일잼이 들어있을 법한 커다란 유리 단지들은 여러 겹의 신문지로 둘러싸여, 끈으로 단단히 묶여 있었다.

그녀는 이 많은 신문지들에 감춰져 있는 게 무엇일지 궁금해하며 조심스럽게 끈의 매듭을 풀었다. 거기에는 아버지의 세 마리 '예의 바른 친구들', 게타르, 라마르크, 콩도르세가 들어 있었다. 그 어떤 설명 문구도 없는 유리단지 속 황색 포르말린에 담긴 그들을 발견하였을 때, 아글라에는 미소 지었다. 이 세 마리 신사들을 그녀에게 전달함으로써 아버지는 두 사람만이 나눈 은밀한 기억의 끈을 이어가고 싶어 한다는 것을 알 수 있었기 때문이다. 아버지 인생 말년, 매주 금요일 오후에 그녀가 아버지를 온실로 만나러 갔을 때 두 사람을 가깝게 이어준 존재들이 이 유리병 안에 있었다. 이는, 모든 잡다한 물건들의 의미가 명확히 드러날 때까지 아무것도 버려서는 안 된다는 사실을 경고하고 있었다. 이것은 마치 아버지가 그녀에게 제안하는 게임 같았다. 다가올 세월 속에서 그 규칙을 찾아내야 하는 게임.

  성의 개조 공사가 진행되는 동안, 아버지가 그랬던 것처럼 아글라에도 자신이 지낼 농장 마당에 온실을 만들도록 했다. 이 온실은 그녀가 자신의 방식대로 성을 개조하기 시작하면서 이미 고유의 아름다움을 갖추기 시작한 발렌 성 정원에 심을 나무들을 준비하는 공간만은 아니었다. 그녀에게 온실은 두 사람이 동일한 관심사를 키워온 교감의 공간으로, 아버지 사후에 그와의 연계를 이어가기 위한 장소이기도 했다. 흙과 꽃의 향기로 가득한 이 습하고 따뜻한 공간에서 아글라에는 죽음 너머에 있는 미셸 아당송과 줄곧 대화를 나눌 수 있었다. 발렌 성의 온실은 두 사람이 나누는 끝없는 대화와 수평적 사고로 빚어진 조용한 연대의 공간으로 피어났다. 그녀가 조금씩 아버지와 같은 정원사의 능력을 획득하면서 두 사람은 침묵 속에서 대화했고, 꽃의 개화와 꺾꽂이에 대한 생각 등을 교환했다. 그녀는 아버지가 여전히 세상에 살아 계셨다면 그녀에게 건넸을 법한 조언들에서 영감을 받으며 정원을 가꾸어 나갔다.

아버지의 모든 유품을 마차로부터 온실로 옮기고 나서, 이틀 뒤에야 그녀는 아침 일찍 온실을 찾았다. 유리로 된 온실 천장을 덮고 있던 이슬방울들은 첫 번째 아침 햇살이 내려 앉자 증기가 되어 날아오르기 시작했다. 신선한 새벽의 여명이 여전히 세상을 지배하고 있었다. 사물의 윤곽들은 구별할 수 있었지만 그 세세한 질료나 색깔들은 구분할 수 없었다. 그 시각, 그곳은 사물 유령들의 작은 사원이었다. 선반 위에 나란히 놓인 세 개의 유리 무덤 속 '예절 바른 개구리'들은 어둠에 잠겨 또렷한 형체도 없이 식별하기 힘든 덩어리로만 보였다. 같은 선반의 위쪽엔 박제된 새의 그림자가 날개를 펼치고 있었다. 온실 속으로 빛이 스며들기 전의 착시 효과 때문인지 아글라에는 그 새가 곧 날아올라 그녀의 머리 위에 내려앉을 거라 상상했다.

그녀의 화초들은 양동이, 병, 온갖 종류의 도구, 빈 화분 등으로 뒤엉킨 엄청난 무질서 속에서 사라진 듯했다.

엊그저께까지도 그녀는 자크와 제르맹이 임시로 대충 유리벽에 기대어 세워둔 물건들을 정리해야겠다고 다짐했다. 햇빛은 접붙인 가지가 붙고 꺾꽂이가 잘 완성될 수 있을 만큼, 먼 나라에서 온 꽃들이 다음 겨울에도 살아남을 수 있을 만큼 충분히 온실 안으로 스며들지 않았다.

유리문을 닫고 온실 안에 들어앉은 아글라에는 온실 한가운데에 아버지가 그랬던 것처럼 세네갈 흑인들의 방식으로 쭈그리고 앉았다. 햇빛이 조금씩 퍼져가자, 사물들의 미스터리들이 하나둘 풀리기 시작했다.

그녀 바로 옆 왼쪽에는 50cm 정도 되는 작은 마호가니 가구가 아침 햇살 속에 4개의 반짝이는 서랍을 선보이며 작은 비서처럼 서 있었다.

밝은 빛 청동으로 만들어진 네 개의 작은 손이 서랍 손잡이를 이루고 있다. 검지만 빼고 모든 손가락이 접혀 있다. 그 위의 작은 테이블에는 흰 촛농이 두껍고 넓게 펼쳐져 있었다. 아글라에는 아버지 임종의 순간, 그의 침대를 밝히던 마지막 촛불들이 이 낮은 탁자 위에 놓여 있었다는 것을 기억해 냈다.

순간, 빛과 그림자의 반사로, 어느 서랍 손잡이 아래쪽에 입체적인 그림이 새겨진 것을 본 듯했다. 그녀는 자세히 살펴보기 위해 고개를 숙였다. 손잡이에 있는 검지손가락 끝이 가리키는 듯한 자리에 꽃이 있었다. 자단목 위에 송곳으로 새겨진 무궁화였다. 쌀알 모양 꽃가루에 둘러싸인 기다란 암술이 튀어나와 있고 꽃잎은 안으로 오므려져 있는 모습이었다.

그녀는 무궁화 장식이 새겨진 서랍을 열었다. 거기엔 며칠 전 이미 본 것과 같은 흰색과 청색 유리구슬 목걸이, 인디언 천 조각, 금화가 있었다. 그러나 나머지 세 개의 서랍들을 열고 보니, 꽃이 새겨진 서랍은 나머지 것들보다 덜 깊어 보였다. 그녀는 불현듯 어떤 생각이 들어 그 서랍을 꺼내 보려 했지만, 꺼낼 수 없었다. 그러다 거의 무의식적으로, 정확히 무궁화꽃이 새겨진 바로 그 부분을 눌렀다. 그러자 그녀는 검지 아래로 찰카닥 시건 장치가 작동하는 것을 느꼈다. 마치 작은 스프링의 미묘한 작용으로 어떤 메커니즘이 작동된 것처럼. 과연, 서랍의 앞쪽이 갑자기 아래로 툭 떨어지면서 서랍의 1/3 정도 높이에 작은 선반이 드러났다. 그 위에는 짙은 붉은색의 커다란 모로코식 가죽 지갑이 등을 보인 채 놓여 있었다. 서랍의 이중 바닥은 완벽하게 닫혀 있었기 때문에 모로코 가죽 지갑은 전혀 먼지를 쓰고 있지 않았다.

그녀는 쭈그린 자세를 풀고 온실 바닥에 주저앉았다. 비밀 서랍 앞쪽에 새겨진 무궁화만큼이나 미스터리한 이 모로코 가죽 지갑을 감히 열어볼 엄두가 나지 않았다. 해가 지면 저절로 닫히고, 해가 뜨면 저절로 열리는 걸까? 아글라에는 천천히 지갑을 감고 있던 검은색 리본을 풀었다. 지갑 안에 있던 수첩 첫 장에는 말린 꽃이 있었다. 두꺼운 종이에 달라붙어 있는 이 밝은 오렌지빛 꽃은 살아있었을 땐 진홍색이었을 것으로 보였다. 그 위에 별자리처럼 박혀 있는 샤프란 빛 노란 점들은 암술에서 떨어져 나온 꽃가루 잔여물로 보였다. 바로 다음 페이지에서 거의 여백을 두지 않고 빽빽하고 규칙적으로 가늘게 써 내려간 아버지의 글씨체를 알아볼 수 있었다.

  이 수첩들은 그녀에게 보내진 걸까? 아글라에는 이것을 발견한 것이 우연이 아니며, 이 수첩은 몇 달 전부터 이 이중 바닥의 서랍 안에서 그녀를 기다리고 있었던 것처럼 느껴졌다. 그렇다면 왜 아버지는 그녀가 이 수첩을 발견할 수 없을지도 모를 위험을 감수한 것일까? 왜 그는 딸이 수첩을 읽게 되기까지 그토록 많은 장애물을 설치해 둔 것일까? 만일 그녀가 발렌 성에 아버지의 유물들을 받아들이지 않았다면, 만일 그녀에게 각 물건들이 지니는 신비를 간파해 내려는 의지도 없고, 유물들이 지닌 미스터리에 대해 의문을 품지도 않았더라면, 이 붉은 모로코 가죽 지갑은 그녀에게 도달하지 못했으리라. 아버지의 친필이 담긴 이 수첩의 발견은 곧 그녀가 전혀 알지 못하던 감춰졌던 미셸 아당송을 발견하게 될 것임을 의미하기도 했다.

  아글라에는 망설였다. 그녀는 감춰진 아버지의 모습을 굳이 알고 싶지 않았다. 그러나 첫 단어가 그녀를 바로 무장해제 시켰다.

사랑하는 나의 딸 아글라에에게, 1806년 7월 8일

나는 무너져 내렸다. 마치 개미 떼의 공격을 받아 속이 갉아 먹힌 나무처럼. 내 인생의 마지막 몇 달 동안 네가 목격했듯이 나는 육체적으로만 무너졌던 것이 아니었다. 내 대퇴골이 갑자기 부러지기 한참 전부터 또 다른 것이 나의 내면에서 무너져 내렸다. 그게 정확히 어떤 순간인지 나는 알고 있다. 내 수첩들을 읽게 된다면 너는 비로소 그 상황들을 알게 될 것이다. 나의 가장 고통스러운 기억들 주변에 세워두었던 가림막들이 모두 쓰러지고 말았을 때, 나는 세네갈에서 내게 무슨 일이 있었는지 너에게 말해야 한다는 것을 깨달았다. 내가 거기에 갔을 땐 고작 스물세 살이었다. 내가 지금 너에게 하는 이야기는 출간된 나의 여행기에서 네가 읽었던 내용과는 다른 얘기다. 나는 너에게 나의 청춘을 이야기하려 한다. 나의 첫 번째 후회와 나의 마지막 희망에 대해. 나는 늘 내 아버지가 자신의 인생에 대해 한 점 부끄럼 없이 솔직하게 나에게 모두 얘기해 주길 바랐단다. 내가 지금 너에게 하는 것처럼 말이다.

네가 나의 마지막 의지를 실현해 주기를 바라마지않으면서, 나는 너에게 진실만을 말하고자 한다. 나의 마지막 의지가 가져올 실제적 결과에 대해 내가 제대로 예측했는지는 확실치 않다. 사랑하는 아글라에. 나를 위해 대신 만나 달라고 부탁하는 그 사람을 네가 마주했을 때, 나의 의지에 실체를 부여하고, 그 결과를 재창조해야 하는 사람은 바로 너다. 아마도 이 모든 것은 네가 내 노트를 어떻게 읽을 것인가에 달려 있을 것이다….

너에게 내 자연사 백과사전 출간의 짐은 지우지 않겠다. 너는 내가 남긴 초고에서 길을 잃고 빠져나오지 못할 게 분명하니. 길을 잃지 않고 자연 속으로 성큼성큼 한발씩 내딛기 위해 내가 찾아낸 단단한 길잡이 같은 것은 없다. 내가 쓴 《식물분류학》 방법론 초록은, 이 프로젝트가 실패할 거라고 확신하는 너의 어머니에게 출간을 부탁했다. 너의 어머니 쟌은 적어도 고통스러워하진 않을 거다. 내 책을 출간하는 일이 항상 실패로 귀결된다는 것을 네 어머니는 나만큼 잘 알고 있으니까. 식물학에서 나는 잘려 나간 가지다. 이 게임의 승자는 린네(Linné)[11]다. 그는 역사에 남을 테지만 나는 그렇지 못할 것이다. 하지만 나는 어떤 고통도 느끼지 않는다. 나의 명성에 대한 갈망, 나의 학문적 야망, 나의 백과사전 프로젝트, 이 모든 것이 결국 하나의 속임수에 불과했다는 것을 이해하게 되었으니까. 아마 너도 마지막 몇 달 동안 내 집에 드나들면서 눈치를 챘을 것이다. 이것은 세네갈 여행에서 겪은 끔찍한 고통으로부터 스스로를 구하기 위해 나의 무의식이 만들어낸 속임수인지도 모른다. 난 프랑스에 돌아오자마자 그 고통을 파묻어 버렸다. 네가 태어나기 훨씬 전의 일이다. 하지만 그 고통은 죽지 않았다. 오히려 그 반대였다.

내가 가진 죄책감의 일부를 너에게 지우려는 건 아니다. 다만, 너에게 나라는 사람이 누구인지 알려주고 싶었을 뿐이다. 이런 것이 아니라면 자녀들은 부모로부터 어떤 다른 유익한 유산을 기대할 수 있을까? 내게는 이것이 그나마 유일하게 가치 있는 유산이라고 생각된다. 너에게 글을 쓰고 있는 이 순간, 네 앞에서 발가벗겨지는 것이 두렵게 느껴진다는 사실을 고백하마. 노아[12]가 술잔치로 밤을 보낸 후 아이들 앞에서 벌

---

11 Linné (1707-1778) : 칼 폰 린네, 스웨덴의 식물학자로 생물 분류학의 기초를 놓은 데 결정적 기여를 하여, 식물학의 시조로 불린다.
12 구약 성서에 나오는 인물. 노아의 방주를 지어 홍수를 피한 후, 세상을 재건하는

거벗은 채로 바닥에 잠이 들어있는 모습을 보고 그의 아들 함이 아버지를 놀린 것처럼, 네가 나를 비웃을까 봐 두려운 것은 아니다. 나는 단지 현시대를 살아가고 있는 네가 눈앞에 있는 희노애락에 일희일비하는 일상의 포로가 되어 있지 않을까, 타인에 대해 무감각했던 내 존재의 일부가 그랬듯, 너 또한 타인의 일에 무관심하지 않을까. 그래서 나의 비밀 노트를 끝내 찾지 못하게 될까 그것이 두려울 뿐이다.

네가 이 글을 읽기 위해선, 너에게 유산으로 남긴 나의 보잘것없는 가구들을 그것이 오직 아버지의 소장품이었단 이유로 네가 받아들이는 단계가 필요하다. 만약 네가 나의 글을 읽고 있다면, 너는 나의 감춰진 삶을 알고자 했고, 아마도 그것을 찾았기 때문일 것이다. 네가 조금이라도 내게 관심을 가져줬기에 가능했던 일이겠지. 사랑한다는 것은 함께 나눈 날들의 기억을 공유하는 것이기도 하단다. 네가 아이였을 때, 그리고 소녀가 되었을 때, 나는 너와의 사랑이 꽃필 수 있는 시간을 위해 별로 노력하지 않았다. 이제 네가 여인이 된 지금에서야 너에게 시간을 바치게 되는구나. 죽음이 너의 시선과 너의 심판으로부터 나를 가려줄 수 있게 된 지금에서야. 나는 나 자

---

일을 맡게 된 노아가, 포도 농사를 지어 포도주를 마신 뒤 취해서, 옷을 벗고 자는 실수를 저질렀다. 이때 그 모습을 본 차남인 함은, 이런 아버지를 보고 조롱한 반면, 장남인 셈과 3남 야벳은 뒷걸음질로 들어가 아버지의 나체를 보지 않기 위해 노아에게 옷을 덮어주고 나왔다는 이야기가 구약 성서에 전해진다.

신으로부터 도망가기에 너무 바빠서 너에게 시간을 바치는데 소홀히 했다. 이젠 그 일을 후회한다. 그 부족했던 시간을 우리가 함께한 보석 같은 추억으로 대신할 수 있지 않을까… 이렇게 초라한 위로를 해본다.

 네가 지금 이 글을 읽고 있다면, 네가 아주 어린 소녀였을 때 우리가 가끔 거닐곤 했던 왕실 정원에서의 산책이 그나마 네게 큰 의미로 남지는 않았을까 하는 생각을 조심스럽게 해본다. 네가 대학 건물 앞에서 온갖 종류의 무궁화를 보고 처음 경탄할 때의 모습이 떠오른다. 신은 이 수많은 무궁화꽃이 낮과 밤이 교차할 때마다 동시에 피고 지기를 반복한다는 사실을 알고 계시지. 기억하니? 우리가 밤에 눈을 감는 것처럼 이 꽃도 해가 지면 눈을 감는 거냐고 물었던 것을? 나는 세상을 향한 너의 아름다운 시(詩)심을 지켜주고 싶어서 이렇게 답변했었지. 아니, 이 꽃은 눈꺼풀이 없단다. 눈을 뜨고 잠을 자지. 그래서 그날 이후 네가 한동안 무궁화를 '눈꺼풀 없는 꽃'이라고 불렀던 것도 기억하니?

 너는 내가 우리 사이의 암호로 무궁화를 택한 이유를 이해할 거다. 그래서 난 작은 가구의 서랍 앞에 무궁화를 새겨 놓았다. 너를 기다리는 내 노트들이 들어있는 이중 바닥 서랍의 시건 장치가 어디 있는지 네게 알려주려고. 무궁화는 우리의 비밀 열쇠였던 거지. 네가 그것을 찾아냈다면, 우리가 자연의

경이로움에 감탄하며 함께 보낸 시간을 네가 사랑했다는 의미일테니.

    나는 언젠가 이름 없는 나의 여행기를 네가 읽게 될 날이 오기를, 온 마음을 다해 간절하게 고대한다. 그리고 너에게 이 여행기의 이름을 짓는 수고를 맡기마. 관대한 마음으로 읽어주기 바란다. 네가 부디 이 글을 읽으면서, 마치 삶이 그 자체로 이미 충분히 무겁지 않은 양, 대부분의 사람들이 쓸데없이 지고 사는 불필요한 삶의 무게를 네가 내려놓을 수 있기를 바란다. 그것은 바로 편견의 무게란다.

미셸 아당송

    아글라에는 붉은 모로코 가죽 지갑에서 눈을 떼어 허공을 응시했다. 온실은 이미 햇빛으로 충만했다. 그녀의 정면에 있는 선반에 나란히 놓인 세 마리 '예의 바른 개구리들'은 포르말린 병 속에서 그날따라 유독 눈에 잘 띄었다. 그녀는 더웠고, 다리 관절은 경직돼 있었다. 아침 9시쯤 됐을까. 오후에 만나기로 한 젊은 건축가 삐에르-위베르 데스코틸이 오기 전에 해야 할 일들이 많았다. 그는 성의 수정된 설계 도면을 그녀에게 보여주기 위해 오겠다고 편지로 알려왔던 터다.

    그녀는 지난 생장 축제에서 고용한 요리사 비올레트와 정원사 제르망이 온실 바닥에 덩그러니 앉아 아이처럼 턱을 떨며 눈물이 그렁그렁해 있는 그녀를 발견하고 깜짝 놀라는 것도 원치 않았다.

## 2부

# 미셸 아당송

밤이 찾아왔다. 그녀는 제르망을 시켜 무궁화 조각이 새겨진 작은 가구를 자신의 침대 옆에 두게 했다. 그녀는 그 가구 위에 조각이 새겨진 유리 갓의 기름 램프를 올려놓았다. 잠자리에 든 아글라에는 어머니가 보내준 자수가 수놓인 쿠션을 등 뒤에 받치고, 다리 위론 황금빛 비단으로 둘러싸인 두터운 솜이불을 덮고서 미셸 아당송의 노트를 읽기 시작했다. 천천히 노트를 넘길 때마다 종이 위에 창백한 음영을 드리우며 흔들리는 불빛은 아버지의 임종 순간을 채워주었던 불빛을 떠오르게 했다.

\*

나는 스물세 살에 파리를 떠나 세네갈의 생루이 섬에 도착했다. 어떤 이들은 시를 써서, 어떤 이들은 금융업이나 정치계로 진출해 명성을 얻는 것처럼 나는 식물학 분야에 이름을 남기고 싶었다. 하지만, 자명한 일이었으나, 내가 결코 의심해본 적 없던 이유로 일은 계획한 대로 흘러가지 않았다. 나의 세네갈 여행의 목적은 식물들을 발견하기 위해서였지만 나는 거기서 사람들을 만났다.

우리는 교육이 빚어 놓은 열매다. 세상의 질서에 대해 알려 준 모든 이들의 가르침을 온전한 선의를 가지고 믿고, 곧이곧대로 받아들였던 나는, 그들이 말한 대로 흑인들의 야만성을 사실이라고 굳게 믿고 있었다. 어떻게 내가 존경하는 스승들의 말을 의심할 수 있었겠는가? 스승들의 직속 후계자들이 흑인들은 무지하고 잔인하다고 가르칠 때 어찌 그 말에 의문을 제기할 수 있었겠는가?

내가 신도가 될 뻔했던 카톨릭교는 흑인들은 타고날 때부터 노예라고 가르쳤다. 어찌 되었건 흑인들이 노예라면 그것은 신의 명령 때문이 아니라 그들은 날 때부터 노예였다고 믿는 것이 아무런 양심의 가책 없이 그들을 사고파는 데 유리했기 때문이라는 사실을 나는 뒤늦게 깨달았다. 나는 당시까지 그 어떤 유럽의 학자도 제대로 묘사한 적 없는 식물과 꽃, 조개, 나무들을 만나기 위해 세네갈로 떠났다. 거기서 나는 고통을 발견했다. 우리는 세네갈의 자연만큼이나 세네갈의 주민들에 대해 아는 것이 없었다. 하지만 우리는 그들이 태어날 때부터 열등한 존재라고 말할 만큼 그들을 잘 안다고 여겼다. 약 3세기 전에 우리가 그들을 처음 만났을 때, 그들이 가난해 보였기 때문일까? 그들이 우리처럼 수 세대를 거쳐도 끄떡없을 돌로 만든 궁전을 지을 필요를 느끼지 못했기 때문일까? 그들이 대서양을 횡단하는 배를 만들지 않아서 우리는 그들을 열등하다고 판단했던 걸까? 이 모든 잣대로 우리는 그들을 우리와 동등한 존재로 평가하지 않을 수 있었겠지만, 그것은 모두 잘못된 생각이다.

우리는 늘 모르는 것을 아는 것으로 착각한다. 그들이 돌로 된 궁전을 짓지 않은 것은 그들은 그것이 불필요하다고 여겼기 때문일 수도 있다. 그들이 자신들의 고대 왕들의 위대함을 증명할 고유의 방법을 가지고 있는지 알아본 적이 있는가? 유럽인들이 자랑스럽게 여기는 궁전, 성, 대성당 등은 부자들을 위해 - 그들의 오막살이 살림 따위는 아무도 신경 쓰지 않는 - 수세대에 걸쳐 가난한 사람들이 바친 피와 땀의 결과다. 세네갈 흑인들의 역사적 유물들은 그들의 역사가이자 이야기꾼이며 가수인 그리오(Griot-아프리카 전통의 구송 시인)들을 통해, 또 서사시, 덕담, 민화들을 통해 세대를 이어 전해지고 있다. 우리의 궁전을 지은 아름다운 돌들처럼 여러 세기를 거치며 갈고 닦아진 그리오의 대사는 그들의 역사를 상징하는 영원한 기념물이다.

  흑인들이 유럽으로 건너와 우리를 노예로 만들고 우리의 땅을 제 것으로 만들 수 있게 해 줄 배를 만들지 않은 것도 그들의 열등함보다는 현명함을 증명한다. 만족을 모르는 우리의 설탕에 대한 기호 때문에, 흑인들을 수백만 명씩 아메리카에 팔아 넘기느라 커다란 배를 만들었던 사실을 우린 마냥 자랑스러워할 수 있을까? 흑인들은 우리가 별생각 없이 추구하는 탐욕을 미덕으로 여기지 않는다. 그들은, 일찍이 데카르트가 그랬듯이 인간이 모든 자연의 주인이며 소유주가 되어야 한다고 여기지도 않는다.

  나는 세네갈에서 이처럼 우리와는 다른 세계관을 접하게 되었고, 그 속에서 그들을 얕잡아 볼 만한 내용은 발견하지 못했다. 아프리카를 여행하는 유럽인들이 진정으로 아프리카인들에 대해 알고자 한다면, 한 명이라도 더 나처럼 해야 할 것이다. 내가 가장 먼저 한 일은 그들의 언어 중 하나를 배운 것이다. 내가 월로프어[13]를 충분히 알아들을 수 있게 되자, 일찍이 보지 못했던 황홀한 세상이 조금씩 눈 앞에 펼쳐지는 것 같았다. 엉터리 화가가 거칠게 칠해 놓은 공연장의 무대 장식이 갑자기 제대로 된 원본으로 대체되는 것처럼 말이다.

---

[13] Wolof : 세네갈과 모리타니에서 사용되는 구어로 세네갈 인구의 90%가 월로프어를 사용한다.

세네갈 흑인들이 사용하는 월로프어는 우리가 사용하는 언어에 못지않다. 그들은 자신들이 간직해온 인간성의 모든 보물을 그 속에 쌓아왔다. 그들이 지닌 손님에 대한 환대와 박애 정신, 시, 그들의 역사, 그들의 식물에 대한 지식, 그들의 속담, 그들의 세상에 대한 그들의 통찰, 이 모든 것들을. 그들의 언어는 우리가 배를 타고 다니며 추구하던 것과는 다른 종류의 풍요를 그들이 일궈오고 있었다는 사실을 알게 해준 열쇠였다. 그들이 가꿔온 풍요는 비물질적인 것들이었다. 내 이야기가 세네갈인들은 인류와 다른 종류의 인간이라고 말하려는 것은 아니다. 그들은 우리보다 모자란 인간이 아니라는 얘기다. 모든 인류가 그러하듯, 그들의 심장과 정신은 영광과 풍요를 추구한다. 그들 중에도 황금을 얻기 위해 남을 파괴하고 약탈하고 살육하는 탐욕스러운 인간들이 존재한다. 나폴레옹 1세에 이르기까지의 우리 왕들이 그러했듯, 그들의 왕들 또한 그런 존재들이다. 그들의 왕은 권력을 얻거나 유지하기 위해서 거리낌 없이 자국민을 사고파는 노예제도를 조장했던 장본인들이었다.

　나의 첫 번째 월로프어 선생님은 마디에였다. 그는 세네갈 조계(Concession du Sénégal)[14]의 여러 감독관의 통역자로 일

---

14　주로 개항장에 외국인이 자유롭게 거주하며 치외법권을 누리며 활동할 수 있도록 설정된 구역으로 제국주의 국가들이 침략과 약탈을 시작하면서 불평등조약

해온 40대 남자였다. 마디에예는 불어를 제법 잘 구사했지만, 소수의 전문가만 알고 있는 식물의 약효 성분을 포함, 식물학적 용어는 통역해 줄 수 없었다. 하여 나는 그를 해고하고 고작 열두 살인 은디악을 고용했다. 내가 식물에 대해 잘 알고 있는 사람들을 만나 월로프어로 대화할 때 그가 나를 효과적으로 도울 수 있도록, 나는 그에게 식물학 용어들을 가르쳐주었다.

세네갈 조계의 감독관인 에스투판 들라 브뤼가 자신의 거래 대상인 왈로족(Waalo) 왕의 아들인 은디악을 내게 소개했다. 은디악은 세네갈에서 내게 여권같은 존재였다. 은디악과 왈로족 왕이 내어준 몇몇 무장한 남자들과 함께 다니는 한, 그 어떤 불쾌한 일도 내게 일어날 수 없었다. 은디악은 자신이 왈로 왕국의 왕자이긴 하지만 결코 왕이 될 수는 없다는 사실을 내게 알려주었다. 왈로왕국의 계승 서열에 따르면 그의 위치는 사실상 아무것도 아니었다. 그래서 그의 아버지는 들라 브뤼가 요청하였을 때, 은디악이 은데(Nder)에 있는 왕궁을 떠나 나와 함께 다니며 내 일을 돕는 것을 허락했다. 은디악을 처음 만났을 때 그는 세네갈에서는 왕의 모계 조카들만 왕이 될 수

---

으로 얻어낸 구역을 의미. 미셸 아당송이 세네갈을 여행하던 시기(1748-1754) 프랑스는 세네갈 여러 곳에 조계를 두어, 약탈의 발판으로 삼았다. 이 시기엔 세네갈의 왕들이 통치하는 지역과 그들이 양도한 땅에 거주하며 노예무역등 상업행위를 하는 유럽인들이 공존했다.

있다는 사실을 자신만의 독특한 방식으로 설명해 주었다.

"왕비에게서 아이가 태어났을 때, 우리가 확신할 수 있는 것은 단 한 가지뿐이거든요. 적어도 아이의 몸속엔 왕실의 피가 절반은 흐른다는 사실이죠. 새끼 표범의 몸에서 그 어미의 반점은 항상 알아볼 수 있지만, 아빠의 반점은 알아보기 힘든 것처럼요."

은디악은 농담을 할 때는 미소를 짓지 않도록 조심했다. 웃음을 터뜨리고 싶은 강한 충동에도 불구하고 그는 언제나 얼굴 위에 평정을 가장한 가면을 쓰고 있었다. 그의 평정을 배반하는 유일한 것은 눈꺼풀이었다. 그가 우스운 생각을 표현하려고 준비할 때마다 그는 두 눈꺼풀을 깜빡거렸다. 살짝 오그라들던 입술도 조금은 그랬다. 은디악은 즉석에서 속담을 만들어 낼 줄 아는 탁월한 재능을 가지고 있기도 했다. 그와 알고 지내는 모든 사람은 그를 좋아했다.

은디악은 자신이 아버지보다는 어머니를 닮았다고 여러 번 얘기 했다. 그의 말에 따르면 그의 어머니는 왈로 왕국뿐 아니라 전 세계에서 가장 고귀한 귀족이고 가장 아름다운 여성이었다. 어머니의 아름다움을 물려받은 그는 자연스럽게 내가 인생에서 만난 가장 아름다운 소년이었다. 실제로 그의 이목구비는 마치 자연이 벨베데르의 아폴론[15]을 조각한 조각가가 사용한 황금 비율로 얼굴을 측정한 것처럼 반듯한 대칭을 이루고 있었다. 나는 그가 허세를 부리며 이야기할 때마다 미소 지으며 고개를 끄덕여 주곤 했다. 나의 그런 몸짓은 그가 웃지도 않고 사람들에게 이런 말을 하도록 부추기는 역할을 했다. "너 이거 알아? 흑인의 둥근 눈으로 날 바라보고 있는 너, 똑바로 들어. 우리 모두뿐 아니라, 너의 5대에 걸친 조상들이 다닌 것을 다 합친 것보다 더 많은 나라들을 다녀본 저 백인 아당송도, 내가 세상에서 가장 잘 생겼다는 걸 인정했다고!"

나는 그가 식물에 대해 박식한 세네갈인들이 외국인인 내게 말 건네는 것을 주저할 때마다 이런 너스레를 떤다는 사실을 알고 있었기에 그의 이런 교만을 기꺼이 관용해 주었다. 여기선 모든 백인을, 특히 익숙하지 않은 주제에 대해 많은 질문을 하는 나를 경계했다. 은디악은 놀라운 기억력을 가진 믿을 만한 해결사였다. 은디악 덕분에 나는 세네갈 조계에서 행해지는 많은 관행에 대해서 알 수 있었다. 그 중엔 감독관인 에르투판 들라 브뤼가 세네갈의 여러 왕국과 거래할 때 더 큰 이윤을 남기기 위해 알아두었어야 할 내용들도 있었다.

---

15 Apollon du Belvédère : 고대 그리스 시대의 청동 조각품의 로마시대 복사품으로 기원전 4세기경 대리석으로 만들어졌다. 조각가는 레오샤레스(Léocharès)로 여겨진다. 이 조각은 아폴론신을 표현하고 있으며 현재는 바티칸 박물관에 소장되어 있다

세네갈에 온 지 2년이 조금 더 지났을 때, 나는 처음으로 '돌아온 여인'에 대한 이야기를 들었다.

그날 밤 나는 생루이 섬에서 도보로 한 시간 거리에 있는 소르라는 마을에 있었다. 은디악과 나는 이 마을에 도착하기 전에 식물들을 채집할 생각으로 동이 틀 무렵에 생루이 섬의 요새를 떠났다. 강으로부터 마을에 이르는 길은 접근이 상당히 어려웠다. 소르로 가는 길은 가시 덤불에 가려지고 잡초에 가로막혀 거의 보이지 않아서 생루이 섬과 가까운 인근 길이라 하기엔 턱없이 부족했다. 내가 세네갈을 여행하던 그 시절, 조계의 본부가 있던 생루이 섬에는 흑인, 백인, 혼혈인 등 약 3천 명의 주민들이 살고 있었다. 약 삼백 명의 주민들이 살고 있는 소르 마을과 생루이 섬의 원활한 소통과 상업적 이익을 열 배는 높일 수 있을 길을 이렇게 방치해 놓다니! 내겐 이것이 분명 흑인들을 경시하는 태도의 증거로 보였다. 하지만 그날 저녁 나는 오해했음을 알게 되었다.

소르 마을의 촌장인 바바 섹에게, 나는 여러 차례에 걸쳐서 마을에 이르는 길이 너무 불편하다는 지적을 했고, 그는 언제나 내게 "신이 허락하신다면, 소르에 이르는 더 편한 길이 곧 만들어지겠죠"라고만 답했다. 그의 대답은 흡족하지 않았지만, 나는 그를 더 이상 다그치진 않았다.

여러 차례에 걸쳐 지혜와 열린 정신을 보여준 촌장에게 나는 우정을 느끼고 있었다. 그는 큰 키와 건장한 체격, 친절한 태도를 가진 50대 남자였다. 마을 사람들에 대한 그의 자연스런 권위는 그의 뛰어난 화술로 그 무게를 더했다. 내가 이 마을을 처음 방문하였을 때, 나를 살린 것은 바로 그의 한마디였다. 마을 사람들이 모두 모인 자리였다. 나는 양반다리를 하고 등나무 돗자리에 앉아 있었는데, 갑자기 내 오른쪽 허벅지로 뱀 한 마리가 다가오고 있었다. 마을 사람들이 신성하게 여기는 그 뱀을 내가 죽이려고 하던 바로 그 순간, 바바 섹은 한마디 말로 그의 장남 갈레예 섹이 내 머리 위로 내려치려던 장대를 멈춰 세웠다. 또 한번은 그가 입고 있던 옷의 커다란 주머니 속에 죽은 뱀의 시체를 보란 듯이 주워 담아 비명을 지르는 좌중을 제압하는 모습을 보이기도 했다. 그런 그였기에, 바바 섹이 들려준 '돌아온 여인'에 대한 이야기가 나의 불평에 대한 답변이었다는 사실을 이해하기 전까지, 나는 즉답을 피하는 그의 답변에 만족하고 있었다.

 내가 방문한 거의 모든 세네갈 마을에는 지상으로부터 약 3피트(90cm) 정도 높이에 세워진 정사각형의 커다란 평상이 있었다. 사방으로 굵고 단단하게 뻗은 아카시아 나뭇가지가 그 평상을 지탱하고 있었다. 열댓 명의 사람들이 앉거나 누워있을 수 있는 이 평상들은 등나무를 엮어 만든 여러 겹의 돗자리로 덮여 있었고, 마을 사람들에게 야외 공간에서의 쉼터로 쓰였다. 빠른 속도로 번식하는 모기로부터 사람들을 지켜줄 순 없었지만, 연중 가장 무더운 6월부터 10월 사이의 찌는 듯한 집안의 열기를 피할 수 있게 해주었다. 바로 거기, 별들이 쏟아져 내리는 곳에서, 우리 못지않게 별자리에 대해 잘 아는 흑인들은 모기에 물리는 것도 아랑곳하지 않고 밤공기를 마시며 잠이 들 때까지 이야기를 나누었다. 돌아가며 소소한 이야기나 짧은 농담 또는 말싸움을 벌이던 마을 사람들은 때론 진지한 토론을 이어가기도 했다. 마을 사람들의 웃음소리를 멈추게 한 이런 진지한 토론 중 하나가 '돌아온 여인'에 대한 것이었다. 눈을 들어 별들을 바라보던 바바 섹은 마을 사람들을 향해 말하는 듯했지만, 실은 나에게 말하고 있었.

  내 조카 마람 섹이 마지막으로 보내온 소식에서 그 아

이는 불가능한 땅에 대해 이렇게 말했소. 그곳이 죽음의 땅이 아니라면, 적어도 지옥 근처임에는 틀림없을 것이라고 말이오. 마람 섹은 3년 전에 미셸 당신이 생루이 섬에서 소르로 오느라 걸었던 그 길에서 납치되었소. 그러니 굳이 낫으로 그 길을 말끔히 하려 애쓸 필요는 없었던 거요. 덤불 밑으로 기어가거나 상처 입힐 가시가 없도록 길을 깨끗이 만들 이유가 없었던 거요. 그렇게 마람이 납치된 후 누가 그녀를 납치해 갔는지 알지 못했기에 우리는 그 길이 덤불 속에서 사라지도록 놔두었던 것이오. 가시덤불이 유괴범들과 노예상들로부터 우리를 보호하도록 일부러 놔둔 거지요.

마람은 당신과 닮은 구석이 있었어요 미셸, 그녀는 혼자 있는 걸 좋아했소. 아주 어릴 때부터 그 아이는 식물들과 동물들 사이에서 혼자 놀곤 했소. 마람은 가시덤불의 비밀도 알고 있었소. 사람들이 멀리서 오는 기척도 재빨리 알아차리고 여러 자연현상의 숨겨진 의미도 읽어낼 줄 알았던 그 아이가 어떻게 그렇게 납치당한 것인지… 우리도 알 길이 없소. 소르 마을 촌장인 나는 마람 엄마의 큰 오빠요. 아이 부모가 돌아가신 후부터는 그녀의 유일한 혈육이 나였소. 나는 그 아이를 찾기 위해 생루이 섬으로 뛰어 갔었소. 새벽부터 강가에서 낚시질하는 하역부들에게, 빨래하는 아낙들에게, 매일 물가에서 노는 생루이 아이들에게까지 마람의 소식을 물었다오. 나는 성

안에 있는 감옥도 가보고, 성의 문지기에게도 물어보았지만, 그중 어느 누구도 마람을 본 사람은 없었소.

난 그 아이를 납치한 자들에게 내 몸을 팔아서라도 아이를 되찾을 준비가 되어 있었소. 그러나 납치범들은 누구인지, 어디서 왔는지도 모르는 채 감쪽같이 자취를 감춰버렸지. 그들은 분명 인근 마을도 거치지 않고 남쪽으로 곧장 달아난 것이 틀림없었소. 그 방향으로 사람을 보내 소식을 수소문했지만, 마람의 어떤 흔적도 찾을 수 없었소. 그녀가 행방불명된 지 3개월이 지난 뒤, 그녀를 흠모하던 숲의 정령이 야수의 모습으로 나타나 그녀를 납치했던 것이 아님을 확인하고자 마을 주변 모든 가시덤불을 모두 베어내고 나서야 우리는 그 아이의 장례식을 치렀소. 때가 되면, 그녀를 건강한 젊은 청년과 결혼시켜야 했던 나 바바 섹은 그 아이가 작별 인사도 없이 떠났기 때문에 그녀가 분명 죽음과 결혼한 것이라 단정했소. 이틀 내내, 우리는 관습에 따라 그녀를 위해 울고 노래하고 또 춤을 추었소. 그녀가 살았든 죽었든 어디 있든 간에, 그녀가 겪었을 난폭한 사건 이후엔 부디 평화와 안정을 되찾을 수 있기를 기도했던 것이오.

신은 알고 계신다오. 그날 이후로 내가 조카 마람 섹을 생각하지 않은 날은 하루도 없었다는 것을. 바로 그런 이유에서 우리는 생루이로 가는 길을 방치하기로 결정한 것이라오. 그것은 우리가 아무 행동도 하지 않는 것으로 바치는 조공 같은 것인 셈이랄까. 그 방치된 길이 유괴범과 노예상들로부터 우리를 보호할 수 있기를 바라는 마음이지요.

 그리고 바바 섹은 마람 섹을 알고 그녀를 기억하는 마을 사람들과 마찬가지로 침묵을 지켰다. 나는 방금 들은 이야기에 대해 생각했다. 과연 어떤 사람들이 그녀를 유괴해 간 것일까? 강의 오른쪽 강변에서 온 무어인 기병들일까? 아니면 자신의 백성들을 유럽 노예상들에게 팔아넘긴 이곳 왕들이 고용한 약탈범들일까? 바바 섹은 그때 생루이 섬에서 제대로 수소문을 한 것일까? 사람들이 그에게 거짓말을 했던 건 아닐까? 이야기하는 동안 계속해서 하늘을 쳐다보던 바바 섹과 함께 우리는 눈을 들어 별들을 바라보았다. 마치 하늘의 별자리를 보면 지상에 살고 있는 여자와 남자들의 운명을 알 수 있기라도 한 것처럼. 광활한 우주에 비하면 극히 미미한 자신들의 문제에 대한 해답을 별들 속에서 찾을 수 있을 것처럼.
 그날 나는 아프리카의 하늘을 바라보며, 이 넓은 우주에서 우리의 존재는 아무것도 아니거나 너무 소소한 것이라고 생각했다. 응징의 신이 좋건 나쁘건 우리가 하는 모든 행동을 하나하나 검토하고 있다는 사실을 생각한다면 우주의 그 측량하기 어려운 깊이에 절망해야 할 것이다. 사랑하는 나의 아글라에. 이런 생각은 네가 최근 빅투아르가에 있는 내 집을 방문했을 때 나에게 들려주었던 너의 어릴 적 천문대에서의 기억과 같은 형태로 내 머리를 스쳐 갔다.

    소르 마을의 별빛 아래, 바바 섹이 들려주는 마람의 미스터리한 실종에 관한 이야기를 듣다 보니, 나는 문득 지구별이 지닌 수많은 미스터리를 다 이해하기엔 내 인생이 충분히 길지 않을 것이라는 직감이 들었다. 그러나 내가 사막의 모래알 하나, 대양 속의 물 한 방울보다 나을 것 없는 존재라는 생각은 나를 슬프게 하기보다 흥분시켰다. 나의 정신은 그것이 비록 아주 작을지라도, 이 무한한 우주 속에 나를 존재하게 할 힘을 지니고 있었다. 내가 지닌 한계에 대한 인식은 내게 무한한 가능성의 문을 열어주었다. 나는 무한한 직관을 가지고 우주 속을 떠도는 생각하는 먼지였다.

    바바 섹은 잠시 뭔가 생각하다가 자신의 이야기를 이어갔다. 은디악과 나는 처음 듣는 얘기였지만, 이미 이야기를 알고 있는 사람들도 집중하여 함께 이야기를 들었다.

      3년 동안 우리는 마람에 대해서 더 이상 생각하지 않았소. 그리고 그 아이의 운명을 알지 못하는 우리는 그 아이에게 고통스러울 우리의 마지막 의무를 행했소. 그러던 중, 대략 한 달 전, 어느 날 아침, 한 남자가 가시덤불 사이에서 나왔소. 마치 당신이 그랬던 것처럼. 우리 마을을 지켜주는 무성한 가시덤불 숲을 헤치고 우리에게까지 온 걸 보면 상당한 인내심을 가진 사람임에 틀림없었소. 세레르족인 그 남자의 이름은 셍간 파예였소. 그는 자신이 고레섬[16] 근처에 있는 캡 베르의 마을, 벤에 은신해 있는 마람이 보낸 사람이라고 했소. 그의 말에 따르면 마람은 노예로 보내지면 아무도 돌아올 수 없는 바다 저편에서 살아 돌아온 것이었소. 마람은 자신의 장례식이 치러졌는지 알고 싶어한다고 했소. 만일 그렇다면 다시는 소르로 돌아오지 않을 생각이니 절대로 자신을 찾을 생각도 하지 말라고 신신당부했다고 전했소. 그렇지 않으면 커다란 재앙이 우리 마을을 덮칠 수 있을 테니 말이요.

우리는 마람이 보낸 남자 셍간 파예에게 많은 질문을 했소. 하지만 그는 그녀에 대해 더 이상 아무것도 말하지 않았소. 왜 그녀가 그를 선택하여 우리에게 보냈는지, 그 이유에 대해서도 말하지 않았소. 우리는 그녀가 지금 어떤 상태에 있는지 말해달라고 간절히 청했지만, 그는 침묵했을 뿐이요. 내 큰아들을 포함한 몇몇 사람들은 그 남자의 태도에 놀랐고, 그가 하

---

16 Ile de Gorée : 세네갈의 수도 다카르 동쪽 3km 앞바다에 있는 작은 섬. 15-19세기에 아프리카 연안에서 가장 규모가 큰 노예무역의 중심지였던 곳으로 포르투갈, 네덜란드, 영국, 프랑스에 의해 연달아 지배받았다. 아프리카 전역에서 붙잡힌 흑인들은 그들이 살던 대륙을 떠나기 전 이곳에 집결되어 있다가 배가 오면 배로 옮겨졌다고 한다. 서구 제국주의가 행해온 인간 착취의 역사를 증언하는 장소로 1978년 유네스코 세계문화유산으로 지정되었다.

는 말의 진실성에 의문을 품었소. 충분히 이해할 만한 의심이었소. 도대체 왜 그는 더 이상 아무 말도 하지 않는 것일까? 혹시 이자는 마람 섹이 사라진 얘기를 어디선가 우연히 듣고 그 상황을 이용해 이득을 취하려는 사기꾼은 아닐까? 하지만, 이런 소식을 전하는 것으로 그가 무슨 이득을 취할 수 있을까? 이런 의문을 갖게 되었소. 하지만, 만약 죽고 없는 사람을 살아있다고 친지들에게 지껄인다면 그건 얼마나 잔인한 짓이겠소?

그리하여 나는 그를 니에벤[17]에 있는 왕의 대리인 카디(Kady) 앞으로 호송해 가기로 했소. 그가 이번 사건에 대한 현명한 판단을 내려주기를 바라면서 말이오. 하지만 다음날 생간 파예는, 이게 그의 실명인진 모르겠소만, 사라져 버렸소. 마람이 하루 아침에 마을에서 사라진 것처럼 아무런 흔적도 없이 말이오. 그가 그렇게 증발해 버린 뒤로 우리는 그 남자 생간 파예, 그리고 그가 말한 마람에 대한 이야기만 줄곧 생각해 왔소. 분명한 한 가지는 그의 말이 우리의 머릿속과 마음속에 마람이 진짜로 살아있을지도 모른다는 생각을 남겼다는 사실이오.

---

17  Ndiébène : 세네갈 최대 도시 생루이로부터 20킬로미터 떨어져 있는 해안 도시

"… 백인들에 의해 아메리카에 노예로 팔려 갔다가 여기 세네갈 집으로 돌아온다고? 그건 할례(포경수술)를 받은 음경에 다시 포피가 생겨나는 것 만큼 불가능한 일이야!"

당시 15살이었던 은디악은 생루이 섬으로 돌아오는 길에서 노예로 팔려 갔다가 돌아온 여인에 대한 이야기를 가지고 농담을 지껄이는 걸 잊지 않았다. 이 얘기는 바바 섹이 지어낸 거다. 당신은 두고두고 마을 사람들의 놀림감이 될 것이다. 미셸 아당송이라는 그 백인은 꾸며낸 얘기에 홀딱 속아 넘어갔다고. 잘하면 이 동네의 전설이 될지도 모른다고.

"와 바바 섹! 진짜 대단한데. 그 인간이 달 한 조각이 자기 마을 어디에 떨어졌다고 해도 미셸은 그 말을 덮어 놓고 믿겠지. 하긴, 바바 섹 이빨이 좀 세긴 세지?"

하지만 내가 캡베르에 돌아온 여자 노예를 찾으러 가고 싶다고 말했을 때 은디악도 나 만큼이나 그녀의 운명에 대해 궁금해하고 있었다. 서인도 제도나 미국으로 팔려 간 흑인 노예들이 겪게 되는 고통스러운 운명에 대해서 잘 알고 있기에, 어떻게 해서 마람의 귀환이 가능했던 것인지 궁금했다. 서인도 제도에 사는 식민지 본국인들이 일시적으로 본국에 일부 노예들을 데려와 통 제조공이나 목수, 제철공으로 훈련시키는 경우는 흔하지만, 노예들이 아프리카에 다시 나타나는 것은, 특히 고향으로 되돌아온 것은 단 한 번도 본 적도 들은 적도 없었다.

비록 우리에겐 아홉 살이란 나이 차이가 있었지만, 은디악과 나는 모험에 대한 청년의 피 끓는 열정을 함께 나누고 있었다. 은디악은, 바바 섹의 얘기에 대한 불신을 과장하는 것으로, 기필코 벤 마을에 가서 돌아온 여자 노예의 존재를 확인하겠다는 생각을 실행에 옮기도록 나를 자극하는 한편, 또래 소년들이 흔히 그렇듯, 살아 돌아온 흑인 노예 얘기가 허구라는 사실이 밝혀질 경우를 대비해서 빠져나갈 출구를 모색하고 있기도 했다. 하지만, 돌아온 여자 노예의 존재를 확인하고 싶어하는 우리의 욕망은 서로에게 들킨 상태였고, 이런 우리 앞에 몇가지 장애물들이 다가왔다. 결정적으로 내가 캡베르 지역 여행에서 이제 막 돌아왔기 때문에 프랑스로 돌아갈 때까지 해당 지역으로는 다시 여행할 수 없도록 통행 허가가 규정

되어 있다는 사실이 우리가 뛰어넘어야 할 첫번째 난관이었다. 나의 식물학 연구에는 어떤 관심도 없는 조계 감독관, 에스투판 들라 브뤼가 별 가치도 없어 보이는 이 여행을 위해 내게 자원과 인력을 제공해 줄 리 만무했다.

  그와 그의 동생, 노예들의 섬인 고레섬의 총독 생장은 나를 좋아하지 않았다. 나는 그들을 위해 어떤 일도 해주지 않을 것임을 분명히 했기 때문이다. 그들의 직원 중 가장 일 잘하는 사람이 세네갈에서의 업무 수행 중 고열로 사망했을 때, 그들은 내 연구를 후원해 주는 댓가로, 내가 사망한 직원을 대신해 몇 가지 일을 해주길 바랐다. 하지만 나는 상아와 아라비아고무 또는 노예들을 총과 화약으로 교환해주기 위해 강가에 늘어선 교역소를 누비고 다닐 마음은 추호도 없었다. 나는 아카데미 회원이 되고자 하는 식물학자였다. 그들의 심부름꾼이 아니었다.

  그러니 어떻게 그들에게 내 뜻을 설명할 수 있겠는가? 흑인 마을의 족장이 하는 이야기를 믿고 아메리카 대륙에 팔려 갔다가 3년 만에 돌아왔다는 여자 흑인 노예를 찾으러 가고 싶다는 생각을. 나의 프랑스 귀환을 고대하고 있는 두 형제는 면전에서 나를 맘껏 비웃을 것이다. 그들은 내 후원자들에게 내가 세네갈의 조계에 대한 편견을 가지고 있을 뿐 아니라 그들의 핵심적 거래인 노예무역을 망치려 했다고 나를 고발할 것이다. 아메리카에서 돌아온 노예의 이야기가 사실이고 내가 그 사실을 누설한다면, 이 두 형제는 당시 노예무역 덕에 매년 수백만 파운드를 벌어들이고 있던 루이 14세가 주관하는 사업을 방해했다고 떠벌릴 것이다.

은디악은 조계를 다스리는 두 남자와 나 사이의 불화는 물론, 내가 막다른 골목에 처해 있다는 것도 빤히 알고 있었다. 그는 돌아온 여인의 귀환 스토리의 전말을 알고 싶어 안달하면서도, 마치 자기는 아무런 관심도 없다는 듯한 말투로 내게 한가지 작전을 제안했다. 나는 지금도 그날 작전을 설명하던 그의 모습을 기억한다. 은디악은 특유의 거드름 피우는 말투로 삐져나오는 웃음을 간신히 참으면서 말했다.

"아당송, 보통 아이들이 어른에게 조언을 하지는 않지만 말예요, 지금은 내가 당신에게 조언을 좀 해야 될 것 같아요. 만약 당신이 돌아온 여자 노예의 이야기를 현장에서 확인하고 싶은 마음이 굴뚝같다면, 들라 브뤼한테 이를테면, 이렇게 말하는 건 어때요? 캡베르 지역에 완전 최고급 인디고(쪽빛 염료)가 자라고 있다는 얘기를 들었다고 말예요. 거기에 당신이 직접 가서 보고 몇 가지 표본을 채집해 온다면 그들한테도 아주 유익한 일이 될 거라고 그 사람한테 말하세요. 세네갈의 그 지역 흑인들이 사용하는 염색 공정을 현장에서 직접 관찰해야 한다고 덧붙여도 좋을 것 같아요."

"아당송, 이런 전략은 정말 단순해요. 그렇게 많이 배운 사람이 혼자서 이 정도 전략도 생각해 내지 못하다니, 진짜 이해할 수가 없네!"

재미 삼아 내 화를 돋우는 은디악의 시도에 나는 익숙해져 있었다. 그의 이런 시도는 가끔 성공적이었다. 그는 내 눈이 분노로 불타오르고, 특히 볼과 귀가 빨갛게 달아오르는 걸 보면, 큰 기쁨이라도 느끼는 듯 상기된 얼굴로 미소 지었다. 그날 이후 한동안 그는 나를 붉은 귀라는 뜻의 콘 놉(Khonk Nop)이라는 별명으로 부르기도 했다. 하여 나는 다시는 그에게 날 조롱하는 기쁨을 선사하지 않기 위해, 짐짓 얼굴색을 바꿔가며 그의 놀림에 여유로운 미소로 답하려 애썼다. 물론 그의 건방진 말버릇이 여전히 내 화를 돋우기는 했지만, 그가 제안한 전략은 꽤 괜찮은 생각이었다. 나는 그의 제안이 제법 쓸만하다고 말했고, 그는 내 평가를 아주 만족스러워했다.

며칠 뒤, 생루이 요새에 있는 사무실에서 에스투판 들라 브뤼와 면담을 가졌을 때, 캡베르로 다시 떠나야 하는 이유를 설득하기 위해 나는 은디악이 가르쳐준 것 외에 새로운 제안을 추가하였다. 그 사실을 알게 되면 걷잡을 수 없이 화를 낼 내 어린 동반자의 모습을 떠올리니 이번엔 내 기분이 좋아졌다. 내가 이번 여행을 설득하기 위해서 추가한 제안은 생루이에서 캡베르의 벤 마을까지 배가 아니라 도보로 여행할 계획이라는 거였다.

들라 브뤼는 내가 멕케 마을에 대한 최신 정보 수집도 추가로 해준다면, 세네갈 조계의 사업에 매우 유익할 거라며 반색했다. 그 마을은 카요르(Kayor)[18]왕이 대서양 연안에서 멀지 않은 곳에서 직접 노예무역을 개인적으로 취급하고 싶을 때 머무르곤 하던 곳이었다. 약간 내륙 쪽에 위치한 이 커다란 요새 마을은 생루이와 캡베르 반도 중간 지점에 있는 마을이었다. 그 마을에 머무르는 것은 괜찮은 제안이었다. 나는 그의 제안을 받아들였고, 면담 끝에, 내가 캡베르까지 가는 동안 나를 호위할 여섯 명의 무장 인력과 두 명의 짐꾼을 보내주겠노라 약속했다.

"그곳에 도착했을 때 뭐든 필요한 것이 있다면, 고레섬에 있는 내 동생 생장을 찾아가 내 이름을 대시게."

들라 브뤼는 당시 세네갈 조계가 속해 있던 인도 회사(Com-pagnie des Indes)[19]에서 한자리 차지할 수 있는 실용적 감각을

---

18 지금의 세네갈에서 졸로프 왕국으로부터 갈라진 가장 크고 강력한 왕국(1549-1879)이었다. 카요르는 세네갈 북부와 중부에 위치해 있었다.

19 유럽 열강들이 식민지 개척을 위해 설립한 무역회사(영국 1600년, 네덜란드 1602년, 포르투갈 1628년, 프랑스 1664년에 각각 설립했다)로 동인도 회사, 서인도 회사가 있다. 동인도 회사는 아시아 지역에서 서인도 회사는 아메리카 대륙과 아프리카 서해안에서의 무역을 위해 만들어졌다. 이름은 회사지만 수장이 식민지 총독을 겸했으므로, 현대적 의미의 무역회사와는 성격이 다르다. 그들은 자신들이 점유한 영토 내에서 사법권, 치안권, 외교권을 갖고 있던 사실상의 총독부였다.

지닌 인물이었다. 그가 핵심 주주들에게 노예무역의 부흥으로 상당한 부를 가져다 줄 있는 자신의 능력을 설득할 수 있다면, 그는 충분히 더 높은 자리를 차지할 수 있을 터였다. 1752년 8월 말, 내가 그를 만났을 때, 그는 내가 곧 프랑스로 돌아갈 것으로 짐작하고, 그에게도 당시까지 최악이었던 우리 관계를 어떻게든 모양새 있게 회복시키는 게 필요했을 것이다.

그는 프랑스에서 가족사를 해결하고자 2년에 가까운 생활을 마치고 막 돌아온 참이었다. 그의 큰아버지 릴리오트-앙투안 다비드는 인도 회사의 대표였다. 바로 그 회사에 나의 아버지는 나의 세네갈 여행에 대한 후원을 요청했었다. 그의 큰아버지가 자신의 조카에게 회사를 물려줄 수도 있다는 가능성을 암시했는지는 알 수 없으나, 어쨌든 들라 브뤼는 파리에서 돌아온 뒤, 이전과는 다른 태도를 보였다.

이전의 그는 자신의 방탕한 취향을 나나 세네갈 조계 직원들에게 전혀 감추려 하지 않았다. 지금은 최대한 그런 모습을 숨기려 애썼다. 그가 해안선을 타고 캡블랑에서 비소 섬에 이르는 모든 교역소를 방문할 때마다 그를 호위하던 '불행한 창녀' 집단은 사라졌다. 그는 더 이상 자신만큼이나 음탕한 농담을 즐기던 직원들과 성적인 농담을 하며 시시덕거리지 않았다. 그는 더 이상 자신이 아프리카(여인)의 속살을 적어도 12시간에 한 번씩, 머리끝부터 발끝까지 답사한다며 큰 소리로 지껄이지도 않았다.

    그의 방종한 삶은 이제 매독이 남긴 얼굴의 곰보 자국으로만 드러나 있었다.

    에스투판 들라 브뤼의 셈법에 따라, 나의 육로를 통한 생루이섬으로부터 캡베르의 벤 마을까지의 여행 준비는 착착 진행되었다. 지금까지 그는 나의 통행증과 인력, 자연학자로서 실험을 진행할 수 있는 연구소 설립 등의 모든 요청을 거절해왔지만 인도 회사의 대표라는 매우 탐나는 자리를 노리고 있는 지금은 다른 계산을 하게 되었다. 그가 세네갈 왕들의 통치에 대한 심층적 지식과 그들의 장점과 약점에 대한 상세한 정보까지 가지고 있다면 그 목표가 더 쉬워질 거라고 판단했을 것이다. 그리고 그는 나에게서 유용한 정보원이 되어줄 가능성을 엿보았던 것이다.

    나를 향해 한결 부드러운 태도를 취하는 그를 보는 것이 기뻤고, 내가 그를 통제할 수 있다고 믿었기에, 나는 그의 스파이가 되는 것을 수락했다. 그러나 승진에 대한 그의 희망은 내가 프랑스로 돌아오고 나서 5년 뒤에 물거품이 되고 말았다. 생루이 요새가 고레 요새와 마찬가지로 영국인들의 차지가 되어버렸기 때문이다.

    들라 브뤼와의 면담 직후 만난 은디악은 내가 매우 즐거워하는 표정을 보고 의아해했다. 나의 기쁨이 인색한 감독관으로부터 얻어내고자 한 것들을 얻은 승리의 기쁨인 동시에 내가 해로가 아니라 육로로 벤 마을까지 걸어서 갈 거라고 말할 때 내 어린 친구의 얼굴에 나타날 일그러진 표정을 상상하면서 나온 것임을 그가 알 턱이 없었으리라.

    나의 상상은 현실이 되었다. 우리 여행의 진짜 이유를 숨기고, 대신 멋진 인디고 나무를 찾으러 간다는 이유가 들라 브뤼에게 먹혀들어가자, 자신의 기발한 아이디어에 의기양양한 미소를 짓던 은디악은 우리의 여행이 항로 대신 해변을 따라 걷는 보도 여행이 될 것이며, 그 여정은 몇 주가 걸릴 것이라는 말에 그만 얼어붙고 말았다. 특히 나를 기분 좋게 한 것은 그가 단 한마디 항의의 말도 하지 않았다는 사실이다. 지금까지도 나는 정확히 알 수 없다. 은디악이 속으로는 자신의 안전을 걱정했지만, 자존심 때문에 그 사실을 나에게 숨긴 건지 아닌지를.

마침내 우리는 도보로 생루이 섬에서 출발했다. 1752년 9월 2일 이른 아침이었다. 은디악과 달리 나는 행복했다. 내가 여행기에 적은 내용은 거짓말이 아니다. 나는 배멀미 때문에 배를 타는 것을 아주 힘들어했다. 배멀미를 극복해 보려고 온갖 처방을 다 써 보았지만 모두 허사였다. 우리 일행은 모두 10명이었다. 은디악과 나, 각종 도구와 책, 옷들이 들어있는 짐을 옮기는 짐꾼 두 명 그리고 총으로 무장한 여섯 명의 왈로 왕국 병사들이었다. 육로로 가는 것이 해로로 가는 것보다 훨씬 느리다는 사실은 내게 전혀 중요해 보이지 않았다.

우리는 생루이 섬과 세네갈 내륙 안쪽으로 약간 들어가 있는 캡베르 반도를 이어주는 길을 따라 걸었다. 그랑드 해변 즉, 생루이 섬과 요프 마을을 북-남서로 이어주는 밝은 모래로 뒤덮인 긴 해변을 따라 걷는 것이 훨씬 빨랐겠지만, 우리는 카요르 왕의 영토인 마을들을 염탐하는 임무를 수행해야만 했다. 나는 동쪽으로부터 그 마을들로 이어지는 길로 곧장 가로질러 갈 계획이었다.

에스투판 들라 브뤼가 우리에게 통행증을 발급해 준 덕분에 우리는 상대적으로 안전한 여행길을 보장받은 셈이었다. 길 곳곳에 식수용 우물이 있어서 우린 정기적으로 목을 축일 수 있었다. 게다가 나에게 가장 중요했던 식물이나 동물은 대서양 연안보다 훨씬 더 다양했고 희귀한 종들도 많았다.

생루이 섬에서 우리는 천천히 출발했다. 우리는 서두르지 않았다. 마치 우리가 그 '돌아온 여인'과의 가정된 만남의 순간을 늦추려는 것처럼. 아직 우리가 그녀를 만나지 않은 한, 그녀는 여전히 존재할 가능성이 있는 것이었다. 또한 나는 세네갈의 풍요롭고 경이로운 자연에 온통 정신이 팔려있기도 했다. 우리는 종종 주저없이 경로를 변경했는데, 가로지를 수 없는 코끼리 떼를 만나면, 그 뒤를 먼 발치에서 뒤따라 가기도 했고, 포식한 뒤 쉬고 있는 사자 무리를 만나면 그들을 지켜보면서 걷기도 했다.

은디악은 나보다 인내심이 없다는 걸 드러내고 싶어 하지 않았다. 아버지 덕에 내가 자연사에 열정을 갖기 시작한 나이가 바로 그 나이였다. 하여 나는 그에게 자연사의 방법론을 가르쳤다. 나의 어린 친구는 내가 관찰하고 그리는 것들, 그에게 흥미로워 보였던 것들, 내가 놓쳤을지 모르는 것들에 대해 끊임없이 나의 관심을 일깨워주었다. 흔히 늪지라 부르는 물웅덩이 한가운데에서 경이로운 아름다움을 지닌 카델라리(Cadélari)라는 식물을 발견한 것도 그였다. 우린 그때 길을 걷고 있었다. 햇빛 아래에서 그 꽃잎들은 은빛 비단처럼 반짝거리고 있었다. 물과 빛을 머금은 식물성 솜털처럼 보였다. 내가 접근하기 어려운 이 수생식물을 채취하느라 온갖 개고생을 하게 될 것을 예견했던 은디악은 웃지 않으려고 눈꺼풀을 끔벅이며 내게 이 꽃이 있는 곳을 가리켰다. 나는 수영할 줄 몰랐고 물에 젖고 싶지도 않았다. 우린 일단, 둑 옆에 멈춰 섰다. 꽃은 우리가 있는 곳으로부터 약 40미터 떨어진 곳에 있었다. 나는 늪이 그리 깊지 않을 거라 판단했다. 키가 6피트(약180cm)가 조금 넘는 밤바라족 출신 짐꾼의 등을 딛고 올라서면 카델라리를 채집할 수 있을지도 모른다고 생각했다. 나는 프록코트를 벗어 던지고 신발을 벗은 뒤, 물속에 뛰어든 짐꾼의 어깨에 올라탔다. 문제의 꽃까지는 아직 절반밖에 안 왔는데 그의 몸은 이미 목까지 물속에 잠겨 있었다. 매우 용감했던 그는 머리 전체가 물속에 잠길 때까지 멈추지 않고 계속 걸었다. 내가 간신히 카델라리를 손으로 움켜쥘 수 있었을 때는 내 몸도 절반가량 물속에 잠겨 있었다. 꽃을 조심스럽게 채집하는 데 집중했던 나는 켈리티기라 불리던 나의 밤바라 출신 짐꾼이 숨이 가쁠 거란 사실을 잊고 있었다. 그 순간 카델라리를 향한 나의 열정은 아마도 그와 나를 함께 익사시킬 수도 있었을 것이다. 타고난 자연의 힘을 가진 켈리티기는 자신의 어깨 위에 있는 나의 움직임을 통해 마침내 보물을 손에 쥐게 되었음을 느꼈던 모양이다. 그는 별다른 동요 없이 둑을 향해 방향을 틀어 되돌아가기 시작했다. 마치 아가미를 가진 양서류처럼. 발이 마른 땅에 닿자, 그는 가벼운 짐을 내려놓듯 나를 땅 위에 내려놓았다. 그는 특별히 고생한 사람처럼 보이지도 않았다. 힘들었음을 겉으로 내보이지 않으려 애쓴 결과인지도 모른다. 나는 그의 노고를 치하하기 위해 그에게 가죽으로 된 돈주머니를 선물로 주었고, 그는 그것을 바로 목에 걸었다. 은디악은 더 이상 눈으로 웃지도 않았고 두 눈꺼풀을 끔뻑이지도 않았다. 그는 충격을 받은 것 같았다. 나는 이 아름다운 식물을 얻은 것만큼이나 내 행동이 어린 친구에게 미친 영향에 만족스러웠다.

  이틀을 걸었지만, 여전히 생루이 섬에서 그리 멀지 않은 곳에 있었던 우린 물새를 사냥했다. 나는 도요새 몇 마리를 잡았고 때론 쇠오리와 상오리를 잡기도 했다. 유럽의 제비들처럼 추위를 피해 아프리카에서 겨울을 나는 철새들이었다. 밤에는 새들을 구워 먹고 길에서 따 모은 야생 과일들을 나누어 먹었다. 내가 특히 좋아하는 과일은 디타크(Ditakh)였다. 둥근 모양

에 호두색을 띤 껍질은 삶은 달걀 껍데기보다 좀 더 딱딱한 정도인데, 그 속엔 녹말이 함유된 밝은 초록빛의 과육과 씨를 둘러싼 흰 섬유질이 얽혀 있다. 그 씨를 빨면 달콤하면서도 새콤한 과즙이 나온다. 유럽에는 잘 알려지지 않은 이 과일은 영양 보충뿐만 아니라 갈증 해소에도 그만이어서, 나는 아프리카 여행 기간 내내 이 과일을 먹었다. 지금도, 가끔 세네갈에서의 비밀스러운 여행이 생각날 때면 디타크의 맛이 떠오르곤 한다.

한때 카요르 왕국에 속했던 그랑드 해변의 첫 번째 마을 은디에벤에 이르고 나서부터 은디악과 나는 좀 더 빠른 리듬으로 규칙적으로 움직이기 시작했다.

마을 밖에서 밤을 보내게 되면, 우리의 짐꾼들은 제대로 된 야영 숙소를 마련했고, 은디악처럼 왈로족인 6명의 병사들이 야영지를 둘러싸고 지켰다. 우리가 함께 걸은 길은 자연학자의 연구를 위해서는 너무나 아름답고 멋진 곳이었으나 매우 위험하기도 했다. 우리가 가까이 가면 급히 덤불 속으로 몸을 숨기는 농민들의 공포를 우리는 이해할 수 있었다. 총으로 무장하고 있는 우리 일행을 본 그들은 우리를 노예 사냥꾼이나, 카요르 왕국의 용병들 또는 동쪽으로 이웃해 있는 졸로프(Jolof) 왕국[20] 전사들처럼 약탈을 일삼는 무리로 여겼다.

---

20 졸로프 왕국 : 세네갈 서쪽과 감비아에 걸쳐 위치한 이 왕국은 13세기 은디아에 가문에 의해 세워졌고, 19세기 풀라족에 의해 멸망했다.

우리에게 호의를 베푸는 농민들은 드물었다. 조와 수수 같은 기름진 곡식을 쉽게 얻을 수 있는 땅이었지만, 끊임없이 지속되는 전쟁 상태에서 기근이 세상을 덮치고 있었기 때문이다. 세상 모든 왕들과 마찬가지로, 이 지역 왕들도 광기에 사로잡혀 있었다. 하지만 산 사람들을 통치할 수 있으려면 적어도 그들을 먹고 살게 해야 한다는 사실만은 잊지 않고 있었다. 은디악이 두 눈꺼풀을 깜빡이고 오른쪽 검지 손가락을 치켜 세우면서 잔뜩 거드름을 피우는 태도로 이렇게 말한 것처럼 말이다. "죽은 사람들은 볼품도 없고, 일할 수 있는 사지도 없고, 세금 낼 손도 없으니까요. 그러니 왕들은 죽은 자들에게 아무 관심도 없는 거죠."

운 좋게 약탈을 피한 마을도 있었다. 그런 마을은 다른 마을보다 잘 보호되었고 그래서 풍요로웠다. 인구가 적은 마을들이 그런 경우로, 그들은 땅을 경작하며 기아에 시달리지 않고 생존할 수 있었다. 이렇게 약탈로부터 보호된 작은 마을에서 여행 중 처음으로 은디악을 웃음 짓게 하는 사건이 발생했다.

우리는 티아리라는 작은 마을로부터 멀지 않은 곳에서 간밤에 야영을 하고 새벽에 그곳을 떠났다. 사하라 사막에서 분리돼 떨어져나온 것처럼 보이는 좁은 사막 남쪽 지대의 롬풀 마을에 정오 전에 도착하는 것이 그날의 목표였다. 대서양 연안에서부터 동쪽 끝까지 기껏해야 그 폭이 4-6 km를 넘지 않는 길을 걷는 동안, 바람의 세기 혹은 태양의 위치에 따라 같은 모양의 희거나 붉은 모래 언덕이 연이어 나타났다. 길을 잃게 되지는 않을까, 목말라 죽게 되지 않을까 하는 두려움이 우리 일행을 엄습했다.

시간은 성큼성큼 지나가고 있었다. 동이 틀 무렵부터 무섭게 상승하게 될 기온은 함께 있던 흑인들도 두렵게 만들었다. 우리는 무슨 수를 써서라도 시간 내에 롬풀 마을에 도착해야 했다. 은디악이 말한 것처럼 "태양이 그림자들을 먹어버리는 시간 즉, 태양이 모든 존재들 위에 직각으로 서서 그들을 무자비하게 모조리 태워버리는 시간이 되기 전에."

"원래 우리는 모두 백인이었어요. 그런데 직각으로 내리꽂는 빛으로 우리를 태우는 태양 때문에 우리가 까매진 거예요. 극도의 폭염이 있던 날, 태양에 쫓긴 그림자가 우리 피부 속으로 뚫고 들어온 거죠. 거기 밖에는 숨을 데가 없으니까요." 은디악이 말했다.

길을 떠난 지 두 시간이 지나자. 이글거리는 햇볕에 달궈진 모래 언덕이 부글거리며 끓어오르기 시작했다. 물에 몸을 던져 자살하는 사람들이 물 표면으로 떠오르지 않기 위해 발목에 매다는 돌덩이만큼이나 무거운 죽음의 무게로 신발들이 채워졌다. 그 불바다 속에 나는 발을 꾸역꾸역 디디며 한 걸음 한 걸음씩 발을 옮겼다. 검은색 피부가 붉은색을 띠기 시작하던 은디악의 얼굴 상태로 판단해 보건대 내 얼굴은 진홍색을 띠고 있었을 것이다. 하지만 이번에는 은디악도 내 꼴을 보며 날 놀릴 생각을 하지 않았다. 그의 짙은 피부가 태양의 공격을 더 잘 막아주고 있음에도 그도 그만큼 고통스러워하고 있었던 것이다. 모자 아래로 내 볼이 익어가는 것을 느꼈다. 목을 타고 흘러내리던 땀은 내 셔츠 아래로 도달하기도 전에 등에서 말라버렸다. 안에 가벼운 면 소재 옷을 입고 있었지만 더는 땀에 젖은 옷의 무게를 견딜 수 없어 프록코트를 벗어 버렸다. 하지만 곧바로 다시 껴입을 수밖에 없었다. 한 겹의 천이라도, 머리 위에서 직각으로 내리꽂히는 태양열로부터 우리를 조금 더 보호해 줄 수 있기 때문이다. 우린 끊임없이 물을 마셨음에도 갈증으로 서서히 죽어가고 있었다. 가죽 부대 자루에 담긴 미지근한 물로는 갈증을 해소할 수 없었다. 나는 디타크의 과육을 침과 섞어 빨아먹는 것으로 수분을 섭취할 수 있으리라 생각했지만, 한 모금씩 삼킬 때마다 뜨겁고 건조한 공기만 입 안으로 들어와 혀를 더 마르게 했고, 목덜미는 더 뜨거워졌다.

   마침내 롬풀에 우리가 도착했을 때, 우리는 발 옆에 작은 그림자를 충실하게 간직하고 있었다. 태양은 아직 우리 머리 위에서 모든 열을 쏟아붓진 않았다. 우린 허겁지겁 우물가로 달려갔다. 우리가 인사를 하는 둥 마는 둥 했던 그 마을의 촌장은 마을 사람들에게 우리가 신선한 물을 길어 올릴 수 있도록 도와주라고 명했다. 인근 사막에서 불덩이가 되도록 익은 상태로 마을에 도착하는 사람들을 맞이하는 데 익숙했던 노인은 우리를 짚으로 된 처마 밑 그늘로 안내했다. 우리 일행을 모두 맞이할 뿐 아니라 호기심 많은 마을 사람들도 모두 들일 만큼 널찍한 공간이었다. 흠뻑 땀에 젖은 채 시원한 물을 들이키고 한참 동안 서늘한 그늘 아래 앉아 있자 이제는 거의 추위에 몸을 떨 지경이 되었다. 처음 도착했을 때 나는 롬풀 마을의 촌장에게 인사하기 위해 모자를 벗지도 않았지만, 일단 그늘에 오고 나서는 모든 이들 앞에서 모자를 벗었다. 그러자 땀에 젖은 머리카락과 모자의 염료로 검게 물든 내 이마가 훤히 드러났다. 이 불가마의 고통 속에서 여행하게 만든 나를 내내 원망하던 은디악은 모자 아래 드러난 내 몰골을 보며 웃음을 터뜨렸다.

"아당송, 당신은 이마 한가운데에 당신의 그림자를 가지고 다니네요. 우리가 온 길이 지금보다 더 먼 길이었다면 당신은 우리처럼 까맣게 타고 나서야 사막을 통과했을 거예요."

온 마을 사람들이 웃음보를 터뜨렸고, 나 역시 더는 우스운 꼴이 되지 않으려고 그들과 함께 웃었다. 은디악이 내게 한 조각의 그림자가 있다고 말했을 때, 그는 자신이 정확한 표현을 했다는 것을 알지 못했으리라. 모자의 염료가 이마에 남긴 검은 색이 단지 표면적인 것이라면, 그 그림자는 여행 이후 한 번도 나를 떠난 적 없는 우울함으로 나의 내면을 지배했다. 하지만 그때까진 나 역시 그런 사실을 미리 알 순 없었다. 나는 우리에게 낙타 우유에 적신 쿠스쿠스[21]까지 제공해 주며 따뜻하게 맞아준 친절한 마을 사람들에게 뭐라도 감사의 표시를 하고 싶었다. 호기심 어린 눈으로 우릴 지켜보는 마을 사람들 앞에서 나는 당시로서는 매우 긴 편에 속하는 내 머리카락을 연극적으로 풀어헤쳐 보이기로 했다.

나는 당시 이 지역주민들이 거의 접촉해본 적 없는, 미지의 종족을 대표하는 존재였다. 관중에 둘러싸인 나는 이러한 사실을 인식하며 돗자리 위에 책상다리를 하고 앉았다. 나는 머리카락을 짓누르고 있던 가죽 주머니를 목덜미에서 천천히 푼 뒤, 머리칼이 어깨 위로 퍼지도록 머리를 흔들었다. 고개를 숙였을 때, 머리카락 너머로 나를 바라보고 있는 아이들을 볼 수 있었다. 그들 중 가장 어려 보이는 아이가 나를 불안한 한 마리 짐승처럼 바라보다가 내게 다가오려 했다. 한 살도 채 안 된 작고 용감한 그 아이가 누나의 손을 떨치고 내게로 다가오자, 그의 누이는 걱정 어린 비명을 지르면서도 감히 아기를 붙잡지는 못했다. 애벌레처럼 벌거벗은 아기는 목에 가죽 부적

---

21 Couscous : 단단한 밀을 갈아 좁쌀만한 알갱이로 만든 것이다. 이것을 물이나 우유를 부어 쪄내고, 야채, 고기와 함께 곁들여 먹는 아프리카 지역의 전통 음식으로 아프리카 각 지역마다 특유의 조리법이 발달해 있다.

을 붙인 채로, 불안한 걸음으로 열 발자국 정도 걷다가 넘어지기 직전에 내 머리카락을 손으로 잡았다. 이 세상에 어린아이를 가장 각별하게 소중히 여기는 나라가 있다면, 그것은 바로 세네갈이다. 나는 내 머리카락을 움켜쥔 아기의 두 주먹을 조심스럽게 풀고서, 아기를 향해 기울어져 있던 내 상체를 곧게 편 뒤, 내 풍성한 머리카락을 뒤로 젖혔다. 그 순간, 나는 모든 마을 사람들의 마음을 사로잡을 수 있었다. 이윽고 나는 아이를 내 앞에 앉히고 그의 오른손을 잡은 뒤, 흑인 어른 둘이 만나면 서로에게 흔히 하는 안부 인사를 하기 시작했다. 좌중을 웃기기 위해 이들의 인사를 흉내 낸 것이다.

"그래, 댁은 성씨가 어떻게 되시나? 요즘 별일 없으시지? 마음은 평안하신가? 댁내 평안 하시길 바라네. 신의 가호가 있기를. 아, 나?, 나야 잘 지내죠. 아버지는 잘 지내시는가? 어머니도 평안하시고? 애들도 잘 있는 게지? 자네 누이는? 조금 전에 댁이 내 머리를 잡으러 오려고 하자 소리를 질렀던 그 누이는, 이제 좀 진정이 되셨는가?"

나에겐 딱히 유머 감각이란 없었다. 하지만 아직 말도 할 줄 모르면서도 나를 바라보며 내 질문에 진지하게 답하려고 애쓰는 듯, 나와 같은 어조를 흉내 내며 웅얼거리는 아이 덕에 나는 자연스럽게 마을 사람들에게 웃음을 선사할 수 있었.

나와 나의 어린 상대는 그렇게 마을 사람들을 파안대소하게 만들었다. 그렇게 해서 만들어진 마을 사람들의 애정과 우정을 담은 시선은, 내가 롬풀 마을에 머무르던 짧은 시간 동안 다시 한번 세네갈 흑인들은 야만인도 살생을 즐기는 잔인한 사람들도 아니며, 더할 나위 없이 온화하고 너그러운 사람들임을 확인시켜 주었다.

노인이 되어 너, 아글라에에게 이 편지를 쓰고 있는 지금, 문득 이름이 떠오른 그 아이 마쿠를 생각하니 가슴이 미어진다. 마쿠는 나의 세네갈 여행 이후, 롬풀 마을을 덮친 혼란의 시기에 납치되었을지도 모르기 때문이다. 사람들은 나를 어떻게 생각했을까? 그 아이가 처음으로 만난 백인인 나에 대해. 그의 부모와 누나는 우리가 나눈 우스꽝스런 대화에 대해 이야기 해 줄 시간이 있었을까? 그는 여전히 롬풀 마을에서 가족들과 함께 살고 있을까? 아니면 미국으로 끌려가 노예가 되었을까? 그에게도 입가에 미소를 지으며, 우리가 만났던 이야기를 들려줄 손자가 있을까? 아니면 쇠사슬에 묶여 백인을 저주하며, 내가 자기 인생의 파멸을 예고한 사람이었다고 말했을까?

사랑하는 나의 딸 아글라에, 세월이 흐른 후 되돌아보니, 인간 존재가 누리는 기쁨과 고통이란 서로 얼키고 설켜, 달고도 씁쓸한 맛을 만들어 내는 일이 아닌가 싶구나. 에덴 동산에 있었다는 금단의 열매가 바로 그런 맛이었겠지.

롬풀 마을을 떠난 우리는 캡베르에 이르는 가장 빠른 길인 남쪽으로 향하는 대신 동쪽 길로 접어들었다. 은디악에게 우리가 카요르 왕국의 두번째 요새인 메케(Meckhé)로 간다고 설명하였을 때, 그는 내게 아무 대답도 하지 않은 채 낯빛이 변해 있었다. 내가 재촉하자, 그는 내게 그 이유를 설명했다. 메케로 가는 것은 그에게 너무나 위험천만한 행동이며 우리 모두를 위험에 빠뜨릴 수도 있다는 것이다. 나는 그의 아버지가 왈로왕국의 왕이라는 사실을 잊었던 걸까? 그의 아버지 은디악 아람 보카르가 수많은 전사들이 사망했던 전투에서 카요르 왕을 물리쳤다는 사실을 몰랐던 걸까? 사실 나는 1749년 내가 세네갈에 도착하기 직전, 카요르 왕이 은도브 전투에서 패배했다는 사실을 알고 있었다. 은도브는 생루이 섬 요새에서 멀지 않은 곳에 있는 니에벤 해안 마을이었다. 은디악의 격정은 당연했지만 나는 세네갈 조계 감독관과 했던, 메케에 대한 정보를 수집하여 가져다주겠다는 약속을 저버릴 수 없었다. 그 마을이 처한 상황과 인구 규모, 궁전 마당의 크기와 군대 규모 등을 알아내는 것은, 밝힐 수 없었던 이유 – 고향에 돌아온 여인을 찾아내고, 그녀의 스토리를 듣는 것 – 으로 캡베르를 다시 여행하기 위해 내가 지불해야 하는 대가였다. 나는 은디악을 감쪽같이 속인 사기꾼이 된 기분이었다. 은디악에게 내가 조계 감독관과 했던 약속을 말하지 않았기 때문이다. 그에게 나의 상황을 숨기게 된 것이 미안했지만, 그를 보호하기 위해선 다른 선택의 여지가 없었다. 내가 조계의 감독관과 약속한 거래에 대해서 알지 못하는 편이 그를 위해 더 안전한 일임에는 의심의 여지가 없었다.

은도브 전투에서 패한 카요르의 전 왕이 탄핵당했다는 것은 그나마 우리한테는 행운이었다. 그를 대신하여 맘 바티오 삼브가 7인의 원로회의에서 왕으로 추대되었는데, 원칙대로라면 맘 바티오 삼은 그 자리에 오를 수 없는 사람이었다. 그는 왈로왕국의 왕인 은디악의 아버지에 의해 카요르의 지도자로 은밀하게 추대되었기 때문이다.

이틀 간의 강행군 끝에 우리가 멕케에 도착했을 때 마을은 온통 분주해 보였다. 우리는 왕의 군대가 우리를 순순히 멕케로 가는 길을 통과하도록 놔두었다는 사실을 알아차릴 수 있었다. 의심스러울 수밖에 없는 백인인 나까지 포함해서 말이다. 그들은 우리가 맘 바시오 삼 왕의 결혼식에 참석하는 길이라고 생각했고, 그래서 관대하게 굴었던 것이다.

그의 결혼식에 참석하기 위해 켑베르로 가는 길에서 일부러 벗어난 척하는 것이 우리에게 유리하다는 사실을 재빨리 알아차린 우리는 마을 북쪽 입구에서 촌장의 안내를 받아 숙소가 있는 조계지[22]로 향했다. 그곳은 사람 키만한 높이의 울타리로 둘러싸인 다섯 개의 오두막으로 지어진 공간이었다. 촌장은 우리에게 신선한 물이 담긴 단지와 요기할 것들을 가져다주게 했다. 나는 흔히 테랑가(téranga)[23]라고 불리는 이러한 환대에 새삼 놀라지 않았다. 이는 모든 세네갈 사람들이 공유하는 놀라운 미덕이었다. 하지만 그들이 우리에게 보여주는 모든 관심은 이 마을의 촌장이 우리를 기다리고 있었다는 사실을 알게 해주었다. 왕의 스파이가 오래전부터 우리 일행, 즉 나의 호위대와 백인인 내가 멕케에 접근하려 한다는 사실을 전하고 있었음이 틀림없었다. 우리가 목을 축이고 어느 정도 요기를 마쳤을 무렵, 해적용 총으로 무장한 두 명의 전사를

---

22 항구도시에 있는 커다란 치외법권 지대인 조계(Concession, 이런 경우 대문자로 표기됨) 외에도, 세네갈의 마을 곳곳엔 외국인 혹은 상인들이 다니며 머물 수 있는 작은 규모의 양도지, 즉 조계(concession)가 존재했던 것으로 보인다.
23 '손님에 대한 극진한 환대와 존중'을 뜻하는 월로프 말로 당시 세네갈 사회에 퍼져 있던 풍습을 보여 준다.

앞세우고 풍채 당당한 한 남자가 우리가 머무는 숙소 마당에 들어선 순간 그 생각은 확신이 되었다.

촌장과 달리 프랑스 혁명 당원이 쓰는 모자와 비슷한 형태의 붉은 장식을 머리에 쓴 그 남자는, 자신이 나보다 낮은 존재가 아니라는 사실을 과시하듯 면전에서도 모자를 벗지 않았다. 하여, 나 역시도 머리에 모자를 그대로 쓰고 있었다. 롬풀 사막을 건널 때 함께 고생했던 바로 그 모자다. 나는 그에게 최대한 정중하게 가장 큰 돗자리에 앉으시라 청했다. 마침 우리 마당 한가운데 고운 모래 위에 큰 돗자리가 펼쳐져 있었다. 설혹 서로 친구가 되었더라도 결코 나와 같은 돗자리에 나란히 앉은 적은 없는 (내가 프랑스인이기 때문에) 소르 마을 촌장 바바 섹과 반대로, 이 남자는 내 정면에 마주 앉아 단도직입적으로 이런 연설을 했다. 나는 줄곧 강렬한 시선을 내뿜던 그의 연설이 기억에 생생하다.

"내 이름은 말라예 디엥이오. 우리의 왕 맘바티오 삼의 이름으로, 당신 미셸 아당송에게 감사의 말을 전하오. 우리의 동맹국인 왈로왕의 아들 은디악이 왕의 결혼식에 참석할 수 있도록 동행해 주어서 고맙소."

뜻밖의 말에 깜짝 놀란 나는 우리 모두의 이름으로 대충 얼버무려 그에 대한 감사의 뜻을 전했다. 내 뒤에 서 있던 은디악은 터져 나오려는 웃음을 간신히 참고 있었다. 그의 말에 따르면, 은디악이 나를 따른 것이 아니라, 내가 그를 따라 동행한 상황이었다. 한마디로, 나는 내 정면에 앉아 있는 남자와 동급이고, 나는 은디악 왕자를 호위하는 호위대의 일원인 셈이었다. 나는 즉시, 어떻게 카요르 왕의 사신이 우리의 정체를 알아볼 수 있었는지 자문해 보았다. 우리가 생루이섬에서 출발할 때부터 벌써 정체가 탄로가 났던 것일까? 우리는 은디악의 정체를 여행 기간 내내 잘 숨겨 왔다고 생각했건만.

  말라예 디엥은 카요르 왕의 이름으로 다음 날 아침 열리는 축제에 참석할 수 있도록 우리를 초대했다. 그는 아침 두 번째 기도가 끝난 후에 우리를 데리러 오겠다고 했다. 이 나라의 풍습대로 내가 그를 우리의 숙소 문까지 배웅해 주고 나니 이번엔 그가 내게 작별 인사를 했다. 내가 다시 마당으로 돌아왔을 때, 나는 돗자리 한가운데 양반다리를 하고 앉아 있는 은디악을 발견할 수 있었다. 평정을 유지하느라 심하게 눈꺼풀을 깜빡거리는 그는 몸을 똑바로 편 상태였다. 열다섯 살의 그는 나를 위에서 아래로 내려다 보며, 왕 놀이를 하고 있었다. 나는 거기에 맞장구쳐서 모자를 벗고 공손히 돗자리 구석 자리에 앉음으로써 그를 당황하게 할 참이었다. 나의 이런 모습은 우리 호위대, 즉 무장 군인들 뿐 아니라 짐꾼들까지 웃음을 터뜨리게 만들었다. 은디악은 우리 여행 중 처음이자 마지막으로 눈물이 나도록 웃어 젖혔다.

이미 수차례 결혼한 바 있는 카요르의 왕이 이번엔 한 라오베(Laobé)족 여인과 결혼을 하는 것은 그의 새 아내가 속한 부족이 보유한 덤불숲의 나무들과 동물들이 지닌 비밀의 힘과 화해하기 위해서라고 한다. 유럽의 왕과 황제들과 달리, 세네갈의 왕들은 신분이 낮은 여인들과의 결혼을 꺼리지 않았다. 배우자가 속한 카스트의 숨겨진 능력의 일부를 취득하기 위해 결혼을 하는 것이 귀족들에겐 금지되어 있었지만, 왕에게는 허락되었다.

은디악은 라오베 족이야말로 덤불숲의 개척자들이라고 설명해 주었다. 바로 그들이 왕국이 농사지을 수 있는 땅을 넓혀주는 사람들이라는 것이다. 그들은 나무를 베기 전에 암송해야 할 기도가 무엇인지 알고 있고, 덤불숲의 정령들이 마을에 접근하지 못하도록 어떤 조치를 취해야 하는지도 알고 있다고 했다. 라오베족이 없으면 왕들은 대신들과 군인들에게 나눠줄 새로운 땅을 찾아낼 수 없게 된다는 것이다.

당시 나는 아직 젊었고, 내가 생각하는 바를 말하는 데 주저하지 않는 편이었다. 하지만, 그날은 은디악의 말에 대놓고 반박하지 않기 위해, 불가사의한 가상의 힘에 대한 인간의 상상은 조잡한 미신에 불과하다고 말하고 싶었던 마음을 억누르기 위해 무던히 애썼다. 나이가 든 지금의 나는, 세상의 몇몇 국가들이 찾아낸 그러한 믿음이야말로, 인간의 자연에 대한 침범을 제한하게 해주는 가장 경이로운 방식이라고 생각한다. 데카르트식 합리주의자인 나는 나와 이상을 공유했던 많은 철학자들처럼 이성의 전능함을 믿지만, 이 땅의 여자와 남자들이 나무를 베어 넘어뜨리기 전에 나무에게 용서를 구하는 말을 건네는 모습을 상상하는 것은 즐거운 일이다. 나무는 우리처럼 살아있는 존재들이다. 자연의 주인이거나 소유자이고자 하는 우리 인간은 자연을 존중하는 마음 없이 이용만 하려는 태도는 되돌아볼 필요가 있다. 남보다 많은 경험을 한 인생을 끝내려는 지금의 나에게, 나무를 생명체로 존중하는 다른 인종에 속한 사람들의 태도는 더 이상 터무니 없는 미신으로 보이지 않는다.

  캡베르 반도와 생루이 섬을 가르는 240km의 해안선에 들어서 있는 흑단나무 숲엔 이제 아주 적은 수의 표본만이 남아있었다. 내가 세네갈에 오기 전 2세기 동안, 유럽인들이 너무 많은 나무들을 베어버렸기 때문이다. 그들은 흑단나무로 자신들의 테이블을 장식할 상감 세공품을 만들었고, 호기심 상자를, 쳄발로의 건반을 만들었다. 흑단나무는 우리의 대성당 성가대석이나, 오르간 케이스의 수많은 조각, 신부의 설교단, 의자 그리고 고해소에 보이거나 숨어있다. 애니미즘의 유혹에 사로잡혀 있던 나는, 어느 날 성당 제단 장식벽의 깊고 어두운 판넬 앞에서 만일 하나의 나무를 벨 때마다 라오베 사제

의 기도가 필요했다면, 이 거대한 흑단 나무는 아직 세네갈에서 사라지지 않았을지도 모른다고 생각했다. 나는 성당의 희미한 빛 속에서 무릎을 꿇고, 광택이 칠해지고 못에 박힌 채로 죽음을 맞이한 가여운 흑단 나무들에 둘러싸여 그들을 위해 기도했다. 이 나무들을 자르고 어머니 아프리카로부터 그들을 멀리 떨어진 다른 하늘 아래로 옮겨온 자들의 죄를 용서해달라고.

메케(Meckhé)는 수많은 가옥들이 높은 울타리로 둘러싸여 요새화된 마을이었다. 이곳에서도 당연히 라베오족의 뜻에 따라 자연은 인간에게 상당량의 나무를 바쳐야 했다. 은디악은 파르바 카바라란 이름의 전쟁 지도자가 모얄(Moyäl)족으로부터 마을을 지키기 위해 가시나무 울타리를 세우도록 했다고 설명해 주었다. 그는 전쟁이나 습격을 모의하기 위한 왕실 간 회의는 일반적으로 메케 같은 전사들의 마을에서 열린다고 상세한 설명도 덧붙였다.

당시 우리 일행은 감시받고 있었던 것 같았다. 나의 흰 피부는 사람들의 이목을 끌 것이 분명한데도, 우리가 당도하는 모든 마을에서는 아무도, 심지어 어린아이조차 우리를 모른 척 했다. 우리를 엿보기 위해 울타리 뒤에서 훔쳐보는 일도 없었다. 말라예 디엥이 떠난 이후 나는 여행길에서 만난 사람들에게 말을 걸려고 애썼지만 번번이 허사였다. 그들이 입는 옷이나 메케의 인구수 같은 일반적인 질문들에 대해서도 내게 돌아온 대답은 공손한 미소나 회피적인 답변뿐이었다. 그러다 진짜 스파이로 의심받을까 봐 두려워진 나는, 스스로 메케의 인구 규모와 면적을 추정하는 걸로 만족해야 했다.

마을을 자유롭게 거닐면서 세본 결과, 대략 200개의 불이 켜져 있는 것을 파악할 수 있었다. 따라서 이곳의 인구는 많아야 1800명 정도임을 추정할 수 있었다. 생루이 섬 인구의 절반이 조금 넘는 수준이었다. 이 요새 마을의 구석구석에는 우물이 하나씩 있는 것으로 보였다. 그 덕에 메케는 몇 주 동안을 물 부족 없이 버틸 수 있는 진지를 구축한 셈이다. 마을 중앙 광장에 있는 큰 시장엔 과일과 야채, 곡물, 향신료, 건어물, 사냥한 고기와 가축에서 얻은 고기들이 가득했다. 반면 인근 마을들은 기아의 문턱에 들어선 상황이었다. 카요르 왕국이 지배하는 지역의 모든 부는 메케로 스며드는 것으로 보였다. 이런 정보가 에스투판 들라 브뤼에게 유용할지는 알 수 없었다. 내가 그에게 정보를 건네주겠다고 하긴 했지만, 아글라에, 나중에 이어지는 기록들에서 네가 읽을 수 있듯이, 조계의 감독관은 내게 마지막 캡베르 여행에 대한 서면 기록을 요구하지 않았단다.

다음 날 아침, 말라예 디엥이 예고한 대로 하루 중 두번째 기도가 끝난 뒤 사신이 우리를 찾으러 왔다. 우리는 카요르 왕에 대한 예의를 갖추기 위해 최대한 단정하게 옷을 차려 입었다. 나는 속옷을 갈아입고, 프록코트와 그에 어울리는 크림색 바지를 갖춰 입었다. 롬풀 사막의 열기로 너덜너덜해진 구두 대신 고리를 반들거리게 잘 닦아 놓은 양가죽 단화를 신었다. 머리는 모자 색과 같은 검은색 벨벳 리본으로 묶었다. 이것들은 나의 모든 깨끗한 옷들과 함께 우리의 짐꾼 중 한 명이 들고 다니던 가방 안에 있었다. 나처럼 작은 가방에 갈아입을 옷들을 가지고 다녔던 은디악은 노란 면바지를 꺼내 입었다. 그리고 금실로 수놓은 깃이 달린 쪽빛의 기다란 셔츠를 입었는데, 옆쪽이 트여 있는 그 셔츠를 바지 색과 맞춤한 넓은 천으로 벨트를 만들어 조여 입었다. 그리고 신발은 끝이 뾰족하고 다리 중간까지 올라오는 노란 가죽 부츠를 신었다. 이런 차림새는 그가 고귀한 신분에 속하는 뛰어난 기수임을 보여주는 것이었다. 머리에는, 카요르 왕이 보낸 사신이 쓴 것처럼 프리지어식 모자를 썼지만, 짙은 노란색에 흑인들이 화폐로 사용하는 작은 조개껍질들을 턱 밑에 매달았다.

왕으로부터 나보다 더 귀한 손님으로 대접받은 것이 자랑스러웠던 은디악은 고개를 좌우로 흔들며, 눈썹엔 잔뜩 힘을 주고, 최대한 느린 걸음으로 유유히 앞장서서 걸어갔다. 나로 말할 것 같으면 메케의 좁은 모래길 미로를 걸으며 우물의 수를 세고 있었다. 우리가 지나온 길에는 세 개의 우물이 있었고, 그 주변은 전날 보았던 것과는 달리 한산한 모습이었다.

마을 남쪽 문에 다다르기 한참 전부터 수백 명의 마을 사람들이 운집해 있는 정방형의 커다란 평원에 이를 때까지, 우리는 다양한 크기로 구성된 14개의 북소리가 울려 퍼지는 것을 들었다. 사신이 일러주는 대로 조각이 새겨진 두 개의 왕좌 뒤편에 자리 잡기 위해 우리가 방금 지나온 남쪽 문 반대쪽으로 광장을 가로질러 가는 동안, 바로 옆에서 울리는 우레같은 북소리에 혼이 나갈 뻔했다. 그 소리는 너무나 강렬해서 옆을 지나칠 때 내장이 뒤집히고, 내 심장 박동조차 북소리에 맞춰지는 듯한 느낌이 들었다. 1/3의 연주자들은 낮고 깊은 소리를, 나머지 연주자들은 그보다 훨씬 가벼운 톤의 소리를, 최연장자로 보이는 그들의 지휘자는 타닥타닥 강한 빗방울 같은 소리를 냈다.

  이 지역에서 흔히 보이는 차림새로 양옆이 트인 면 튜닉을 입은 그 연주자는 각별히 웅장하다는 느낌을 주진 않았지만, 거침없이 북을 두드리는 그의 손은 북 가죽을 찢어버릴 듯했다. 그가 내는 소리는 특이하게도 다른 북소리에 의지하면서도 혼자서 튕겨져 나오는 듯했다. 마치 노인이 넘어지지 않기 위해 간헐적으로 지팡이를 땅에 대고 서는 모습처럼. 그의 북소리가 우박 소리처럼 순간적으로 폭주하더니 잠시 침묵이 내려앉았고, 이내 다시 미친 듯 비틀거리며 질주하기 시작했다.

  14개의 북 이외에도, 2명의 젊은이가 광장을 이리저리 뛰어다니며 군중을 즐겁게 했다. 그들은 타마 (아프리카 북)를 왼쪽 겨드랑이에 끼고서 왼손으로는 북가죽을 치고 오른손으론 직각으로 굽어진 나무 막대를 쥐고 두드렸다. 북소리는 그들이 능란하게 움직이는 왼쪽 이두박근 안쪽 근육이 악기의 가죽을 당기고 이완하는 현에 가하는 압력에 따라 저음과 고음을 자유롭게 오갔다. 이들은 왕실의 광대로 보였다. 그들은 턱을 목 쪽으로 바짝 붙인 채, 얼굴엔 평화로운 미소를 띠고 있었고, 다리 하나를 공중으로 들어 올린 채 왼쪽 팔은 부러진 날개처럼 움직이고 있었다. 마치 세네갈 강가에 서식하는 커다란 새들을 흉내 내는 것처럼 보였다. 그 새들은 머리를 한쪽 날개 속에 파묻은 채, 가느다란 두 다리 중 한쪽 다리로만 서서 잠을 자다가, 갑자기 균형을 잃지 않으려는 듯 한쪽 날개를 펴곤 했다.

은디악과 나는 왕국의 주요 인사들 사이에, 우리의 나머지 일행은 뒤쪽으로 안내되었다. 우리가 바닥에 앉은 고관대작들 사이로 지나갈 때, 나를 향한 그들의 시선이 따갑게 느껴졌다. 그들은 우리의 인사에 거의 대꾸하지 않았고 마치 우리를 보지 못한 것처럼 시선을 돌렸다.

우리 일행이 기분 좋은 향이 풍기는 갈대 돗자리에 앉자마자 14개의 북은 일제히 소리를 멈췄다. 그리오(아프리카 전통 구송시인)가 목청껏 찬양의 말을 외치자 말을 탄 왕이 느린 걸음으로 등장했다. 왕과 그의 말은 금색 끈이 달린 붉은 양산으로 가려져 햇볕으로부터 보호되고 있었는데, 흰옷 입은 신하가 양산을 떠받치고 있었다.

큰 키의 왕은 양옆이 트인 하늘색 면 튜닉을 걸치고 있었다. 풀을 너무 많이 먹인 탓인지, 그의 옷은 갑옷처럼 단단하고 빛이 났다. 금술로 장식된 노란색 비단 스카프가 그의 허리춤을 감싸고 있었고, 모로코 샌들처럼 끝이 뾰족한 노란색 가죽 부츠가 말 안장 위에 얹혀 있었다. 머리에는 역시 금술이 달린 핏빛 붉은 펠트 모자를 쓰고 있었는데, 햇빛이 그 위에 비칠 때면 그의 오른쪽 어깨에 별이라도 달린 것처럼 반짝였다.

왕이 탄 말은 세네갈 토종인 바르브(Barbe)종이었다. 말의 얼룩덜룩한 회색 털은 짙은 붉은 색 가죽 안장과 왕이 오른손에 쥐고 있는, 같은 색깔의 채찍과 대조를 이루고 있었다. 안장, 채찍과 같은 붉은 가죽의 부적이 말의 가슴 부위를 가리고 있었다. 이는 그가 전쟁에서 입은 것으로 보이는 상처의 일부와 분홍빛 살을 가려주었다. 노란색과 푸른색 모직 장식이 말 머리 앞부분을 장식하고 있었고, 왕은, 투구를 쓰고 있지 않은 말의 목을 이따금 왼손으로 쓰다듬었다.

왕의 신부 역시 말을 탄 채 그의 뒤를 이었다. 그녀의 머리와 어깨는 금화로 풍성하게 장식된 천으로 둘러싸여 있었다.

은디악의 설명에 따르면, 왕이 미래의 아내가 기다리고 있는 곳에 도착했을 때, 그는 똑같이 머리에 하얀 천을 두르고 있는 여러 아가씨 중 자기 신부를 알아보아야 한다. 신랑이 자기 신부를 실수 없이 알아보았을 때 부부가 행복하게 잘 산다는 전통에 따라, 신부는 신랑이 쉽게 자신을 알아보게 하려고 다른 이들과 구별되는 화려한 장식의 천을 둘렀을 거라고 은디악은 내게 말해 주었다.

신부의 말 역시, 흰색 점이 섞인 회색 말이었고 왕의 말과 같은 색의 마구를 두르고 있었다. 하지만 말의 고삐는 신부의 가장 나이 많은 이모로 추정되는 위엄있는 여성이 쥐고 있었다. 그녀는 흰색 면 드레스를 입고 머리에도 같은 천을 두르고 있었다.

 왕 내외가 천막 아래 도착하자 14개의 북이 다시 동시에 울려 퍼지기 시작했다.

 은디악과 나는 왕과 왕비의 뒷모습을 보았다. 그들이 몸을 반듯하게 세우고 앉은 의자는 불편해 보였지만 무척 아름다웠다. 그 위에 새겨진 조각들에 대한 상세한 기억은 이제 희미해졌지만, 목공예로 유명한 라오베족(Laobé) 장인들이 신부를 위해 특별히 제작한 것임에 틀림없었다. 왕의 새 신부의 이름은 아자라투 팜이었고, 맘 바티오 삼브 왕은 그녀와의 결혼으로 그녀가 속한 카스트의 일인자와 좋은 관계를 맺을 수 있게 되었다. 신부의 아버지인 르 말라우 팜은 나무의 비밀을 깊이 있게 이해하고 다룬다는 평판을 지니고 있었다. 심지어 그가 조각한 나무 조각들은 달 없는 밤에 스스로 움직여 그의 지시에 따라 암살을 저지를 수도 있다고들 했다.

 나는 이런 얘기를 믿지 않았다. 하지만 이런 이야기는 인간이 사는 곳 어디서든 권력자들이 자신의 힘을 유지하고자 할 때면, 언제나 자신보다 열등한 존재들에게 신성한 공포를 조장할 계략을 찾아낸다는 사실을 역설적으로 보여주고 있다. 우월적 패권을 가진 자들이 피지배 계층에게 조장하는 공포는 그들이 가진 지배력 상실에 대한 공포에 비례한다. 권력 상실에 대한 두려움이 클수록, 그들이 조장하는 공포 역시 끔찍한 것이 된다. 말라우 팜에게 그토록 치명적이고 미스테리한 연막이 필요하다는 것은 그가 차지한 지위가 만인의 부러움을 사고 있다는 얘기이기도 하다. 말라우 팜은 분명 영리한 남자임이 틀림없다. 자기 부족이 이 나라 귀족들에게 무시를 당하는 처지였음에도 카요르 왕이 자기 딸과 결혼하여 동맹 맺기를 주저하지 않게 만들었으니 말이다.

라오베족은 경이로운 목공예 기술뿐 아니라, 춤으로도 유명한 부족이었음을 이날의 축제를 통해 알게 되었다. 그날의 결혼식 이후 나는 라오베족의 춤보다 더 관능적인 춤은 본 적이 없다. 북소리에 맞춰 십여 명의 여성들이 동수의 남성과 마주 보고 늘어선다. 하나둘씩 차례로 줄을 벗어나 춤을 추는 공간 한가운데서 저마다 짝을 지어 춤을 추는데, 지휘자가 정한 시간 동안 각각의 커플은 열정적으로 사랑의 행위를, 북소리에 맞춰 흉내 내고 각자 자리로 돌아간다. 이 아름다운 공연은 남녀 두 그룹의 무용수들이 다시 한번 허벅지가 닿을 듯 서로에게 다가갈 때 끝이 난다. 이날 나는, 황갈색 먼지로 뒤덮힌 구름 속에 던져진 팔과 다리의 뒤엉킴만을 보았다고 할 수 있을 정도로, 그들의 현란한 팔과 다리의 동작은 강렬한 기억의 잔상으로 남아있다.

내가 파리의 생제르맹 장터에서 종종 보았던 마임 공연에서, 배우들은 넘어지는 척하거나 몽둥이로 맞는 척하는 등 여러 가지 익살을 떨지만, 관객들이 보기엔 기괴해 보일 정도로 과장된 모습으로 느껴진다. 열정적인 춤으로 사랑의 행위를 모방하는 라오베족의 공연을 보면서, 이 춤은 대중에게 즐거움을 선사할 수 있는 좋은 공연이 될 수 있겠다는 생각이 들었다. 이런 종류의 공연에 익숙하지 않았던 청년 시절의 나에게는 이 춤 공연이 그렇게 우스꽝스럽지만은 않았다는 것을 고백해야 할 것 같다. 름뵐(Leumbeul)이라 불리는 이 춤에서 라오베 여성들의 흔들리는 골반은 북의 리듬과 너무도 잘 조화를 이루었기에 이 악마 같은 쇼의 진정한 지휘자는 바로 그들의 둔부라고 생각될 정도였다. 나는 바커스 신의 여사제처럼 춤을 추는 거대한 엉덩이를 가진 이 비너스들의 춤에 깊이 감동받았음을 고백한다.

신부가 속한 라오베족이 축제의 시작을 연 뒤, 이제 카요르 왕이 말들의 춤을 지시할 차례였다. 처음엔 왜 열댓 명의 기수들이 천천히 북을 향해 다가오는지 이해하지 못했다. 화려한 그들의 옷차림은 그들의 다리와 말의 옆구리를 덮고 있는 안장에 부착된 천과 색깔을 맞춘 것 같았다. 기수와 말이 함께 걸치고 있는 태양빛 노랑과 인디고 블루, 황갈색이 들어간 파뉴[24]는 모래 위에 반사된 강렬한 햇빛이 일으킨 착시 효과로

---
24 아프리카 원주민들이 허리에 두르는 간단한 옷

반인반마의 존재, 고대 그리스 신화의 켄타우로스를 보는 듯한 착각을 불러일으켰다. 이러한 착시는 기병들이 왕과 그의 신부로부터 몇 발자국 떨어진 곳에서 차례로 춤을 추기 시작하자 더욱 증폭되었다.

은디악과 내가 앉아 있던 곳에서는 왕과 왕비의 커다란 머리 장식으로 종종 시야가 가려졌다. 그런 까닭에 기병의 흉부가 말의 머리로 보이고 파뉴에 가려진 그들의 다리가 말의 다리처럼 보이기도 했다. 하늘을 향해 팔을 들어 올린 기수들이 자기 말들을 어찌나 은밀하고 섬세한 방식으로 다루던지, 미소 짓는 거인들이 우리 앞에 서서 리드미컬한 발동작에 맞춰 모래를 흩뿌리고 있다고 말할 수 있을 정도였다.

10마리 말들이 함께 춤을 추기 시작했을 때, 군중들의 날카로운 외침이 너무 컸던 탓에 가죽으로 만든 북을 두드리던 14명 악사들의 장단 소리가 거의 묻힐 지경이었다. 악사들은 수 시간 동안 내리꽂는 강렬한 햇빛에도 불구하고, 피곤한 기색도 없이 연주에 몰입해 있었다. 왕이 시종에게 취한 보이지 않는 손짓에 갑자기 모든 소음이 멈췄다. 말들의 거침없고 소란스러운 춤사위 뒤에 이어진 정적 속에서도 북소리만은 내 머릿속에서 강하게 울려 퍼지고 있었다. 마치 내 옆 사람들이 내 귀를 통해 흘러나오는 북소리를 들을 수 있을 것 같은 느낌이 들 정도로 그 소리는 강렬했다. 물론, 그 소리는 내 심장 박동

소리였을 것이다. 14명의 악사가 함께 연주하던 가장 낮은 북소리에 맞춰 함께 뛰고 있던 내 심장이 내 안에서 그들의 북소리를 연장하고 있었던 것이다. 지금도 여전히 잠 못 이루는 밤이면, 카요르 왕과 그의 신부 아자라투 팜을 위해 울리던 그 북소리를 떠올리며, 침묵 속에서 뛰고 있는 내 심장 소리를 듣곤 한다.

  왕과 그의 마지막 왕비는 그들의 얼룩덜룩한 회색 말에 올라탔다. 찬사를 외치며 걷는 그리오들을 앞세운 왕 내외는 미로 같은 길 속에 숨겨진, 친위병들만 알고 있는 그들의 궁으로 돌아갔다. 그들이, 예식이 시작될 때 들어왔던 마을의 남문으로 사라지고 나자, 마을 광장에는 제물로 바쳐진 21마리 거대한 황소들이 배달되었다. 그 황소들은 너무 복잡하여 내가 이해하기 힘든 긴 의식에 따라 희고, 검고, 붉은색으로 장식되어 있었다. 해질녘이 되어서야 모래 속에 파묻힌 커다란 화로를 볼 수 있었다. 몇 시간 전만 해도 여자와 남자들, 말들이 태양 아래서 춤추고 있던 그 자리에서 사람들은 커다란 고깃덩어리들을 굽고 있었다. 긴 말뚝 위에 올려진 꼬챙이에 꿰인 고깃덩어리들은 기름을 뚝뚝 흘리며 꺼져가던 불길을 되살려내곤 했다.

  이윽고, 호리병박에 잘려 나온 구운 고기들을 배불리 먹고, 왕의 노예들이 가져온 야자수 와인으로 목을 축인 뒤 우리들은 숙소로 돌아왔다. 우리 등 뒤로는 제물로 바쳐진 동물들의 기름이 뿜어내는 연기 구름이 덤불 위 하늘로 높이 올라가고 있었다. 그리곤 밤새 마을 성벽 너머에선 21마리 황소 뼈다귀를 두고 다투는 하이에나, 사자, 표범들의 소리가 들려왔다. 이 21마리의 황소는 왕이 양쪽 백성들을 위해 결혼식 피로연의 선물로 베풀어준 것이었다. 그들의 백성이란, 한쪽은 인간들이었고 다른 한쪽은 라오베족이 왕에게 결혼 선물로 바친 덤불숲의 신령들이었다.

다음날, 카요르 왕은 결혼식에 참석해 준 왈로족의 왕자 은디악과 그를 수행해 준 나에게 감사의 뜻을 전하기 위해, 사신 말라예 디엥을 통해 뜻밖의 선물을 보내왔다. 그는 적갈색 수염을 기른 세네갈 청년이었다. 그가 우리에게 데려온 두 마리의 말들은 둘 다, 양쪽 눈 사이에 반달 모양의 흰색 무늬가 박혀 있는 것으로 보아 형제인듯했다. 우리에게 선물로 건네진 두 말에는 안장이 갖춰져 있었는데, 은디악의 말에 얹혀 있던 안장이 나의 호기심을 몹시 자극했다. 그것은 내가 전날 본, 붉은색이나 짙은 노란색 가죽에 무어인 스타일 꽃무늬 아라베스크 무늬가 새겨진 나의 안장과는 매우 달랐다. 나는 모른 척하며 그의 안장이 지닌 특별함에 대해선 나중에 살펴보기로 했다.

  은디악은 말라예 디엥에게 따뜻한 감사의 말을 전한 뒤, 답례로 우리의 선물을 전했다. 나는 세네갈 조계가 보낸 스파이라는 의심을 완전히 거둘 수 있게 되리라는 희망과 함께, 은디악에게 내가 아프리카로 떠나기 전에 프랑스에서 산 두 개의 시계 가운데 하나를 왕에게 선물할 것을 제안했다. 그 시계는 당시 파리에서 가장 유명한 시계상 카론(Caron)에서 구입한 것이었다. 은디악은 두 시계 가운데 더 섬세하게 장식된 시계를 사신에게 건네며 내가 설명한 대로 프랑스 왕과 그의 여동생들도 똑같은 시계를 가지고 있다고 말했다. 시계의 작동법을 상세히 전하는 은디악의 설명이 끝나자, 말라예 디엥은 우리에게 작별 인사를 하고 떠났다. 내가 이날 전달한 시계의 새롭고 정밀한 메커니즘은 당시 베르사이유 사교계에서 큰 호평을 받고 있었다.

훗날 그 유명한 보마르셰[25]로 불리게 될 카론가의 아들은 당시까지는 아직 시계 장인으로만 알려져 있었다. 그가 아버지의 시계 공방에서 일하면서 발명해 낸 이 새로운 유형의 시계는 당시 귀족들 사이에서 대유행이었다.

---

25 Pierre-Augustin Caron de Beaumarchais(1732 -1799) 프랑스의 작가, 극작가, 루이15세의 밀사, 사업가이자 볼테르의 저작들을 출간한 출판인이기도 했다. 저명한 오페라 《세빌리아의 이발사》, 《피가로의 결혼》 등의 극작가이기도 한 그는, 최초로 작가 협회를 결성, 저작권에 관한 법률을 제정하게 만든 장본인으로, 오늘날 세계적으로 통용되는 저작권법의 시조이기도 하다. 초년 시절, 가업으로 시계공을 하던 아버지 밑에서 시계 제작을 연마, 21살 때, 당시 귀족 사회에서 유행했던 최신식 시계를 발명하는 재능을 보이기도 했다.

은디악은 그 시계를 우리 두 사람의 이름으로 전달하는 세심함을 보였고, 사신에게도 감사의 표시로 상아 손잡이가 달린 단검과 은실로 수놓아진 가죽 칼집을 선물했다. 우리는 그를 숙소 문까지 배웅하며, 흑인들의 평소 방식대로 그가 대문 밖으로 떠나기 전에 다시 한번 감사의 말을 전했다. 그가 우리에게 등을 보이며 떠나자마자, 은디악은 마당 한가운데 있는 망고나무에 얌전히 묶여 있는 두 마리 말을 향해 달려갔다. 두 말은 쌍둥이처럼 똑같았으나, 내가 이미 간파했듯 안장은 달랐다. 말 위에 올라타고 싶어 안달이던 은디악의 반대에도 불구하고, 나는 그 범상치 않은 안장을 자세히 살펴보기 위해 떼어냈다.

　이 안장에는 기수의 등을 고정시키기 위한 갈색 가죽끈과 영국식 안장의 특징인 말의 배 아래 쪽을 감싸는 세 개의 가죽띠가 고리 모양으로 달려 있었다. 확신할 수는 없지만, 은디악에게 전해진 이 영국식 안장 선물은 나에게, 심지어는 세네갈 조계의 감독관에게 보내는 은밀한 메시지일 것으로 짐작됐다. 카요르 왕은 자기 마음이 내키면 혹은 자신에게 좀 더 유리한 조건이라고 판단되면, 프랑스인보다 영국인과 거래를 할 수도 있음을 그 안장을 통해 알리려 한 것이 아닐까? 전통적으로 프랑스와 동맹 관계인 국가의 왕자에게 보낸 이 같은 선물은 긴 정치적 연설보다 더 많은 의미를 담고 있는 것으로 보였다. 우리가 다시 길을 떠나기 전, 나는 들라 브뤼와 내가 나눈 협상에 대해 은디악에게 알려줘야 할 때가 왔다고 생각했다. 그의 아버지가 이 영국식 안장을 보게 될 때 그가 아버지로부터 질책을 받지 않도록 해야 할 필요가 있었다. 또한 나는, 그가 이 여행에 동행하는 동안 나에게 속았다고 여기게 되는 걸 원치 않았다. 나는 그를 친구로 여겼다.

우리가 멕케 지역을 넘어서 카요르 왕이 종종 프랑스인들과 혹은 공공연히 영국인들과도 거래를 하기 위해 들르곤 하는 대서양 연안의 쾨르 다멜 마을로 향하는 길에 들어섰을 때, 나는 은디악에게 숨겨왔던 사실들을 고백했다. 그는 웃으며 내가 세네갈 조계의 직원은 아니지만, 그들에게 갚아야 할 빚이 있으리라는 것쯤은 짐작했노라 말했다. 그는 에스투판 들라 브뤼가 내게 세네갈 북부의 왕국에 대한 정보 수집을 요구하는 것은 당연하다고 생각했다. 내친김에 그는 자신도 왈로 왕국의 왕인 그의 아버지를 위해 나를 처음부터 감시해 왔노라고 덧붙였다. 하지만 자신은 나의 비밀을 꼭 지켜줄 것이니 걱정할 필요는 없다고 덧붙였다.

그는 아버지에게 나에 대해 모든 것을 말하지 않고 단지 자잘한 사실들에 대해서만 전했다고 했다. 나는 그의 솔직함을 어떻게 받아들여야 할지 몰랐다. 그가 평소처럼 농담을 하는 것인지 아니면 자기 말대로 그의 아버지가 보낸 스파이였는지 알 수 없었다. 그렇게 어린 소년이 – 내가 처음 그와 함께 일하게 되었을 때 그는 고작 열 두 살이었다 – 그토록 무거운 임무를 띠고 있었다는 사실이 선뜻 믿어지지 않았다. 그러나 훗날 불행했던 우리의 여정은 이토록 어리고 짓궂은 소년이 내게 진정한 애정을 가지고 있었음을 알려주었다.

지금 은디악은 카요르 국왕으로부터 받은 영국식 안장을 얹은 말에 올라타는 것이 너무나도 행복하고 자랑스러울 뿐이었다. 다음 목적지로 가는 길에서 그는 말에 올라타고 질주하곤 했다. 그가 뒤로 남기는 먼지 구름을 보며 나는 한동안은 그를 따라잡을 수 없을 거라고 생각하곤 했다. 그러나 우리는 매번 2km도 채 못 가서 말과 함께 서 있는 그를 만날 수 있었다. 그는 말의 목덜미를 쓰다듬거나, 말의 다리나 발굽에 문제가 없는지 살피는 모습이었다. 세 번째로 그가 즉흥적으로 말을 멈추었을 때, 나는 그의 두 손바닥이 만나는 움푹한 곳에 마실 물을 따라주면서 이렇게 충고했다. 이런 식으로 계속하면 그의 말은 분명히 병에 걸려 쓰러질 거라고.

"혹은, 이건 더 안 좋은 결과인데, 너의 말은 더 이상 너를 존중하지 않게 될 거야. 너의 말처럼 경주용으로 길러진 동물은 신나게 달릴 만한 좋은 이유를 가져야 하는 법이야. 그렇지 않으면 네가 정말로 달려야 할 때 그 말은 네 뜻을 존중해주지 않게 될 거야. 그렇게 말을 살피느라 자주 멈추게 되면, 너의 말은 네가 날마다 부리는 변덕을 일반적인 원칙으로 받아들이게 되겠지. 그런 일이 지속되면 넌 결코 말을 제대로 길들일 수가 없어."

나의 충고는 정곡을 찔렀다. 자신이 속한 신분에 대한 자부심이 대단한 은디악은 나의 충고를 듣는 것이 쓸모 있겠다고 판단했다. 훗날, 그와 같은 신분의 사람들 앞에서 체면을 잃지 않기 위해서였다. 그와 같은 신분의 사람들이란, 그가 속한 왕족 가문의 남자들, 여자들, 아이들을 의미했다. 우리의 앙시앙 레짐 시절에 일부 귀족들이 그러했듯, 아주 어린 시절부터 그를 둘러싼 왕족들은 목숨을 잃는 한이 있어도, 그 자리에서 바로 시정할 수 없는 그 어떤 공개적 모욕도 그대로 넘어가서는 안된다고 그에게 가르쳤다. 누군가 그에게 충분한 예의를 갖추지 않으면, 그의 명예뿐만 아니라 가족 모두의 명예가 실추되는 것이라고 그는 배워 왔던 것이다.

"당신 말이 맞아요, 아당손. 내 말이 우스꽝스러운 모습을 보여선 안 되겠죠. 이제 이 말은 내 가족 모두에게 속하는 거니까요. 이 말이 수컷이긴 하지만 내가 세상에서 가장 사랑하는 사람의 이름을 주고 싶어요. 마펜다 팔. 우리 엄마 이름이에요."

"나는, 내 말에 어머니 이름을 주고 싶진 않은데."

"어머니를 사랑하지 않아요?" 은디악이 곧바로 이렇게 물었다.

"물론 어머니를 사랑하지. 그렇지만, 내 어머니의 이름을 줄 만큼 이 동물을 좋아하진 않아."

"그렇다면 이 말은 이름 없는 말이 되겠네요." 나의 일침에 완전히 무심해 보이던 은디악은 이렇게 제멋대로 결론을 내려버렸다.

거드름 피우는 말투로 이렇게 말한 후, 그는 내 곁에서 말을 몰았다. 몇 분간 조용하던 그는 경로를 변경하자며 나를 설득하기 시작했다.

"우리가 시계 다음으로 카요르 국왕에게 줄 수 있는 가장 큰 선물은 피르 구레예(Pir Gourèye)로 향하는 길을 피하는 거에요. 거긴 반란자들의 마을이라구요. 모든 반역자들이 몸을 숨기는 곳이에요. 아당송, 결코 당신의 발걸음을 가장 편해 보이는 길로 가도록 내버려 둬서는 안돼요! 가장 성공적인 덫은 우리가 편하다고 느껴서 마음 가는 대로 즐겁게 우리를 내던지도록 만드는 거라구요. 게다가 덤불 숲속엔 우릴 덮치려고 숨어있는 자들도 있을 거구요."

은디악이 줄줄이 늘어놓는 연설을 듣는데 진력이 난 나는, 검지 손가락을 공중에 치켜세워 그의 말을 멈추게 한 뒤, 대체 무슨 말을 하고 싶은 건지 단도직입적으로 물었다. 은디악에 따르면, 피르 구레예 마을은 카요르 왕이 이슬람의 율법을 정확히 따르지 않는다며 왕을 비난한 이슬람 원로가 이끌고 있었다. 그는 왕이 술을 마시며, 신을 향해 매일 올려야 하는 다섯 번의 기도도 제대로 하지 않고, 이슬람 율법이 허락하는 4명보다 훨씬 많은 여자랑 결혼을 했으며, 마법과 덤불숲의 신령을 섬기고, 물신을 숭배한다고 비난했다. 맘 바티오 삼에 이르기까지 최근 카요르 국왕들에게 가장 심각한 골칫거리는 통제되지 않는 자유로운 백성들이었어요. 그들은 왕보다 더 이교도적이었지만, 카요르 전사들에게 잡혀 노예가 될까 두려워 바로 이 피르 구레예로 피신한 거죠. 그리고 여기서 그들은 탈리베[26], 말하자면, 위대한 이슬람 원로의 제자가 되는 거예요. 이슬람 원로들의 보호와 가르침에 대한 대가로 피난민들은 그들의 밭을 경작해요. 비록 그 이슬람 성직자들에게 군대 같은 건 없지만, 카요르 국왕에겐 충분히 공포를 불러 일으키는 존재인지라 왕은 감히 마을을 공격하지 못하는 거죠. 정치적 이유로 이슬람교도라 주장해 온 왕으로서는 냉정을 유지하고 차분한 태도를 가장하는 수밖에 다른 선택의 여지가 없어요. 마치 커다란 대추야자 나무에 발을 찧었지만, 자존심을 지키느라 다른 사람들 앞에서는 절뚝거리지 않고 걸으려

---

[26] 어원적 의미에서 '탈리베'는 코란을 배우는 학생 또는 제자를 뜻하지만, 세네갈에서 탈리베는 일반적으로 가난한 시골 가정의 5세에서 15세 사이의 소년으로, 부모가 이슬람 원로에게 맡겨 코란에 대한 교육을 받게 되는 이들을 가리킨다. 실제로 여기서 얘기하는 피르 구레예는 오늘날까지도 세네갈에서 이슬람 교육에 있어 중요한 도시로 알려져 있다.

는 사람처럼요.

카요르왕을 절름발이에 비유한 자신이 자랑스러웠던지, 은디악은 이렇게 덧붙였다. "그러니까 최선은 피르 구레예에 가지 않는 거에요. 우리가 어디서 왔는지 알면, 그들은 우리를 반기지 않을 테니까요. 따라서 우리의 최종 목적지인 캡베르의 벤(Ben) 마을에 도달하려면 쾨르 다멜에 들를 수 있게 해주는 사싱(Sassing)마을을 향해 서쪽으로 가는 게 차라리 나아요. 우린 우리만의 길을 만들어야 해요. 내가 그때그때 즉석에서 멋진 표현을 만들어 내는 것처럼 말이죠."

"잘 들어봐요, 아당송! '잘 닦여 있는 큰 길을 가는 것은 훌륭한 사람의 명예를 드높이지 못한다. 새로운 길을 개척하는 것이 바로 명예를 드높이는 길'이다."

내가 "넌 대체 어디서 그 많은 지식을 얻은 거냐" 하고 물었을 때, 은디악은 내 말이 반어법이라는 걸 눈치채지 못했다. 그는 내 가슴을 향해 자신의 검지를 치켜세우며, 현학적 어조로 "지성에는 나이가 없는 법이죠."라고 말했다.

겸손하진 못했지만, 은디악의 조언은 분명 쓸모가 있었다. 카요르 국왕과 피르 구레예 성직자들 사이의 불편한 관계에 대한 그의 얘기는 내가 에스투판 들라 브뤼에게 전할 보고서에 한 자리를 차지하게 될 것이었다. 물론 그의 말대로 카요르왕을 화나게 할 필요는 없다. 은디악의 표현을 빌자면, 그의 발을 괴롭히는 가시들은 피해 가는 것이 상책이다.

 마지막 대미를 장식하고 싶은 욕심과 나도 은디악처럼 격언을 인용해 가며 말할 수 있다는 사실을 보여주고 싶었던 나는 잠시 생각한 뒤, 그에게 조언을 따르겠노라 답하며 이렇게 말했다.

 "강력한 힘을 가진 왕은, 우리가 자신의 기대만큼 그를 신뢰하지 않는다는 걸 부주의하게 드러낼 때, 난폭해지는 법이지."

 은디악은 내 말이 맞기도 하고, 동시에 틀리기도 하다며 미소 지었다. 자신의 조언을 따르는 건 백번 옳지만, 그가 했던 것처럼 격언을 인용해 말하는 건 실수였다는 것이다. 나의 월로프어 실력이 완전치 않기 때문에, 어떤 기막힌 생각을 표현한다고 해도 어설프게 들릴 수 있다는 것이다. 내가 왕에 대해서 '강력하다'고 표현했을 때, 그것은 물론 자신의 힘이 백성들에게 광범위하게 미친다고 꿈꾸는 전지전능한 권력을 의미하는 것이었지, 그의 성적인 능력을 말하려던 것은 아니었다. 하지만 나는 왕이 가진 권력을 표현하기 위해 엉뚱한 단어를 사용했던 것이다. 나란히 말을 타고 가면서 내 실수를 설명하는 동안 은디악은 두 눈꺼풀을 깜빡이며 웃음을 참으려 애썼다. 그는 내 자존심을 건드리고 싶진 않았던 것이리라. 결국, 비록 내가 백인이고 그와 다른 평민이었지만, 그는 나를 자신과 동등한 계급의 존재로 받아들인 것이다.

우리가 멕케를 떠나기 전날, 나는 그에게 대략 내 가계도에 대해 알려주었다. 나는 내 성이 스코틀랜드를 떠나 프랑스 오베르뉴 지역에 정착한 먼 조상들로부터 온 것이며, 그 후손들이 프로방스 지역으로 퍼져나갔다는 사실을 설명했다. 가족의 뿌리에 대해 유난히 집착했던 은디악은 먼저 스코틀랜드인이 어떤 사람들인지 물었다. 그들은 이웃 나라 영국과 늘 싸워왔던 전사 민족이었으며, 그런 이유로 오래전 스코틀랜드 출신인 아당송의 조상 중 한 명이 프랑스 국왕의 보호를 받고자 오베르뉴 지방으로 피난 온 것이라고 하자, 그는 나를 달라진 눈빛으로 바라보았다.

어떤 의미에선 그의 세계관이 나에게 영향을 미쳤다. 어느 날 내 선조들을 전사들로 소개하며 나는 우리의 자아상이 우리가 서 있는 장소나 우리가 마주하는 대상에 따라 달라질 수 있다는 것을 실감하게 됐다. 은디악에게 내 가계도를 상세히 이야기 해주는 동안, 나는 하나의 외국어를 배우게 되면, 기존에 우리가 가지고 있던 인생관을 넘어 또 다른 삶으로 시선의 도약을 경험하게 된다는 사실도 깨달았다.

은디악의 조언을 귀담아들으며 우리는 피르 구레예로 가는 길을 벗어나 서쪽 길로 접어 들었다. 거의 텅 비어 있는 여러 마을을 통과한 우리는 멕케를 떠난 지 3일째 되는 날, 대서양 연안으로부터 16km 정도 떨어진 곳에 있는 임시 마을 쾨르 다멜에 도착하였다. 쾨르 다멜은 월로프어로 '왕의 집'이라는 뜻이다. 이 마을은 카요르 왕과 그 호위대가 행차할 때만 생겨났다가 사라지는 마을이었다. 왕은 중간 상인 없이 직접 유럽의 상인들과 거래하기 위해 이 마을에 오곤 했다. 분명 이곳에서 왕은 은디악에게 선물한 영국식 안장을 구입했을 것이다. 어쩌면 그 대가로 몇 명의 노예를 지불했을지도 모른다. 바닷가 모래밭엔, 끈 떨어진 초가 울타리만 이리저리 나뒹굴 뿐, 마을에 인기척이라곤 느껴지지 않았다. 나는 순간 한기를 느꼈다.

유령 마을을 감싸고 있는 공기는 차갑지 않았지만 나는 추웠다. 어쩌면 우리가 여기까지 오는 길에서 겪었던 열대의 열기와 대조되는 공기 탓이었을지도 모르겠다. 엄청난 피로감과 함께 몸엔 열이 오르고 있었다. 새벽녘부터 목구멍에서 불편함이 느껴지더니, 갑자기 마른 덤불숲에 불이 붙은 것처럼 몸속에서 열이 솟구쳐 올랐다. 나는 내 옆에서 나란히 말을 타고 가던 은디악을 바라 보았다. 내가 그에게 쉰 목소리로 물었던 기억이 난다. 우리가 쾨르 다멜의 모래 사장에 반쯤 묻혀 있는 울타리들을 바라보며 서 있기 시작했을 때부터 머릿속에 맴돌던 질문이다. "얼마나 많은 남자와 여자들이 마을 바로 옆의 저 바다 수평선 너머로 사라져 갔을까?" 내가 은디악에게 그런 질문을 했었는지는 지금도 분명치 않다. 만약 정말로 이렇게 물었다 해도 나는 그의 대답을 잊어버렸다. 내가 말에서 떨어지기 직전, 공포에 질린 그의 얼굴과 떨어지려는 나를 붙잡으려고 내 어깨를 부여잡던 그의 오른손을 보았다.

난 한밤중에 알 수 없는 장소에서 깨어났다. 이처럼 난데없는 공간에 내가 누워있다는 건, 분명 내가 고열로 인한 섬망 상태에 있기 때문이라고 생각했다. 나는 특별한 향이 나는 오두막 안에 누워있었다. 그것은 지붕을 덮고 있는 짚에서 나는 꽃향기와 벽에 발려 있는 황토, 집의 화덕에서 피어오르는 매캐한 연기가 한데 뒤섞여 만들어 내는 묘한 향기였다. 나는 완전한 암흑이 아닌 어둠 속에서 눈을 떴다. 명확히 식별하기 힘든, 푸른 빛을 띤 반투명한 구름이 내 위에 떠 있는 것 같았다. 나는 무한한 우주와 지구 사이의 중간 지대에 서 있는 내 모습을 떠올렸다. 은하계의 영적인 어둠이 지구 대기가 뿜어내는 마지막 증기로 채워져 있는 우주와 지구 사이의 경계에 서 있는 것 같았다. 그곳을 채운 빛이 새벽의 여명이었다면, 지붕이나 문에 난 틈새로 비집고 들어와 공간 전체에 퍼졌을 것이다.

그러나 여기 이 비현실적인 푸른 빛은 오두막 천정에만 매달려 있는 듯, 공간 전체를 밝히기엔 너무나도 희미한 빛으로 머물러 있었다. 나는 꼼짝하지 않은 채로 누워있었다. 이 희미한 불빛의 강도를 가늠해 보고자 가끔 눈을 깜빡였을 뿐이다. 내가 알고 있는 모든 향에 알지 못할 새로운 향이 더해지며 나를 강렬히 사로잡았다.

신선한 해초 향에 뒤섞인 바닷물 냄새가 나를 감싸고 돌았다. 그 향은 감미로웠다. 적당히 짭조름하게 느껴지는 그 신선한 향은 어슴푸레한 어둠 속에 누워있던 나의 불안감을 잠식해 버렸다. 바로 그때, 내 청각이 잘못되지 않았다면, 물이 찰랑거리는 소리를 들은 것 같았다. 적어도 내 감각 기관 중 하나는 환각에 사로잡혀 있지 않다는 사실과 따라서 내가 여전히 살아 있다는 사실에 안도하면서 나는 다시 눈을 감고 그대로 잠에 빠져들었다.

다시 깨어났을 때, 햇빛은 오두막 속으로 성큼 들어와 있었다. 지붕 안쪽에는 배가 노랗게 익은 크고 작은 표주박들이 숲을 이룰 정도로 가득 매달려 있었다. 어떻게 그렇게 많이 매달려 있을 수 있는지, 알 수 없는 노릇이었다. 나는 바닥보다 조금 높은 돗자리에 등을 대고 웃통을 벗은 채로 누워있었다. 내 몸은 턱밑까지 두터운 면 옷으로 덮여 있었지만 그리 따뜻하진 않았다. 또 다른 면 옷이 둘둘 말려 내 목을 받쳐주고 있었다. 내 몸 상태가 어떠했건 간에, 나는 오랫동안 아무것도 먹지 않았다는 사실이 떠올랐다. 하지만 느낌은 괜찮았다. 목이 마르지도 않았고 몸에 열도 없었다. 더 이상 몸이 고통을 느끼지 않게 될 때, 회복기 환자들이 느끼는 행복감이 부드럽게 밀려와 쭉 뻗은 팔과 다리를 이완시켜 주었다. 그때 갑자기, 오두막의 좁은 입구를 닫고 있던 등나무 직조 돗자리가 걷히며, 빛이 쏟아져 들어와 내 눈을 멀게 했다. 바로 눈을 감고, 다시 눈을 떴을 때, 그림자 하나가 내 앞에 서 있었다.

# 3부

# 마람

내 인생에 붉은 화인처럼 남아있는 그 오두막에서 무슨 일이 일어났는지 이야기하기 전에, 사랑하는 나의 아글라에, 내가 당시 처했던 놀라운 상황에 대해서 네가 좀 더 자세히 상상할 수 있도록 몇 가지를 먼저 얘기해줘야 할 것 같구나. 지금 너에게 말하려는 것은 이후 전개될 사건들을 이해하는 데 꼭 필요한 내용이란다. 나는 이 사실을 낙마 후, 사흘 뒤에 은디악을 통해 알게 되었단다. 상상하기도 힘든 끔찍한 시련 직후에 말이지.

우리가 다시 만나게 되었을 때, 은디악이 내게 얘기해 주더구나. 쾨르 다멜에서 그가 말에서 떨어지는 나를 붙잡으려 했을 때, 그는 죽음이 나를 덮쳤다고 생각했다고. 그의 젊은 삼촌 하나가 사냥에서 돌아오던 길에 죽었던 것과 같은 이유로 말이다. 은디악 말에 따르면, 그의 삼촌은 자신이 죽인 사냥감과의 화해 의식을 제대로 행하지 않았기 때문에, 수풀의 정령이 내린 벌을 받은 것이라고 했다. 은디악은 내가 백인이기 때문에 수풀 정령들의 힘이 내게는 미치지 않으리라 생각했다고 한다. 하지만 내가 안장에서 미끄러져 떨어지는 모습을 본 은디악은 내가 저지른 짓을 다시 떠올렸다. 전날 밤, 쾨르 다멜로 가는 길에서 우리는 드조프 마을 어귀에 이르렀다. 나는 망고나무 위에 앉아있던 신성한 새 한 마리를 총으로 쐈다. 내 총소리를 들은 몇몇 마을 사람들이 몰려나왔고, 우리 호위대가 말리지 않았더라면 아마도 그들은 새에 대한 보복으로 나를 죽였을 것이다.

내가 월로프어를 구사하면서 더 이상 완벽한 백인이 아니게 되자 신성한 새의 영혼이 나에게 복수를 한 것이라 여긴 은디악은 나를 쾨르 다멜의 백사장에 눕혔다. 그에게 나는 이미 죽은 사람이었다. 그는 나의 턱밑을 지나는 경정맥과 손목을 통해 맥박을 짚어 보았다. 그는 아무것도 느낄 수 없었다. 그가 나를 그 자리에 묻어야 할지 말아야 할지, 매장을 한다면 어떤 종교의식을 따라야 할지를 고민하고 있을 때, 우리 호위대에서 가장 나이 많은 전사가 자신의 주머니에서 작은 거울을 꺼냈다. 그의 이름은 세이두 가디오, 나이는 50대로, 세네갈 흑인 전사치곤 나이가 많은 편이었다. 그때까지 난 그에게 별로 관심을 기울이지 않았다. 매사 조용했던 그에게서 히끗한 머리칼만이 유일하게 눈길을 끄는 구석이었다. 하지만 우리의 여행을 이끌어왔던 사람은 바로 그였다. 이번엔 그가 나의 목숨까지 구했다. 그로부터 일주일도 지나지 않아 나를 불행의 늪에 빠뜨렸지만 말이다

  모두들 내가 죽었다고 여겼을 때, 세이두 가디오는 내 옆에 무릎을 꿇고 앉아 내 코와 입 앞에 거울을 가져다 댔다. 거울에 김이 서렸다. 내가 아직 살아있다는 증거였다. 그는 경험이 많은 사람이었기에 은디악은 주저 없이 그의 판단이 옳다고 받아들였다. 내가 의식을 잃고 쓰러져 있던 이틀 동안 일어난 일들을 설명해 줄 때, 은디악은 자신이 온전히 그에게 의지했다고 했다. 일행은 세이두 가디오의 지시에 따라, 모래 속에 묻혀 있던 울타리 몇 개로 들것을 만들었고, 그 들것 위에 나를 싣고 캡베르에 있는 벤 마을까지 옮겨 날랐다.

  가디오와 은디악은 가능한 한 빨리 나를 벤 마을로 데려가는 게 최선이라는데 의견을 같이했다. 그들은 고열로 내가 의식불명 상태인 것이 오히려 어려움을 덜어주었다고 여겼다. 내가 생생한 의식을 가지고 고통을 겪었더라면 그들의 여행길은 더 고단했을 것이었다. 일행은 고통스러워하는 나를 돌보느라 자주 멈춰 섰을 것이고, 출발이 계속 지연되면, 나를 쓰러뜨리며 첫 승리를 맛본 악령에 맞서 버틸 수 있는 힘을 내가 소진해 버렸을 수도 있었을 터이다. 내 맥박이 거의 느껴지

지 않는 상태였기에, 그들은 내가 거의 죽었다고 판단한 악령이 더 이상 나를 괴롭히지 않았던 것이라고 생각했다. 드조프 마을에서 죽인 신성한 새 때문에 나를 벌한 숲의 정령은 놀라 겠지만, 캡베르의 좀 더 서늘한 날씨가 나의 회복을 도와줄 거라 믿었다.

은디악과 세이두는 숲의 정령이 나를 보지 못하도록 가리는 게 좋겠다는 데 동의했다. 그들은 우선 먼저 수의를 연상케 하는 흰 천으로 내 몸을 완전히 덮었다. 들것으로 나를 옮기던 호위대가 휴식을 취하려 멈출 때면, 그들은 살짝 천 끝을 들어올려, 불타는 듯한 내 얼굴에 신선한 물을 끼얹어 촉촉하게 만들곤 했다. 그리고는 마치 내 죽음을 애통해하는 것처럼 고개를 가로저으며 다시 천을 덮었다. 운명론자를 연기한 은디악은 종종 낮은 목소리로 한숨을 내쉬며, 신성한 새의 정령이 들을 수 있도록 이렇게 말하곤 했다. "부디 신이 그를 용서하시길, 프랑스에 두고 온 가까운 이들에게 작별 인사도 하지 못한 채 그는 떠나야 했습니다."

이렇게 해서 그들은 최대한 마을을 피하며 뜀박질하듯 빠른 속도로 들것에 실린 나를 캡베르까지 이동시킬 수 있었다. 내가 지난번 캡베르를 여행할 때 관찰했던 것처럼, 해가 중천에 뜰 때면, 물이 선명한 분홍빛으로 변하는 소금 호수로 이어지는 바다를 건넌 뒤, 그들은 나무가 우거진 크람사네 숲을 가로질러 갔다. 이 또한 나를 뒤쫓고 있을 저승사자를 더 잘 속이기 위함이었다. 하지만 이것은 그들의 생명에 위험을 가져올 수도 있는 여정이었다. 이 거대한 대추야자 나무와 종려나무 숲에는 사자와 표범, 하이에나가 많이 살고 있었기 때문이다. 그들은 밤이면 종종 바닷가 근처의 캡베르 마을까지 어슬렁거리곤 했다.

30시간에 걸친 강행군 끝에, 그들이 마침내 벤 마을 목전에 이르렀다. 보름달이 뜬 밤이었다. 세이두 가디오는 달빛 아래 서 있는 하이에나와 사자의 윤곽을 볼 수 있었다. 그들은 마을 가장자리에 있는 한 오두막의 지붕 위에 나란히 앞발을 얹은 채 서 있었다. 그들의 입에는 지붕에서 말리던 물고기가 물려져 있었다. 우리의 노련한 전사 세이두는 일행에게 멈추라는 신호를 보냈다. 그들은 이 두 야수가 일행에게 눈길을 주지 않고 새벽녘에 숲속으로 사라져 갈 때까지 기다렸다. 세상 사람들은 사자와 하이에나를 둘도 없는 원수지간으로 알고 있지만, 우리 눈앞의 그들은 분명 뜻을 함께하는 공모자임이 틀림없었다.

벤 마을의 대표는 사자와 하이에나가 나란히 나타나 말린 생선을 훔쳐 간다는 희한한 얘기에 전혀 놀라지 않았다고 은디악은 말해주었다. 그는 오히려 그들에게 이렇게 답했다고 한다. "모두가 함께 도우며 살아야죠." 그는 내가 들것에 실려 온 것을 보고도 전혀 놀라지 않았다. "우리 마을의 치유사가 나한테 벌써 알려줬거든요. 외부인들이 오늘 그녀를 찾아올 거라고요. 저를 따라오세요. 제가 여러분들을 그녀에게 안내해 드리죠."

은디악은 벤 마을 대표를 따라, 왔던 길을 되밟아 마을 입구에 있는 그 오두막까지 가면서 얼마나 놀랐는지 모른다고 말했다. 바로 한 시간 전까지 바로 그 집의 지붕에서 사자와 하이에나를 보았기 때문이다. 이는 은디악과 세이두 모두에게 운명의 신호처럼 여겨졌다. 다만 그것이 좋은 운명인지 나쁜 운명인지는 예측할 수 없었다.

치유의 힘은 일반적으로 오랜 인생의 경험을 지닌 사람의 정신과 연결되어 있는 법. 그들이 상상했던 대로 그들을 입구에서 맞이해준 사람은 나이 든 여인이었다. 그 여인은 자기는 백인들을 모두 싫어하지만, 들것에 실려 온 백인 남자는 치료해 줄 것이라며 그들을 안심시켰다. 나의 두 친구는 그 말에 가볍게 몸을 떨었다. 그들이 내 몸을 덮고 있던 천을 아직 벗기기 전이었기 때문이다. 어떻게 그 치유사는 내가 백인인 걸 알았을까? 이후 그녀가 덧붙인 말은 더욱 그들을 놀라게 했다. 그녀는 우리가 누군지 알고 있으며, 우리가 여기로 찾아올 것을 오래전부터 알고 있었다고 말했다.

은디악은 자신은 물론, 경험 많은 세이두 가디오까지도 그 놀라운 치유사 앞에서 벌벌 떨었다고 털어놓았다. 그녀는 자개가 박힌 붉은 가죽으로 덮인 긴 막대에 기대서 있었는데, 커다란 뱀 가죽으로 만든 일종의 두건으로 얼굴을 반쯤 가리고 있었다. 두건 외에도 그녀의 어깨를 감싸고 있는 뱀 가죽은 살아있는 외투처럼 발밑까지 내려와 출렁거렸다. 흑단같이 검은 바탕에 옅은 노란색 줄무늬가 있는 그 뱀 가죽은 윤기와 광택이 돋보였다. 치유사가 자신의 오두막으로 들어가기 위해 절름거리며 뒤돌아섰을 때, 그녀는 은디악에게 반은 사람, 반은 뱀처럼 보이는 정의하기 힘든 존재라는 인상을 남겼다. 그녀는 일행에게 나를 안으로 데려가 눕히라고 지시했다. 끔찍한 뱀 가죽 외투 아래로, 치유사는 붉은 점토색 천으로 된 통 옷으로 온전히 몸을 가리고 있었다. 유일하게 모습이 드러난 그녀의 하관은 허옇게 마른 흙으로 덮여 있었다. 가장자리가 찢긴 듯 금이 간 입술은 그녀를 덮고 있는 뱀가죽의 끔찍한 아가리에 삼켜질 듯 닿아 있었다. 등은 늙어 구부러져 있었지만, 그녀의 몸짓은 나무랄 데 없이 날렵했다. 낮고도 깊은 목소리를 타고 흐르는 그녀의 모든 말은, 손에 든 막대를 바닥에 내려쳐 질 때마다 나는 소리와 함께 명확하게 발음되고 있었다. 그녀는 은디악과 세이두 가디오, 그리고 나머지 모든 일행에게 그녀의 숙소 곁에서 야영하지 말라고 명했다. 그들은 마을

반대편으로 이동해야 했다. 내가 회복되면 그때, 연락을 주기로 했다.

그들은 이제 내 운명이 그들이 아니라 치유사의 손에 달려 있다고 생각했기에 그녀의 명령에 따랐다. 그들은 끔찍한 외모의 치유사가 내가 총으로 쏘아 죽인 신성한 새의 악령을 쫓아낼 것을 믿어 의심치 않았다. 은디악은 그때 신에게 내가 죽음을 면할 수 있게 해달라고 수없이 기도했노라 고백했다. 만약에 내가 죽으면 그는 자신의 아버지에게 벤으로 향한 우리 여행의 진정한 이유를 털어놓아야만 했을 것이다. 그의 아버지가, 생루이 섬으로부터 벤 마을까지의 그 긴 여행이 단지 아메리카 대륙에서 돌아왔다는 한 여자 노예에 대한 호기심 때문이었다는 걸 알게 되면, 왕인 그의 아버지는 나를 별 볼 일 없는 인물로 여길 것이 분명했다. 은디악은 이를 원치 않았다. 이처럼 그들에게 사소하게 보일 여행 동기는 나에 대한 그의 평가를 절하시킬 것이고, 이는 필시 은디악에게도 영향을 미쳐, 왕가의 친척들이 모두 그를 비웃게 될 것을 그는 염려했다.

"어쨌든 아당송, 나는 당신의 죽음을 내 친구의 죽음처럼 여기며 몹시 슬퍼했을 거예요. 하지만 더 힘든 일은 내가 웬 정신 나간 자의 생각에 협조했다는 걸 다른 이들에게 털어놓아야 한다는 점이었을 거예요." 은디악은 우리가 벤의 치유사 집에 도착하기까지 겪은 파란만장한 이야기들을 내게 전하던 중 이렇게 결론 지었다.

    내가 살아난 직후, 은디악이 흑단 나무 그늘 아래서 진지하게 내게 했던 이 말을 들으면서, 나의 이 어린 친구는 이미 왈로족의 왕이 되기 위한 준비 과정을 시작했다는 사실을 어렴풋이 짐작할 수 있었다. 그는 어쩌면 권력을 차지하기 위해 자신의 조카 중 한 사람이 차지하기로 되어있는 왕위 서열을 거슬러, 눈 하나 깜짝하지 않고 전쟁도 불사할 수 있을지 모른다는 생각도 들었다. 어쩌면 그는 이미 체면이란 갑옷으로 철저히 자신을 가리고 있었던 건 아닐까? 백인인 나는 그 갑옷을 구성하는 조각 중 하나가 아니었을까? 나는 그 친구에게 보내왔던 신뢰를 재검토하기 시작했다. 그가 아무리 어리다고 해도 한 인간이 권력으로 향한 길을 나서기 시작하면, 그는 주변 사람을 거대한 체스판에서 자신에게 유리한 쪽으로 움직이게 할 수 있는 말로만 여길 뿐이기 때문이다. 하지만 내가 틀렸다. 은디악은 내가 만난 친구 중 가장 충직한 친구였다. 적어도 나는 그렇게 생각한다.

내가 완전히 혼수상태에서 깨어났을 때, 그림자 하나가 내 앞에 드리워져 있었다. 그 오두막의 어스름한 빛 속에서 눈앞에 어른거리는 환영이 사라지자 끔찍한 얼굴의 하관이 모습을 드러냈다. 나는 그 모습에 다시 한번 기절하는 줄 알았다. 내 침대 발치에서 한 사람이 조용히 나를 지켜보고 있었다. 순간 공포가 밀려왔다. 거대한 보아뱀이 내게 입을 벌리고 달려드는 것 같은 착각이 일 정도였다. 나는 팔꿈치로 불쑥 몸을 일으켜 세우며, 작은 목소리로 그가 무엇을 원하는지 물었다. 아무 대답이 없었다. 썩은 버터 냄새와 불에 그을린 유칼립투스 나무껍질 냄새가 풍기는 뱀 가죽 속에 얼굴을 숨긴 한 인간이 나를 관찰하고 있었다. 내가 월로프어를 충분히 익히게 되자마자 식물들의 신비를 알고자 찾아 나섰던 사람이 바로 치유사들이었다. 내가 그중 한 사람의 손길 아래 있다는 사실을 깨달았다. 내가 죽다 살아났다면 그건 분명 이 사람 덕일 터이니 나는 그녀를 두려워할 이유가 없었다.

그녀는 한동안 움직이지 않고 나를 관찰했다. 내겐 무척 길게 느껴지던 그 시간 동안 나는 그의 눈을 볼 수는 없었다. 나는 나름대로 마음을 안정시키려고 애썼다. 그때 그녀는 돌이킬 수 없는 결단을 내리기라도 한 듯, 갑자기 두건을 벗어 어깨 위로 떨치더니 얼굴을 드러냈다.

"그런데 당신, 마람 섹에게 대체 무슨 볼일이 있는 거죠?"

두건 아래로 젊은 여성의 모습이 드러나자 나는 문득 새로운 환각을 본 것 같았다. 그녀의 볼과 입술을 덮고 있는 흰 석고에도 불구하고 순간 그녀가 매우 아름답다고 생각했다. 가면 역할을 하는 흰 석고 윗부분으로 드러난 그녀의 얼굴은 깊이 있는 검은 색을 띠고 있었고, 고운 입자의 빛나는 살결은 부드러움을 연상케 했다. 길게 땋아 내린 머리는 위쪽으로 틀어 올려져 있었고, 길고 우아한 목은 고대 여왕의 품위를 드러내고 있었다. 아몬드 모양의 커다랗고 검은 눈은 길게 휘어진 속눈썹으로 촘촘히 테가 둘러져 있었다. 그녀의 눈은 나의 식물학 스승 베르나르 드 쥐시유의 호기심 캐비닛[27]에서 보았던

---

27 Cabinet de curiosité : 유럽의 지식인들과 권력자들 사이에서 대유행하던 것으로 각자가 모은 희귀하고, 새로우며, 호기심을 자극하는 수집품들을 모아놓은 방 혹은 가구를 지칭한다. 르네상스 시절부터 시작되었으며, 유럽인들이 제국주의의 바람을 타고 세계 각국으로 활발히 진출하게 되면서 유럽 전역의 유력

이집트의 흉상을 떠오르게 했다. 그녀의 까만 피부만큼이나 짙은 검은 색을 띤 그녀의 홍채는 눈처럼 하얀 흰자와 대조를 이루며 나를 먹잇감처럼 응시했다. 그녀의 두 눈은 최면사들의 눈이 그러하듯 완벽하게 고정되어 있었다. 잔뜩 겁이 나서, 내가 그녀의 질문에 우물쭈물 답을 못하고 있는 동안, 그녀는 여전히 눈을 나에게 고정한 채 몸을 숙여 바닥에 있던 칼을 집더니 내 머리에 가져다 대고 이렇게 말했다.

"당신이 누구며, 왜 여기에 사람들을 대동하고 나타났는지 똑바로 말하지 않으면, 난 주저없이 당신의 목을 딸 거에요. 나는 죽음이 두렵지 않아요."

"내 이름은 미셸 아당송이에요. 나는 즉시 이렇게 답했다. 당신이 자신을 마람 섹이라고 소개하셨으니, 나도 돌려 말하지 않고, 바로 대답하죠. 나는 당신을 만나고 싶은 호기심에 이곳에 왔습니다. 나는 왈로족 왕의 아들, 은디악과 함께 왔어요. 노예로 팔려 갔다 다시 돌아온 당신의 이야기를 직접 듣고 싶었어요."

"그가 날 사냥감처럼 내몰려고 당신을 보낸 거군요!"

"그… 라니, 누굴 말씀하시는 건가요?"

---

자들의 호사스런 취미가 되었다. 동물, 식물, 곤충, 보석, 무기, 그림, 돌, 화폐 등 다양한 영역에 대한 수집품을 망라한다. 유럽엔 여전히 골동품 가게의 형태로, 호기심 캐비닛들의 흔적이 남아 있다.

"바바 섹, 내 외삼촌이죠. 소르 마을의 대표."

"당신이 어떻게 지내는지 걱정하는 건 외삼촌으로서 자연스러운 거 아닌가요?"

"그는 나보단 자기 자신에 대해 걱정하죠."

"무슨 말씀이신지?"

내가 믿을만한 사람이라고 판단한 마람 섹은 내 목에 들이대었던 칼을 바닥에 내려놓으며, 말을 이어갔다.

"바바 섹은 가증스런 인간이에요. 바로 그 인간 때문에 나는 소르(Sor)로부터 멀리 떨어진 이곳에서 늙은 치유사로 변장한 채 살아가고 있는 거죠."

그녀는 이 대목에서 말을 멈췄다. 분명, 그녀가 마지막 대목을 말할 때 목소리가 떨리고 있었기 때문일 것이다. 그녀는 자존심 때문에 타인들에게 우는 모습을 보여주지 않으려는 부류의 사람이었다. 어쩌면 바바 섹과 내가 어떤 관계인지 먼저 알아야겠다고 생각했던 건지도 모른다.

그녀가 자신의 이야기를 털어놓게 하려면 먼저 그녀를 안심시켜야 했다. 나는 그녀의 외삼촌이 얘기해준, 그녀의 감쪽같은 실종에 대한 이야기, 그가 그녀를 찾기 위해 생루이 섬의 요새까지 샅샅이 뒤진 이야기, 혹시 납치범들이 그 마을을 지나가진 않았는지 알기 위해 사신들을 인근 마을들에까지 보냈다는 이야기 등을 들려 주었다. 그녀의 고향 마을 소르에서는 그녀가 납치되어 노예 상인들에게 팔려 갔다고 확신하고 있다는 말과 함께.

나는 바바 섹이 그녀에 대해 이야기하던 날로부터 불과 며칠 전, 벤 마을로부터 온 셍간 파예라는 남자가 당신이 거기 있다는 걸 알려주었다는 사실, 당신이 미국으로 팔려 갔다가 살아 돌아왔다는 사실, 하지만 셍간 파예에 따르면 소르 사람들은 누구도 당신을 다시 만나려고 해서는 안 된다고 했다는 말 등도 덧붙였다. 나는 그녀의 외삼촌이 들려준 이야기가 너무나도 흥미로워서 이 미스터리를 파헤쳐보기 위해 생루이에서 여기까지 오기로 결심하게 되었다는 말로 내 얘기를 마무리했다. 나는 팔꿈치로 몸을 곧추세운 채 여전히 누워있는 상태에서 그녀와 말하고 있었기에, 그녀는 내 불편을 덜어주기 위해 조각이 새겨진 작은 나무 의자를 가져와 내 침대 옆에 놓고 앉았다. 덕분에 나는 베개로 쓰던 둘둘 만 천 위에 머리를 얹고 그녀를 바라보며 얘기할 수 있었다. 그녀는 종종 나를 향해 시선을 낮췄다. 그녀가 가까이 다가오자, 그녀 어깨에 걸쳐진 뱀 가죽에 배어 있는 유칼립투스 나무껍질과 시어 버터의 시큼한 냄새를 뚫고 나오는 꽃향기를 맡을 수 있었다.

우리 사이에 침묵이 맴돌고 감히 서로를 쳐다보지 못하고 있을 때, 마람 섹이 불쑥 내게 물었다. 바다의 지배자 종족 출신인 백인이 단지 자신에 대한 호기심 때문에 도보로 그 먼 거리를 여행한다는 것이 가능한 얘기인지. 그녀에게 답했다. 나는 그녀의 이야기를 확인하고 싶었을 뿐 아니라, 생루이섬에서 캡베르에 이르는 숲에 서식하는 식물과 동물들을 탐구하려는 목적도 가지고 있었다고. 내가 하는 일은 식물, 나무, 조개, 육상 동물, 해상 동물들을 자세히 살펴서 책 속에 상세히 기록함으로써 프랑스인들에게 세네갈에서 내가 본 것을 알리는 일이라고. 만약 그녀를 찾지 못했다 해도 이 지역에 사는 식물과 나무, 동물들의 세계에 대한 지식을 훨씬 풍성하게 확장시켰을 테니, 이 여행이 나에게 완전히 허탕은 아니었을 거라고 설명했다.

그러자 마람 섹은 이렇게 물었다. "그렇다면, 당신은 세네갈의 조계지에서 상아와 금, 아라비아 고무, 가죽 그리고 노예들을 사고 파는 여러 사람을 만날 수 있었겠군요."

나를 예외적인 인물로 소개할 수 있다는 사실이 기뻤던 나는, 세네갈 조계지에서 일하는 자들과 나는 완전히 다른 부류이며 그들과는 그저 형식적인 관계만 맺고 있을 뿐이라고 설명했다. 나는 순수하게 세네갈의 야수들과 식물군을 관찰하고 조사하러 온 것이라고 그녀에게 자랑스럽게 말했다. 하지만 그녀는 내게 반박했다. "당신이 남긴 모든 기록들은 분명 조계지 상인들이 자신들의 이윤을 위해 사용할 거라는 걸 모르시나요. 순진한 건가요, 아님 모른 척하는 건가요?"

그녀의 이 말은 그녀가 손에 들고 있던 가지 치는 칼보다 더 나를 오싹하게 만들었다. 나는 그녀가 나를 어떻게 보는지에 대해 신경이 쓰이기 시작했다. 하여 나는 세네갈에서 내가 하고 있는 일의 특수성을 설명하고자 했다. 내가 겸손하지 못한 사람으로 보일 수도 있는 터라 여간 조심스러운 일이 아니었다. 내가 남들과는 다르다고 말하는 것은, 특별해 보이고 싶다는 얘기가 된다. 내 앞에 있는 상대에게서 느껴지는 고결한 영혼에 견줄만한 존재가 되어야 그녀의 애정을 얻을 수 있을 거라고 나는 막연히 느끼고 있었다. 설명이 한결 어려웠던 것은 내가 월로프어로 말해야 했기 때문이다. 모든 뉘앙스들이 온전히 다 전달될 수 있도록 이 언어를 능숙하게 말하고 싶었으나, 그때 나는 여전히 열병의 후유증으로 기진맥진해 있는 상태였다.

마람 섹은 내가 복잡한 설명을 늘어놓는 동안 잠자코 들어주었다. 나는 세네갈에서 다른 프랑스인들이 벌이는 짓들과 내가 수행하는 역할이 어떻게 다른지 설명하고자 애쓰면서도 겸손을 가장한 연기를 하고 있었다. 내 얼굴이 한층 수척해지고 피로감이 나를 덮치는 것을 보았을 때 그녀가 갑자기 일어서더니 대화를 중단시켰다. 그녀가 내게 전한 영감으로 막 싹트기 시작한 사랑의 감정이 그녀를 향해 달려가고 있었다.

그녀는 내 시야를 벗어난 오두막의 한 어두운 구석으로 가더니 곡선으로 휜 손잡이가 달린 작은 조롱박을 들고 곧 다시 돌아왔다. 그녀는 그것을 나에게 건넸고 나는 그 안의 것을 천천히 마셨다. 그것은 몽글몽글 응고된 우유와 원숭이 빵이라 불리는 바오밥 열매 가루를 섞은 것이었다. 새콤한 맛의 그 음료는 물보다 더 갈증을 잘 해소시켜 주었고, 빵만큼 충분한 영양을 공급해 주었다. 그것은 아마 효과적인 치료제이기도 했을 것이다. 나는 놀랍도록 빠른 속도로 기운이 돌아오고 있음을 느낄 수 있었다. 그녀는 다시 자기 어깨를 온전히 뱀 가죽으로 덮고, 옅은 노란색 줄무늬의 검은 두건으로 얼굴 절반을 가린 채, 내가 오두막에서 걸어 나갈 수 있도록 일으켜 세우고 부축해 주었다.

때는 9월, 우기가 거의 끝나가는 시절이었다. 하늘은 가지 껍질처럼 짙은 먹구름들로 가득 차 점점 더 어두워지고 있었다. 바람에 실려 온 구름들이 집중 호우로 한꺼번에 비를 토해내려고 캡베르 땅의 모든 붉은 먼지들을 삼키고 있는 것 같았다.

마람 섹은 남자 키 높이의 울타리로 둘러쳐진 그녀의 오두막 마당 안으로 나를 안내했다. 거기엔 목이 넓게 벌어진 커다란 밤색 항아리가 있었다. 그녀는 내게 항아리에 떠 있는 나무 사발을 사용하여 몸을 씻을 수 있다고 손짓으로 알려주었다. 숯가루와 유칼립투스 잎 향을 섞어 만든 검은 비누가 부드러운 짚으로 만든 손바닥 크기의 뚜껑 위에 놓여 있었다. 마람은 내가 셔츠를 벗는 것을 도와준 뒤, 그것을 손가락 끝으로 집어, 옆에 있던 물 호리병 안으로 휙 던져넣었다. 그녀는 내가 씻는 걸 마치고, 자신이 기다리고 있는 오두막으로 돌아오면 깨끗하고 마른 옷을 주겠다고 했다.

하늘은 금방이라도 무너져 내려앉을 것처럼 무거워 보였다. 세네갈 여행을 떠나기 전 읽은 책을 통해 이런 빗물은 독성물질을 포함하고 있을 수 있다는 걸 알았기에 나는 지체없이 몸을 씻었다. 정성으로 몸을 씻은 것처럼 속옷과 양말도 정성껏 빨았다. 내 옷들을 비누로 비벼 빤 호리병 물이, 우리를 향해 달려오는 하늘의 먹구름처럼 가지 색을 띠는 것을 보고, 나는 마람이 느꼈을 역겨움을 짐작할 수 있었다. 부끄러웠다. 다섯 번에 걸쳐 옷을 헹구고 나서야 비로소 내 옷들은 본래 색깔에 가까워졌다. 나는 그 옷들을 외부의 시선으로부터 집을 지켜주는 울타리 높은 곳에 걸어 두었다. 바람이 불었다. 나는 마람이 챙겨준 간단한 옷을 걸치고 그녀가 기다리고 있는 오두막으로 뛰어갔다. 입구를 막아주는 등나무 발이 올려져 있었다. 나는 안전한 피신처에 발을 딛은 채 눈앞에서 펼쳐지는 회오리 바람을 구경하기 위해 돌아섰다.

먼저, 하늘에서 쏟아져 내리는 핏빛 물의 낙하를 보았다. 구름이 가지색이었던 건 바람이 불러일으킨 온갖 먼지들을 구름이 전부 흡수해 버렸기 때문이다. 이때 처음 떨어지는 낙수가 특히 몸에 안 좋은 영향을 미친다. 이 오염된 폭우가 한 바탕 쏟아지고 나면, 깨끗하고 마실 수 있는 물이 떨어진다. 그래서 세네갈의 모든 마을에선 평소 닫아 놓고 있던 항아리 뚜껑을 폭풍우가 시작된 지 잠시 후에 깨끗한 빗물을 받기 위해 열어 놓는다.

내가 그녀의 오두막에 돌아왔을 때, 마람은 맨머리로 겨드랑이 아래에 간단한 천을 두른 채 밖으로 달려 나가, 항아리와 항아리 사이를 뛰어다니며 그 위에 앉아있던 카나리아 들을 쫓아냈다. 그리곤 집 뒤뜰로 사라지는 그녀의 모습을 보았다. 식수로 쓸 수 있는 좋은 물을 최대한 받아 놓기 위해 가능한 모든 용기들을 열어 놓으려는 것이 분명했다. 그녀가 평소처럼 나이 든 치유사로 분장하지 않고 집 밖을 뛰어다니는 것을 보고 깜짝 놀랐다. 폭풍우와 함께 쏟아지는 빗물을 받느라 그녀처럼 이웃들도 바쁠 터이기에 불쑥 그녀를 찾아올 사람은 없을 것이라 여기는 것이리라.

난 입구를 열어둔 채, 오두막 안쪽 그녀가 준비해 놓은 침대로 향했다. 내 고열과 땀으로 얼룩진 침구와 옷들은 치워지고 그 자리엔 깨끗한 시트와 옷들이 놓여 있었다. 삼각형, 반달, 정사각형 모양의 구멍이 난 작은 황토 항아리에선 유칼립투스 나무 껍질 향과 섞인 묵직하고 진한 사향 냄새를 머금은 연기가 뿜어져 나오고 있었다. 오두막 입구 오른편에는 철제 테를 두른 커다란 나무통이 바닥에 놓여 있었다. 그때까지 한 번도 본 적 없는 물건이었다. 전날 밤 내 정신이 들게 해준 찰랑이는 소리와 비슷한 소리를 들었다고 생각했을 때 나는 발걸음을 돌렸다. 등나무를 엮어 만든 일종의 거대한 부채인 나무통 뚜껑을 열고 물속에 검지 손가락을 담갔다. 물 표면이 움직이는 것을 보고 급히 손가락을 빼냈다. 손가락을 빨아보니 소금 맛이 났다. 그 나무통은 바닷물고기 한두 마리를 잡아 넣어두는 장소임을 알 수 있었다. 찰랑거리는 소리는 바로 물고기들이 움직이는 소리였다. 순간, 이게 뭔가 싶어 잠시 놀랐으나, 이내 이것은 마람이 치유를 위해 기르는 물고기일 거라는 데 생각이 미쳤다.

   침상으로 돌아가자 마람이 날 위해 준비해 둔 흰색 커다란 속바지와 양옆이 트인 기다란 셔츠가 놓여 있었다. 인디언식 셔츠였는데, 프린트된 고운 무늬가 인상적이었다. 흰 바탕에 연두색 해초 다발 사이사이로 분홍빛 조개껍질이 흩어져 있는 셔츠는 보라색 게와 노랗고 파란 물고기들로 장식되어 있었다. 나는 마람이 내게 새 옷을 건네주었다는 사실에 감동했고, 그녀에게 최대한 나의 좋은 모습을 보여주기 위해 면도를 하고 싶었다. 뺨을 손으로 쓸어내리자 사흘 동안 자라난 내 붉은 수염이 만져졌다. 내 붉은 머리와 마찬가지로 이것들은 내

외모를 돋보이게 하는 데 도움이 안 될 것이 분명했다. 하지만 수염을 깎는 데 필요한 도구들은 내 손에 닿지 않는 곳에 있었다. 마람은 내 짐들이 은디악의 보호 아래 벤 마을 반대편에 잘 보관되어 있노라 설명해 주었다. 폭풍우가 몰아치고 있는 한, 나는 짐들을 되찾을 수도, 내 동행들에게 연락을 취할 수도 없었다. 어쩔 수 없이 침상으로 돌아가 마람이 돌아올 때까지 기다리며 원기를 좀 더 회복하기로 했다.

그녀가 얼른 돌아와 그녀의 나머지 이야기를 들려주면 좋겠다고 생각하며 잠들기 직전이었다. 내 침대가 기대고 있는 벽 뒤쪽, 내 왼편에서 마람이 빗속에서 방금 연 것이 분명한 항아리 뚜껑이 딸그락거리는 소리가 들렸다. 그녀를 조금 더 보고 싶은 마음에, 나는 침상에서 일어나 발끝으로 서서, 초가지붕 아랫부분과 오두막의 벽 사이로 난 틈 사이에 시선을 고정시켰다. 그 틈새로 내가 발견한 것은 나를 전율케 했다. 나의 청년 시절, 세네갈로 여행을 떠나기 몇 해 전 나는 카톨릭 성직자 서품을 받을 뻔한 적이 있다. 열렬한 카톨릭 신자였던 나는 너무 자주 육신의 죄를 저지르는 우리 자신을 다스리기 위해 정숙함을 큰 미덕으로 삼아왔다. 이러한 나의 종교적 원칙과 이토록 위험하고도 아름다운 모습으로부터 멀찌감치 거리를 두어온 나의 강력한 의지에도 불구하고 나는, 완전히 벗은 몸으로 빗물이 가득 채워졌는지 보려 모든 항아리를 하나

하나 살피느라 여념이 없는 마람을, 그녀를 향한 내 시선을 거둘 수 없었다. 그녀는 비에 젖어 움직임을 방해하는 옷을 던져 놓고, 마치 신이 아직 에덴동산에서 쫓아내지 않은 검은 이브처럼, 완전한 나신으로 자유롭고 아름답게 움직이고 있었다. 빗물이 그녀의 얼굴을 왜곡시키던 백토를 씻어내자, 그녀의 높은 광대뼈와 웃고 있지 않을 때도 완벽하게 드러나는 볼의 보조개가 모습을 드러냈다. 그녀의 생명력 넘치는 가슴은 조각가의 손으로 다듬어낸 듯 윤이 났고, 그녀의 날씬한 허리는 허리 아랫부분과 허벅지 윗부분 사이의 풍만한 곡선을 더욱 또렷이 드러내 주었다. 내가 훔쳐보고 있다는 사실을 모르는듯 그녀의 움직임은 완전히 자유로운 것이었다. 그녀의 신체 어느 구석도 내 시선을 비껴가지 못했다. 그녀는 성숙한 여인이었음에도 몸 어느 구석에도 털은 한 올도 없는 것처럼 보였다.

   그녀가 무심결에 선사한 이러한 광경은 그녀가 마당의 다른 구석으로 옮겨가기 전까지 순식간에 지나갔다. 그러나 그 짧은 시간 동안 나는, 마람의 그 놀라운 아름다움으로부터 눈을 떼지 못한 내 의지 박약을 백번 정도 질책했다. 그날 나는 끓어오르는 욕망과 수치심을 함께 느끼며 잠자리에 들었다. 그녀가 빗물을 비축하기 위해 빗속을 벗은 몸으로 뛰어다니는 동안, 내가 엿보고 있는 걸 알지 못하는 그녀를 내 시선과 생각으로 범했다는 자책감과 그녀를 향해 끓어 오르는 고통스런 욕망을 함께 느끼며 잠자리에 들어야 했다.

마람은 비가 멈추고 나서야 오두막으로 돌아왔다. 흰색 면으로 된 옷을 입은 그녀에게선 방금 자른 풀 향기가 났다. 그녀의 나신을 본 것이 죄스러워 나는 감히 그녀에게 아무 말도 하지 못했다. 그녀가 진정한 이유는 모르더라도 형식적으로나마 나를 용서해 줄 수 있도록 그녀에게 사죄를 구하리라 스스로에게 약속할 뿐이었다. 노인이 된 지금에 와서 되돌아보면, 당시 내가 저지른 잘못은 그렇게 큰 죄는 아니었다. 자연스러운 충동에 대해 윤리적 판단을 가하는 것은 불합리하지 않은가? 그러나 당시 마람에 대한 나의 육체적 충동을 제지한 것은 내 종교가 준 가르침 때문이었다고 생각한다.

 내가 그날 그녀에게 좀 더 가까이 접근했더라면 그녀가 다음 이야기를 들려주도록 이끌 수 있는 신뢰를 잃고 말았을 것이다. 어느 날에라도 우리가 살고 있는 세상이 우리에게 기회를 준다면, 나는 그녀에게 청혼했을 것이다. 만약 그녀가 내 청혼을 받아들인다면, 자연이 우리에게 허락한 것처럼, 남자가 여자를 사랑할 때, 여자가 남자를 사랑할 때 하는 그대로 그녀를 대했을 것이다.

마람과 나, 우리는 침대 위에서 마주 본 채로 양반다리를 하고 앉아 있었다. 불과 한 시간 전, 내가 그녀를 엿보던 바로 그 자리에서. 그녀와 나는 팔을 뻗으면 서로 닿을 만한 거리에 있었다. 그녀의 커다란 눈이 내 눈을 응시하고 있었다. 순수함으로 가득 찬 그녀의 눈은 내 마음을 사로잡았다. 나는 그녀를 내 품에 안고 싶었다. 매 순간 우아한 매력을 내뿜는, 그녀의 활기차면서도 부드러운 움직임들이 나를 매혹했다. 오두막 안엔 아직 햇빛이 들고 있었다. 나는 그녀가 부드럽게 손을 움직일 때, 그녀의 손바닥 안에 기하학적 그림이 그려져 있다는 사실을 포착했다. 헤나 염색으로 그려진 원, 삼각형, 짙은 황토색의 점들이 그녀의 피부에 새겨져 있었다. 헤나는 나의 연구 보고서에도 나와 있는 식물 중 하나다. 그 기호들은 그녀 자신만이 해독할 수 있는 방식으로 자신의 이야기를 하고 있는 것처럼 보였다. 사람들 손바닥 안에서 그 사람 인생 전체를 집약해서 볼 줄 아는 보헤미안의 점술가들처럼.

"제가 당신에게 저의 정체를 드러내고 당신 앞에선 아무것도 숨기지 않기로 결심한 것은," 이 대목에서 마람은 숨을 한

번 고르고 부드러운 목소리로 말을 다시 이어갔다. "당신이 신뢰할 수 있을 만한 사람이라고 판단했기 때문이에요. 당신은 다른 남자들과는 다르게 느껴졌어요. 백인 중에서뿐 아니라 제 종족의 남자들과 비교해서도요."

그녀의 말에 내 볼은 붉게 물들었다. 그녀는 자신이 잘못 짚었다는 것을 알지 못했다.

"여자에게 미모는 때론 저주가 될 수도 있다고들 말합니다. 저는 유년기를 벗어나자마자 제가 가진 외모 때문에 갖은 고초를 다 겪은 뒤 여기 벤 마을의 오두막까지 오게 되었죠."

저의 부모님이 돌아가시고 난 후, 어느 날부턴가 제 아버지 역할을 해오던 외삼촌, 제 어머니의 오빠가 저를 더 이상 아이로 보지 않기 시작했어요. 우리가 아침에 오두막 앞으로 인사를 하러 가면, 그는 자기 아이들과 함께 있던 저만을 뚫어지게 바라보는 것 같았습니다. 처음엔 그렇게 관심을 받는 것이 자랑스러웠지요. 그래서 사랑받는 아이답게 굴려고 더욱 노력했어요. 그리고 외삼촌 집에서 자라게 된 것을 행운으로 여겼죠. 그런데 오래지 않아 그의 시선이 저를 불편하게 했어요. 그는 제가 가는 곳마다 끈질기게 저를 따라다녔어요. 저는 그가 제 머리카락을 움켜잡고, 제 어깨를 뒤에서 당기고, 제 옷을 찢고, 저를 삼켜버리는 것 같은 느낌이 들었죠. 저는 최

선을 다해서 그를 벗어나려 했어요. 헛수고였죠. 저는 제 자신이 마치 상상을 뛰어넘는 도약과 예측할 수 없는 질주를 거듭했음에도 자신을 뒤쫓는 맹수를 피할 수 없게 된 가젤처럼 느껴졌어요.

당시 아직 아이였을 뿐인 제 운명이 오로지 외삼촌의 자비에 달려 있다는 사실, 제가 이 남자의 욕망의 포로라는 사실을 전 금방 이해하게 되었죠. 저는 제가 겪어야 할 이유가 없는 재앙의 끝없는 위협에 지쳐, 외삼촌과 가능한 한 거리를 두기로 마음먹었습니다. 그래서 저는 자주 그의 집을 떠나, 심지어는 마을을 떠나 멀리 가곤 했습니다. 그와 단 둘이 마주하는 상황을 피하기 위해서였죠. 곧 저는 하루 대부분의 시간을 소르 근처의 덤불 숲속에서 보내게 되었답니다.

제 외삼촌 바바 섹과 그의 아내는 서로 다른 이유로 저의 일탈을 눈감아 주었죠. 외숙모는 제가 자신의 라이벌이 되었다는 사실을 느꼈을 거에요. 저는 아무 짓도 하지 않았지만, 저의 존재가 두려웠을 테죠. 그는 분명 사람들 눈을 피해 덤불 아래 한 구석에서 저를 겁탈할 마음을 품고 있었을 거예요. 저보다 어렸던 제 사촌들은 제가 마을의 경계를 훌쩍 벗어나 돌아다니고, 그들과 달리 집안일을 돕지 않고 밖으로만 나도는 걸 보면서 의아해했습니다. 저에게 주어진 유일한 집안일은 저녁 식사 준비를 위한 불 피울 장작더미를 가져오는 것이었습니다.

처음엔 덤불 숲이 외삼촌만큼 무서웠어요. 그러나 결국 그곳은 제 피난처이자 제 가족이 되었죠. 숲을 여기저기 돌아다니며 관찰하고, 저처럼 그 안에 머무는 동물들을 탐색하면서 저는 식물들에 대해 많은 것들을 배우게 되었지요. 제가 여기 벤 마을에서 치유사 노릇을 하면서 사용하는 대부분의 지식들은 바로 그 3년간, 해질녘에 부엌에서 사용할 장작더미를 들고 외삼촌 집으로 돌아가기 전까지 숲에서 시간을 보내며 얻은 것이랍니다.

마을 사람들도 제가 그렇게 살아가는 모습을 이상하게 여겼어요. 하지만 곧 다들 거기에 익숙해졌죠. 아침에 마을 근처의 밭으로 일하러 가는 동네 사람들과 마주치면 모두 따뜻하게 인사하곤 했지요. 저는 그때 아직 어린아이에 불과했지만, 마을 사람들은 저에게 이런저런 풀 혹은 꽃을 따다 달라고 말하곤 했어요. 간단히 그것이 어디에 좋은지, 어떤 병을 치료할 수 있는지 설명하면서요. 그들 스스로 알아냈거나 부모들이 알려준 식물들의 약효였죠. 머지않아, 마을 사람들이 제게 알려주는 수많은 약초에 대한 지식이 모이다 보니, 저는 제법 많은 것을 알게 되었어요.

제가 사촌 동생을 치료하면서 전 조금 유명해졌답니다. 제 사촌 동생은 식욕이 왕성했지만, 몸은 점점 쇠약해져 가고 있었어요. 이미 그때 마을 사람들 사이에선 제 사촌 동생이 가족을 해치려고 마음먹은 마녀에게 사로잡혔다는 소문이 파다했어요. 그리고 어떤 이웃은 바로 제가 그 못된 마녀일 수도 있다고 상상했죠. 제 귀에까지 그런 소문이 들려왔을 때, 저는 더 이상 그런 소문이 나지 않게 사촌 동생 사가르를 치료해야겠다고 결심했어요. 제가 동생을 치료할 수 있었던 건 덤불 숲에서 지내면서 동물들의 세계를 자세히 관찰했기 때문이에요. 저는 그들을 방해하지 않고 조용히 숲속에 그들과 함께 그곳에 있었기에, 그들도 저의 존재에 익숙해졌죠.

어느 날 저는 작은 녹색 원숭이가 무리로부터 떨어져 있는 걸 봤어요. 그 원숭이는 여위어 있었고, 아파 보였죠. 그 원숭이가 한 관목의 뿌리를 끈질기게 파내더니 목이 막힐 정도로 입안 가득 넣고 아주 오랫동안 그것을 씹고 있었죠. 호기심이 생긴 저는 조금 거리를 두고 그 원숭이를 관찰했어요. 잠시 뒤, 원숭이는 작은 신음소리를 내더니, 이내 고통이 잦아든 것 같았어요. 그리고 만족한 표정이 되어 무리에게로 돌아갔죠. 원숭이가 멀어지자 그가 있던 자리에 가까이 다가가 보니, 거기 원숭이가 남겨놓은 배설물 속에 수십 마리의 작은 벌레들 중에 아주 기다란 벌레가 있었어요. 저는 원숭이에게 효과가 있었던 것이라면 인간에게도 같은 문제가 생겼을 때 좋은 효과를 볼 수 있으리라 생각했어요. 제 사촌 사가르도 어쩌면 벌

레의 공격을 받고 있는지 모른다고 생각했지요. 먹성이 좋은데도, 점점 야위어 가고 있었거든요. 그래서 저는 그 나무뿌리를 달여 제 사촌 동생에게 마시라고 주었어요. 그러자 동생은 마침내 자기가 먹고 있던 음식을 훔쳐 가는 그 뱃속 벌레들로부터 해방될 수 있었어요.

바로 이 일로 저는 치유사로서의 명성을 얻게 되었고, 마을 대표인 저의 외삼촌은 제가 거둔 성과를 공개적으로 축하하면서 더 이상 우리는 다른 곳에 치료받으러 갈 필요 없이 우리 집에서 치료받으면 된다고 말했지요. 그도 그럴 것이 좀 멀리 떨어진 마을에 사는 치유사는 대가로 너무 많은 것을 원했어요. 하지만 저는 저를 찾아오는 사람들을 치료할 수 있다는 사실만으로 무척 기뻤고, 그분들이 자발적으로 주는 것만을 대가로 받았죠.

외삼촌 바바 섹은 다른 아이들에게는 금지된, 소르 근처의 덤불 숲에서 지낼 수 있는 특권을 제게 당당하게 부여할 수 있는 구실을 갖게 되어 기뻐하기도 했습니다. 저는 환자들이 저에게 현물로 건넨 선물들을 모두 그에게 양도했습니다. 닭, 달걀, 조…. 때론 양을 가져오는 사람도 있었죠. 그는 제가 가진 치유의 능력으로 얻어진 부를 꾸준히 누릴 수 있었고 동시에 마을 대표의 지위를 좀 더 공고히 할 수도 있었습니다. 그러나 그는 자신의 조카이자 자신이 부양하는 아이 중 하나인 저를 통해 쾌락을 맛보길 원하는 마음속 악마를 길들이는 데 성공하진 못했습니다.

자유를 누리던 3년 반의 세월 동안 저는 실제로 부쩍 성장했죠. 외삼촌이 처음으로 발견했던 젊은 처녀 몸의 징후들은 이제 완전히 꽃을 피우게 되었습니다. 제가 외삼촌을 마주칠 때면, 그는 이제 맹렬한 시선과 타는 듯한 욕망을 가지고 저를 바라보았습니다. 하지만 저는 그의 눈에서 치유될 수 없는 저에 대한 사랑의 열병과 쉼 없이 싸우고 있는 남자의 깊은 혼란과 죄책감 같은 것도 읽을 수 있었습니다.

제가 그에게 연민을 느꼈던 것이 아마도 저의 파뤼 랍(Faru rab)[28], 즉 수호신랑의 화를 돋구었던 것 같습니다. 그래서 그는 소르 땅이 근친상간이라는 범죄로 얼룩지기 전에, 제가 고향을 떠나야 한다고 결정했던 것이겠죠. 혹은 저의 잦은 덤불 숲 출입이 제 수호신랑의 능력을 능가하는 수호여신의 질투심을 자극했을지도 모릅니다. 감춰진 이유가 무엇이든, 그때까진 저의 안식처였던 덤불 숲이 어느 순간, 갑자기 적대적인 곳으로 변했습니다.

그 긴 시간 동안, 기어 다니거나, 달리거나 날아다니는 그 어떤 동물에 의해서도 놀라지 않았던 내가, 그 어떤 작은 위험

---

28 Faru Rab : 이슬람문화권에서 통용되는 개념으로, 여성의 주위를 맴돌며 남편 혹은 애인 역할을 하는 수호신

도 흰목참새나 잿빛 후두새가 알려주어 금새 파악하던 내가, 포식자들을 피하기 위한 모든 요령을 빠삭하게 꿰고 있던 내가, 그날만은, 외삼촌이 바로 내 코앞에 와 있을 때에야 그자를 발견했던 것입니다. 너무 늦게.

그는 저를 잡아 자신의 품으로 끌어당겼습니다. 그는 크고 강한 남자였습니다. 저는 그에게 저항할 만한 체격이 아니었죠. 혼이 나간 듯한 눈빛으로 그는 내 귀에 속삭였습니다. 그와 나 이외엔 아무도 없는 그 외딴곳에서 마치 누군가 들을까 두려워하는 것처럼. "마람, 마람, 너는 알고 있었지. 그토록 오랜 세월 동안 내가 널 원하고 있다는 걸, 넌 알고 있었어. 한 번, 딱 한 번만 너를 갖게 해줘. 아무도 알지 못할 거야. 그리고 나서, 내가 너에게 남편을 찾아 줄게… 착하지 마람. 딱 한 번만이야!"

저는 외삼촌이 무엇을 원하는지 알고 있었고, 저는 그것을 원치 않았습니다. 어느 날, 한 잡목숲 그늘에서 나는 마을의 한 젊은 남자와 밭에서 일하는 그에게 점심을 가져다주러 온 그의 아내를 본 적이 있었습니다. 그들은 나를 보지 못했지만, 나는 그들이 흥에 겨운 모습으로 열정적인 춤을 추는 모습을 나무 뒤에서 지켜볼 수 있었죠. 때로는 남자가 아내 위에, 때로는 여자가 남편 위에서 몸을 흔들었습니다. 그들은 행복해 보였죠. 나는 그들이 신음하는 소리, 마지막엔 거의 기쁨의 비명을 지르는 소리를 들었습니다.

외삼촌의 강력한 팔에 안겨 포로가 된 나는 두려움에 신음하고 있었습니다. 내가 나의 외삼촌과 그 젊은 부부가 나눈 행위를 한다는 것은 불가능한 일이었습니다. 우리는 같은 핏줄, 같은 성을 가지고 있었으니까요. 그가 원하는 것이 이뤄진다면 우린 모두 길을 잃게 될 것이 분명했습니다. 그도 나도, 그리고 소르 마을의 밭도, 우물도 우리가 저지른 불순한 행동으로 돌이킬 수 없이 오염되어 모두 폐허가 되고 말겠지요. 그가 나를 자신의 아내로 삼는 건 세상의 질서에 속하는 일이 아니었으니까요.

저는 몸부림치며 저항했습니다. 하지만, 그는 결국 나를 바닥에 눕히고 자신의 모든 체중을 내 몸 위에 싣는 데 성공했죠. 그에게는 불에 그을린 나무 냄새가 났습니다. 열에 들끓는 사나운 짐승의 냄새도 났죠. 그의 이마에서 떨어져 내리는 자극적 향기의 땀이 내 눈과 입술 위로 떨어졌습니다. 당신은 나에게 남편을 찾아 주어야 할 사람이지, 당신 스스로 내 남편이 되어서는 안된다고 나는 소리쳤습니다. 나는 그가 제정신을 차리게 하기 위해 아빠라고도 불렀습니다. 나는 내 엄마이자 그의 여동생인 파티 섹의 이름을 불러 그를 정신 차리게 하려 했습니다. 나의 아빠이자 그의 사촌인 모컴 섹의 이름도 불러 보았죠. 그의 귓가에 그의 아이들 이름, 갈라예, 은디고구, 사가르, 그리고 파마의 이름을 외쳤습니다. 제가 바로 그 아이들 중 하나란 사실을 상기시키기 위해서였죠. 하지만, 그는 더 이상 그 자신이 아니었습니다. 그는 아무것도 보지 못했고, 내가 누구인지도 알지 못했습니다. 그는 무슨 일이 있어도 바로 그 자리에서 나를 가지길 원했습니다. 오로지 내 안으로 뚫고 들어오기만을 바랐습니다.

그는 이미 내 몸을 덮던 옷을 벗겨냈고, 내 허벅지를 벌리려 애쓰고 있었습니다. 그 순간, 우리가 있던 나무 다발로부터 멀지 않은 덤불에서 웃음소리가 터져 나오자 그는 일시에 모든 동작을 멈췄습니다.

모든 언어는 저마다 특별한 방식으로 웃음소리를 만들어 냅니다. 그날 내가 들었던 웃음소리는 내게 낯선 것이었습니다. 그 소리는 외삼촌을 무장해제 시켰지만, 나는 여전히 공포로 몸을 떨고 있었습니다. 바로 나의 수호 신랑이, 어쩌면 그가 내가 처해있던 그 절망적인 상황으로부터 나를 구하고자 인간과 비인간 사이 어딘가에 위치한 존재로 변신해 그런 소리를 냈는지도 모르겠다고 생각했습니다. 내 수호 신랑이 나로부터 분리되어 더 이상 내 몸에 합체될 수 없다면, 나는 이성을 잃을 위험을 안게 되는 것입니다. 내가 이 덤불 숲에서 지금까지 살아남을 수 있었던 것은 바로 그의 덕이었으니까요. 저는 꿈속에서 그의 존재를 느낄 수 있었습니다. 인간의 모습, 혹은 다른 여러 가지 동물의 형상으로. 그중 하나의 형상과 정확히 연결시킬 수는 없었고, 그땐 아직 그를 알아볼 수도 없었지요.

그러나 나를 외삼촌의 괴물 같은 욕망으로부터 구한 것은 내 수호 신랑의 아바타가 아니라, 아당송 당신 같은 백인 남자였습니다. 어린 하이에나의 소리를 닮은 발작적이고 날카로운 웃음을 터트리며 그는 두 흑인 전사에 둘러싸여 우리를 향해 다가오고 있었습니다. 당신보다 더 큰 키의 그 남자는 다른 두 남자와 마찬가지로 소총을 지니고 있었습니다. 그들은 분명 소르 덤불 숲에서 사냥을 하고 있었을 것입니다. 나의 수호 신랑이 나를 구하기 위해 그들의 발걸음을 이쪽으로 향하게 했을 터입니다. 그러나 나의 수호 신랑이 불운을 또 다른 불운으로 대체했다는 사실을 아는 데는 긴 시간이 걸리지 않았습니다. 외삼촌은 자리에서 일어섰고, 나는 벗은 몸을 감추기 위해 옷을 잡아채며 몸을 일으켰습니다.

그 백인은 마침내 웃음을 멈췄습니다. 그는 멈춰 선 채, 욕망 그득한 눈으로 뚫어질 듯 내가 옷 입는 모습을 지켜봤습니다. 그는 넓은 챙으로 얼굴 한 부분을 가리는 모자를 쓰고 있었습니다. 그의 눈은 빛나고 있었죠. 저는 그때까지 많은 백인을 만난 적이 없었습니다. 기껏해야 두 명 정도. 생루이 섬에서 우리 마을 근처까지 사냥을 하러 온 사람들이었죠. 그는 특이하고 끔찍한 인상을 가진 사람이었습니다. 그의 얼굴 피부는 무수히 많은 작은 구멍과 점들로 움푹 파여 있었습니다. 마치 보름달이 지평선 위로 떠오를 때, 달 표면에서 볼 수 있는 것과 같은 피부였죠. 그의 부풀어 있는 코에는 자줏빛 금이 가 있었습니다. 그의 붉고 두꺼운 입술 사이론 검은 점으로 얼룩진 썩은 이빨이 보였죠.

내게 시선을 고정시킨 채 그는, 입을 크게 벌릴 필요 없이, 새가 지저귀는 듯한 당신들의 언어로 말하기 시작했습니다. 두 전사 중 하나가 그의 말을 월로프어로 번역했습니다. 그리하여 나는 우리가 누구인지, 어디서 왔는지, 우리 이름이 무엇인지 전혀 모르는 그 백인 남자가 내 외삼촌으로부터 나를 사고 싶다고 말했다는 사실을 알게 되었죠. 그 상황에서 어쩔 수 없이 나는 다시 한번 바바 섹을 동점심으로 바라보았습니다.

그는 완전히 무너져 있었죠. 그는 좀도둑질을 하다 들킨 아이처럼 불쌍하게 서 있었습니다. 평소 당당한 위엄을 자랑하던 그가 내 곁에서, 한 명의 백인과 두 명의 전사 앞에서 굴욕을 당한 남자의 모습으로 서 있던 겁니다. 그는 고개를 푹 숙인 채 바지 끈을 계속 묶으려 하고 있었습니다. 나를 헐값에 팔아넘기라는 그들의 조건을 거절할 수도 없었습니다. 아이들의 아버지이자 집안의 가장이며 마을의 수장인 그에게 이보다 더 가혹한 상황은 있을 수 없었겠죠. 하지만 그 순간 죽음을 택하기보다 그는 명예로운 출구를 찾기로 했습니다. 저는 그가 자신의 혈관을 여전히 타고 흐르는 범죄의 독에도 불구하고 계속 살아가기로 마음먹는 모습을 지켜보았죠. 그가 자신의 그 알량한 마을 대표 자리를 유지하기 위해 나를 희생시키기로 했다는 것을 알았을 때, 내가 가졌던 그에 대한 일말의 동정심도 순식간에 사라져 버렸습니다. 그는 오히려, 운명이 그의 인생에서 조카딸과 그녀를 향한 욕망, 그의 수치스러움을 모두 지울 기회를 준 것에 한시름 놓은 것처럼 보였죠.

마람은 이 대목에서 말을 멈추고, 마치 자신의 이야기에 대한 나의 반응을 관찰하려는 듯 나를 물끄러미 관찰했다. 그녀는 어렵지 않게 내가 극도의 혼란 상태에 있는 것을 알 수 있었을 것이다. 내가 알고 있다고 믿었던 바바 섹은 내가 상상했던 것과는 전혀 다른 인물이었다. 그를 자주 만나본 사람으로서, 그가 자신의 조카에게 이렇게까지 피해를 입힐 수 있는 사람이란 건 좀처럼 믿기 힘들었다. 게다가 아무 일도 없었던 것처럼 밝게 웃으며 살아가고 있다. 그가 저지른 범죄가 알려지는 날엔 하루아침에 무너져버릴 위장된 존엄의 가면 뒤에서. 그는 많은 인간들이 그러하듯 그의 영혼을 빛과 어둠의 두 영역 사이로 나누고, 그 사이에 벽을 세우는 데 성공한 것일까? 그는 종종 후회의 감정을 느낄까 아니면 마람을 잃게 만든 자신의 행동으로부터 스스로를 분리해 내는 데 성공한 것일까?

그날 바바 섹은 특정한 목적을 가지고 자신의 조카가 사라진 이야기를 지어낸 것이라고 나는 추측하게 되었다. 그는 내 호기심을 자극해서 나도 모르는 사이에 정찰병 노릇을 하게 만들고, 결국 내 뒤를 밟아, 그녀를 제거하려고 했던 것은 아닐까? 바바 섹은 마람이 고향인 소르에서 자신의 장례식을 치렀는지 알아보고, 마을 사람 누구도 벤 마을로 그녀를 보러 와서는 안 된다고 전한 셍간 파예의 이야기를 듣고 벌벌 떨었을 것이다. 마람은 그렇게 은밀한 방식으로 그가 저지른 죄를 고백하라고 협박한 게 아니었을까? 마람은 자신을 백인에게 팔아넘기며 영원히 제거해 버렸다고 믿었을 외삼촌을 고문하기 위해 그녀의 메신저 셍간 파예를 통해 메시지를 전하게 한 것이다.

마람이 바바 섹을 향해 세운 복수의 계획을 복잡하게 만드는 또 다른 문제점이 있었다. 그녀가 묘사한 썩은 피부를 가진 백인 남자가 세네갈 조계의 디렉터 에스투판 들라 브뤼라는 사실엔 의심의 여지가 없었다. 그렇다면 그녀 곁에 있는 나의 존재는 마람이 상상도 할 수 없을 만큼 큰 위험에 그녀를 노출시키게 만드는 인물이라는 사실이다.

내가 이런 고민에 빠져 있는 동안, 마람은 자신의 호흡을 되찾았다. 집안에 갑자기 밤의 그림자가 드리워졌다. 세네갈에선, 우리가 유럽에서 알던 그런 황혼의 시간을 찾아볼 수 없다. 낮에서 밤으로 넘어가는 길목은 높은 위도에 있는 지역처럼 길지 않고 갑자기 다가온다. 마람은 굳이 어둠을 밝히려고 불을 켜진 않았다. 나는 그녀가 옳다고 생각했다. 그녀가 나에게 밝히려고 하는 이야기는 그 서두에서 드러난 것처럼 서로를 지켜주는 어둠 속에서만 꺼낼 수 있는 이야기이며, 눈부신 빛은 그녀가 입은 상처를 더욱 고통스럽고 참기 힘든 것으로 만들었을 터였다.

그날 나의 외삼촌 바바 섹은 소총 한 자루를 받고 나를 백인에게 팔아 넘겼답니다. 그의 입장에선 이전에 누리던 삶을 계속 보장받기 위해 내가 사라져 주는 편이 좋았겠죠. 저는 그의 발아래 무릎을 꿇고, 제발 저를 팔지 말아 달라고, 마을 사람들 그 누구에게도 이날 있었던 일을 말하지 않을 것이라고 그를 설득하려 했어요. 하지만 그는 마치 끔찍한 악마라도 본 듯 공포에 질린 얼굴을 하며 돌아섰죠. 저는 백인을 호위하는 두 명의 경호원들 앞에서 차마 그가 내 외삼촌이라는 사실을 말하지 못했어요. 그들이 나의 호소를 그 백인 남자에게 통역할 수도 있었을 테니까요. 바바 섹이 자신의 조카를 범하려 했다는 사실이 알려지지 않게 하려고 제 딴엔 마음을 쓴 거였죠. 그 사실이 알려지는 건 그의 수치심에 또 다른 수치심을 더하는 일이 됐을 테니까요. 자신이 저지른 짓이 만천하에 드러나기 전에 서둘러 백인에게 저를 넘기고 싶어 했던 외삼촌은 두 경호원 중 한 사람이 건네는 소총을 손에 움켜쥐고 나에겐 눈길조차 주지 않은 채 그 자리를 떠나버렸죠.

    외삼촌보다 내가 훨씬 더 우리 가족의 명예를 지킨 셈이지요. 그 백인 남자와 두 부하들은 내 어머니의 친형제가 조카를 소총 한 자루에 자신들에게 팔아넘겼단 사실을 끝내 알지 못했니까. 그것은, 외삼촌으로 인해 겪은 그 재앙, 그 혼란 속에서 나에게 중요한 유일한 문제였어요. 나의 내면과 내 주변 세상은 무너져 내렸지만, 어쨌든 나는 우리 가족의 명예를 지켜냈죠.

납치범들은 소리 없이 소르를 떠나고 싶어 했어요. 그들은 강가로 가려 했어요. 거기에 맹그로브 나무에 매달아 놓은 카누가 그들을 기다리고 있었거든요. 숲속에서 이어진 길고 긴 행보 중에 나는 어쩌면 도망칠 수도, 소리를 지를 수도, 나의 수호천사에게 도움을 청할 수도 있었겠죠. 덤불숲의 모든 정령들에게 내가 자유를 되찾을 수 있도록 청할 수도 있었을 거예요. 그 요정 중 하나와 결혼을 해서, 불임이 되거나 혹은 인간의 가정은 꾸릴 수 없게 된다고 해도요. 하지만 그 어떤 일도 일어나지 않았어요. 나에게는 도망칠 힘도, 의지도 없었죠. 그날 나를 쓰러뜨린 불행이 나의 전의를 완전히 상실하게 만들었던 거죠. 다리가 후들거려 간신히 걸을 수 있었어요. 어깨와 등, 목덜미가 몹시 아파왔지요. 주변의 그 어느 것도 보지 않은 채 그저 울면서 걸었어요. 고통과 절망으로 숨이 막혀 왔어요.

　세 남자는 나를 어부의 그물 아래 숨겨져 있던 카누의 한쪽 끝으로 집어 던져 놓고, 강물에 카누를 띄웠습니다.. 그 통에 얼굴의 절반이 진흙탕에 잠겨 버렸는데도 나는 그때 갑자기 잠이 들어 버렸습니다. 그날 꿈속에서 피를 뚝뚝 흘리고 있던 덤불 숲속에서 검은색과 노란색 옷을 둘러 입은 나의 수호 신랑이 나를 향해 힘차게 팔을 흔드는 것을 보았어요. 마치 "돌아와, 어서 돌아와!"라고 말하는 것처럼.

그는 잘생기고, 건장하며, 윤기 나는 피부를 가진 남자였어요. 주변의 모든 나무껍질과 식물들이 이슬람 정령들에 의해 사라져간 동물들의 희생으로 피에 물든 것처럼 붉게 타고 있었는데, 그는 울고 있었어요. 나의 수호 신랑은 자신이 울고 있다는 것을 감추려 하지 않았어요. 그는 나를 사랑했고, 나를 좀 더 잘 호위했어야 했다며 울먹였어요. 그는 그날 나를 잘 지켜주지 못해 미안하다고, 우리가 함께 덤불 숲 속에서 보낸 지난 3년은 행복했노라고 말했죠. 여전히 꿈속에 있었던 나는, 그가 천천히 무너져 내리는 것처럼 보였어요. 그의 입은 사정없이 벌어지고 눈은 노래졌으며, 머리는 납작해지더니 삼각형이 되어버렸죠. 그가 두르고 있던 천은 피부에 달라붙어 버렸어요. 그는 몸을 칭칭 감아올리고 머리는 꼿꼿이 세웠어요. 시선은 나를 똑바로 향하고 있었고요. 나의 수호천사, 나의 수호 신랑은 거대한 보아뱀이었어요. 그는 시간이 채 되기 전에 내 꿈에 나타났던 거였어요. 그때 난 겨우 16살이었고 아직 준비가 돼 있지 않았지만, 그는 내가 소르의 덤불숲을 떠나기 전, 내게 줄 가장 중요한 것을 전했던 거죠.

꿈에서 깨어났을 때, 나는 다른 사람이 돼 있었어요. 카누가 소르 강변을 떠날 때 내가 완전히 지쳐 있었다면, 꿈에서 깨어난 후로 나는 이상하리만큼 강해져 있었어요. 세 명의 납치범들이 내 발을 짓누르고 있었고, 고기 그물에 갇힌 채 간신

히 숨을 쉬면서 카누 바닥의 한쪽 끝 진흙탕에 눕혀져 거의 익사할 지경이었지만, 위험에 처한 사람은 내가 아니라 저 납치범들이라는 이상한 느낌이 들었어요. 거의 상쾌한 느낌의 소름이 제 등줄기를 훑고 지나갔죠. 강물 위에 밤이 내리자, 이 모든 정황에도 불구하고 그들의 포로인 바로 내가 그들의 포식자가 되었다는 느낌에 사로잡혔죠.

카누가 흔들리는 게 느껴졌어요. 나의 수호 신랑, 수호천사가 카누 밑으로 수영을 하며, 배를 뒤집고 나를 구할 적당한 시간을 기다리고 있다고 상상했죠. 배 밑에서 느껴지는 커다란 마찰음이 바로 그가 이 배를 공격하는 첫 신호라고 생각했어요. 하지만 그건 선체가 생루이 섬의 둑에 긁히며 낸 소리였죠.

백인 남자의 두 부하들이 모래 위로 배를 끌어 올렸죠. 그들은 자신들의 상사에 골이 나 있었어요. 백인이 배에서 내릴 때 그의 발이 젖지 않도록 부하들은 배를 모래사장 높은 곳까지 끌어 올리느라 죽을 힘을 다해야 했기 때문이죠. 나는 그들이 심하게 쌍욕을 하는 걸 들었어요. 백인 남자가 그들에게 월로프어로 좀 조용히 하라고 명령할 정도였죠. 더 이상 욕을 할 수 없게 되자, 그들은 카누에서 나를 끌어내기 전까지 바닥에서 그의 어머니, 할머니, 그리고 모든 그의 조상들을 욕했어요. 그들은 각자 겨드랑이 아래로 나를 잡고 있었죠. 짙은 어둠과 나를 덮고 있는 그물에도 불구하고, 나는 그들을 잘 알아볼 수 있었어요. 나의 감각과 인식 능력은 열 배로 커진 것 같았죠. 나는 그 어느 때보다도 잘 보고, 듣고, 느낄 수 있게 된 것 같았어요. 마치 나의 수호 신랑, 나의 수호신 보아뱀이 나에게 초인적인 감각의 능력을 선물로 주기라도 한 것처럼.

백인 남자의 두 부하들은 전사였어요. 왈로왕이 생루이 주변의 탈주자들을 막기 위해 배치한 용병이었죠. 그들 중 한 명은 더 화가 나 있었어요. 백인 남자가 나와 교환하기 위해 바로 그의 소총을 주라고 했기 때문이었죠. 전사에게 더 이상 무기가 없다면 거의 벌거벗은 것처럼 느껴지는 법이죠. 그들은 툭하면 화를 내고, 싸움꾼이 되어 버리죠. 특히 질 나쁜 브랜디를 마신 후에는 더욱 난폭해져서 남들이 자신을 무시한다고 느끼면 아무 생각 없이 사람을 죽이기도 하고요. 세네갈의 모든 농부들은 그런 종류의 인간들을 두려워하고 경멸한답니다. 그들은 노예를 팔아넘기는 난폭한 자들이기 때문이죠.

나는 그 두 용병의 모습을 자세히 보았지요. 아당송, 당신을 호위하는 자들 중 한 명이 바로 자신의 소총을 나와 교환해야 했던 바로 그 남자랍니다. 그에겐 그때부터 흰머리가 있었어요. 저는 그의 이름도 기억하고 있습니다. 세이두 가디오. 그리고 또 한 사람의 이름은 은가뉴 바스.

마람은 마치 자신이 전한 사실에 대해 내가 이해할 수 있는 시간을 주려는 듯, 잠시 침묵했다. 그때 나는 아직 세이두 가디오가 누군지 알지 못했다. 다음날이 되어서야 은디악을 통해 그가 누구인지 알 수 있었다. 그는 내가 카요르 국왕의 임시 마을, 쾨르 다멜에서 말에서 떨어져 혼수상태에 빠졌을 때, 내가 여전히 숨을 쉬는지 확인하기 위해 내 입에 작은 거울을 갖다 대었던 바로 그 남자였다. 또한 그자리에서 들것을 만들어 내가 벤마을까지 살아서 도착할 수 있게 한 사람도 그였다. 은디악과 나는 에스투판 들 라 브뤼가 우리 호위대에 자신의 첩자를 한 명 심어두었을 것이라 진작부터 의심하고 있었다. 마람의 말을 듣고 나니, 우리의 추측은 그녀에게 더 큰 불행을 예고한다는 점에서 더욱 극적인 현실이 되고 말았다.

 내가 이런 씁쓸한 생각에 빠져 있는 동안, 마람은 어둠 속에서 일어났다. 그녀가 가볍게 걷는 소리가 들리더니, 바닷물을 담은 나무통 뚜껑으로 쓰이는 커다란 등나무 부채를 움직이는 소리가 들렸다. 폭풍이 몰아치는 동안, 집 입구에서 내가 보았던 바로 그것이다. 이윽고 작은 찰랑임이 들려왔다. 물고기들이 서로 부딪히며 낸 소리였다. 바로 그때, 지난 밤 내 잠을 깨우던, 비현실적으로만 보이던 흐릿한 푸른 빛의 후광이 오두막 위의 하늘로 조심스럽게 번지고 있었다. 바로 그 빛 아래서, 나는 마람이 입고 있는 흰옷의 윤곽을 통해 마람의 실루엣을 또렷이 볼 수 있었다.

순간 깨달았다. 어찌 이런 생각을 좀 더 일찍 하지 못했을까? 마람은 우리에게 이 바닷빛을 선사했던 것이다. 나무통의 물은 연한 녹색을 띤 푸른빛 후광을 발산하고 있었다. 이는 내가 3년 전, 생루이 섬에서 고레 섬까지 갔던 첫 번째 해로 여행에서 한밤중에 목격했던 것이기도 하다. 당시 에스투판 들라 브뤼는 환대와 인간애의 원칙을 무시하고, 내가 배멀미로 고통 받는다는 사실을 잘 알면서도 나를 화물칸에 머물게 했다. 나는 숨 막히는 화물칸의 열기를 피해서 갑판 위로 올라왔다. 그때 우리 배는 대륙과 고레섬 사이 한가운데 멈춰서 있었다. 그때 나는 열대지방을 항해 하는 선원들이 종종 묘사하곤 하는 자연의 현상을 음미하고 있었다. 이 찌는 듯한 열대 지역에선 종종 바다가 깊은 곳으로부터 빛을 발하여, 순간, 심연에 감춰진 보물들을 드러내는 신비한 능력을 발휘한다. 멈춰 선 배의 갑판 아래로, 은빛과 금빛 해조류로 직전된 황홀한 빛의 양탄자가 수천가지 보석을 주렁주렁 달고 미끄러져 지나가는 모습을 보며, 내 배멀미는 씻은 듯 사라졌다.

마람이 이 빛을 발하는 소금물을 가져다, 밤에 그녀의 오두막을 밝히는 불로 사용했다는 사실은 그녀에 대한 나의 애틋함을 더욱 증폭시켰다. 나는 그녀가 표현하는 방식의 세계관을 갖지 않았고, 그녀가 말하는 수호천사의 존재도, 인간과 자연이 하나의 몸을 이루고 있다는 고대 종교의 반인 반수의 존재도 믿지 않았지만, 그것들이 쓸모없는 것일지라도, 아름다운 것들에 대해 같은 매력을 느낀다는 사실이 나를 흥분시켰다. 바닷물로 채워진 물 단지로부터 번지는 빛은 촛불보다 밝지 않았고, 기름 램프보다 약했지만, 그것은 감동적인 아름다움을 지니고 있었다.

   마람과 나는 또한 자연의 신비에 대해서도 민감한 감수성을 지니고 있었다. 그녀는 자연의 존재들과 자신을 일치시키려 했고, 나는 자연을 꿰뚫어 보고 세세히 파악하고자 했다. 이성과 사랑 사이에 어떤 관계가 있다면, 내가 그녀를 더욱 사랑하게 된 이성적 이유는 이것이었다.

하늘에서 내려온 깃털처럼 조용하고 가벼운 마람은 침대 위, 내 정면으로 돌아와 마주 앉았다. 나는 시적인 빛과 밤을 감싸고 도는 푸른빛 연기로 우리를 둘러싸는 후광을 만들어 내는 그녀의 기발한 재능에 몹시 감동했다. 내가 나의 빈약한 월로프어로, 그녀에게 애틋함 이상의 감정을 느낀다고 고백하려던 바로 그때, 그녀는 내 말을 끊으며 다시 자신의 이야기를 이어갔다.

하여 나는 그녀의 말을 주의 깊게 들어 주는 세심한 귀 역할에 만족할 수밖에 없었다. 그녀는 이야기로 자신을 내게 의탁했고, 나는 왜 그녀가 이런 선택을 했는지 상상하려 애썼다. 내게 자신의 삶을 통째로 기술하는 것은, 그녀의 선택일까? 신의 선택일까? 혹은 단순히 취향일까? 아니면 내가 완전한 이방인이었기 때문에? 남자인데다가 백인이라서? 혹은 내가,

한순간 스쳐 지나가는, 일시적 인연을 가진 사람이어서일까? 난 마치 그녀의 불행을 모두 들어 주어야 하는 고해성사 담당 신부가 된 느낌이었고, 마람은 자신의 불행한 기억으로부터 자유로워지기 위해서라면, 언제든지 안 보이는 곳으로 모든 기억들을 내던져버릴 수 있는 사람이었다.

 우리가 탄 카누가 육지에 닿자마자, 그 백인은 사라졌고, 나는 두 경호원 손에 맡겨졌지요. 백인 남자는 그들에게 깊은 밤에만, 사람들의 눈을 피해 요새로 나를 데려가라고 명령을 내렸습니다. 두 경호원은 나를 강둑에서 멀지 않은 흑단 나무에 묶어놓고 몇 발자국 떨어진 곳에서 파이프 담배를 피우고, 술을 몇 잔 마셨어요. 바로 그때가 나의 수호 신랑이 나를 구하러 와줄 수 있는 적절한 순간으로 보였지만, 그는 나타나지 않았죠. 우리가 있던 곳은 그가 달려 와주기엔 소르로부터 너무 멀어서 그렇다고 나는 생각했습니다. 하지만 절망하지 않고, 계속 도망칠 방법을 찾았죠. 세이두 가디오와 은가뉴 바스는 나에 대해 아무 걱정도 하지 않고 있었기에 나는 앉은 자리에서 그들이 나무 뒷쪽으로 묶어놓은 손목 위의 매듭을 풀어 보려 애썼죠. 하지만, 아무리 애를 써도 매듭은 풀리지 않았기에, 나는 또 다른 기회가 오면 탈출할 수 있도록 힘을 비축하기로 했답니다.

그러나 요새로 가는 여정 중에 그런 기회는 다시 찾아오지 않았습니다. 한참을 걸은 뒤, 두 경호원은 나를 흰색의 습한 방에 던져두었죠. 방은 한 번도 본 적 없는 두꺼운 나무 문으로 닫혀 있었어요. 저는 엷은 빛이 비치는 그 방바닥에 누워 여전히 희망을 버리지 않은 채 기회를 기다렸어요.

얼마 지나지 않아 문이 열리고 한 노파가 들어왔죠. 촛불을 들고 선 할머니는 내게 조심스럽게 다가와 화내지 말고, 흥분하지도 말라고 반복해서 말했어요. 그녀는 나를 해치려 하진 않았어요. 그저 나에게 마실 것, 먹을 것을 가져다주고, 내 옷을 깨끗이 빨아주고 내게 입을 옷을 가져다주려 했을 뿐이죠. 그녀의 뒤를 이어 한 아이가 양고기로 만든 쿠스쿠스와 마실 물 한 병을 들고 따라 들어왔어요. 심지어 그 아이는 매우 예쁜 소녀였어요. 희미한 촛불 빛 아래였던 지라, 얼굴만 간신히 볼 수 있었죠. 조금 요기를 하고, 물을 마신 후, 그 소녀는 진흙으로 범벅된 내 옷을 벗겨 주었어요. 완전히 지쳐 있던 나는 그들이 하는 대로 묵묵히 따랐습니다. 할머니는 계속 내게 말을 건넸지만, 소녀는 묵묵히 나를 씻기고, 내 몸을 말려주고, 내게 이상하고도 불편한 옷을 입혀 주었어요. 그들이 '드레스'라고 부르는 그 옷은 폭이 너무 좁아서 움직이기가 힘들었죠. 그 옷은 발밑까지 길게 내려왔기에, 옷이 내 걸음을 방해할 것을 알 수 있었어요. 몸의 대부분을 가리게 만들어진 옷은 내가 알 수 없는 종류의 커다란 꽃무늬가 그려진 밝은 천으로 재단되어 있었어요. 그것은 도망칠 수 없도록 만들어진 일종의 죄수용 복장인 것 같았어요.

　노인과 소녀가 사라지고 내가 옷을 거의 다 입었을 때, 두 전사가 돌아왔어요. 우리는 돌계단을 따라 내려갔죠. 나는 그 계단에서 긴 드레스 때문에 여러 번 넘어질 뻔했답니다. 요새를 벗어나자마자, 그들은 내게 그물을 던졌죠. 그들이 불과 몇 시간 전, 카누 속에 나를 숨기기 위해 사용했던 바로 그 그물이었어요. 새 옷의 무게에 그물의 무게까지 더해져서 저는 한 걸음 걸을 때마다 비틀거렸어요. 그들은 빨리 걷기 위해서 그리고 나를 자루처럼 들기 위해서는 나를 돌돌 말아 나르는 게 편하겠다고 판단했죠. 나는 그때 고작 16살이었고 지금보다 훨씬 가벼웠지만, 나를 들쳐 업고 가는 일은 이 두 남자로 하여금 왈로왕을 향해 쌍욕을 퍼붓게 만들었죠. 바로 왈로왕이 에스툽이라 불리는 망할 놈의 백인에게 그들을 보내서 시중을 들게 한 거니까요. 그들은 노예가 아니라 명색이 전사였거든요. 그 백인 놈 밑에서 일하느라, 이들은 전투에 참여할 수도 없게 된거죠.

　왕을 향해 신나게 욕을 퍼붓더니, 그다음엔 서로를 향해 싸우더군요. 나를 들고 나르는 일에서 상대가 제대로 일하지 않는다고 비난하면서. 그러더니 갑자기 침묵이 흘렀어요. 어두운 밤이었고 나는 아무것도 볼 수 없었지만, 그들이 멈춰 서지도 않은 채 한 경비원한테 말하는 소리를 들을 수 있었죠. 그들은 백인 남자 에스톱의 방에 가져다 놓을 한 무더기의 물건을 가져왔다고 말했어요. 그들은 올라가고 있는 것 같았어요. 그들의 발걸음은 강변의 모래를 밟을 때처럼 삐걱거리는 소리가 아니라, 북 가죽을 두드릴 때처럼 울려 퍼지는 소리를 내고 있었죠.

그들의 걸음걸이와 늦어진 속도로 보건대, 아마도 앞으로 나아가려면 허리를 굽혀야 하는 장소에 들어선 것 같았어요. 그들은 나를 어둡고 좁은 공간에 내려놨죠. 내 몸을 덮고 있던 그물에서 나를 풀어주지도 않은 채로.

갑작스러운 소란과 비명 소리에 전 깨어났어요. 불편한 자세에도 불구하고 잠이 들었던 거죠. 빛이 쏟아져 들어왔어요. 내가 누워있던 바닥은 흔들리고 있었고, 물소리가 나고 있었어요. 바다의 지배자인 백인들이 만든 커다란 배에 몸을 싣고 있다는 사실을 깨달았죠. 어쩌면 흑인들이 끌려가면 다시는 돌아오지 못하는 수평선 너머 먼 곳으로 끌려가고 있는지도 모른다고 생각했어요. 이제는 완전히 제 고향 소르로 돌아갈 길을 잃었다고 느꼈죠.


마람은 자신이 한 말들을 곰곰이 새겨 보는 듯, 잠시 침묵에 빠졌다. 때때로 우리가 자신의 과거와 이전에 가졌던 믿음을 돌이켜볼 때면, 우리는 낯선 존재와 만난다. 하지만 이 낯섦은 사실이 아니다. 그것은 바로 우리 자신이기 때문이다. 그것은 여전히 우리의 마음속에 있지만 종종 우리를 벗어나곤 한다. 과거의 기억을 더듬어 볼 때, 그 낯선 존재와 마주치면 우린 그 존재를 다시 바라본다. 그가 순간 다시 사라지기 전까지. 우린 그를 때론 관대하게, 때론 격하게, 때론 부드럽게, 어떨 땐 두려운 마음으로 대하기도 한다. 나는 마람에게 나의 이러한 사고를 빌려주었다. 나는 마람이 나와 같은 생각을 하고 있을지도 모른다고 상상했다. 어떤 말들은 무겁고 슬픈 순간에 두 대화 상대에게 같은 상상을 이끌어 내는 능력을 가지고 있다. 적어도 나는 진심으로 그러기를 바랐다. 그때 나는 이미 사랑하고 있었기에. 하지만 그녀가 들려준 이야기는 그녀가 결코 나를 사랑할 수 없는 이유를 말하는 것만 같아 나를 두렵게 했다. 나는 그녀를 억압하던 바로 그 종족에 속한 사내였기 때문이다.

오두막에 어둠이 반쯤 깔리자, 더 이상 마람의 눈을 볼 수 없었다. 오직 그녀의 머리와 가슴의 윤곽만이 희미하게 내 눈에 들어왔다. 나는 그녀의 부드럽고도 단호한 목소리를 좋아했다. 그녀의 목소리가 갖는 평화로움이 내 영혼을 가득 채웠다. 세상의 모든 언어는, 그것이 가장 거친 언어일지라도 여성이 말할 때면 훨씬 감미로워진다. 나에게 이미 경이로울 만큼 부드럽게 느껴지던 월로프어는 마람의 입에서 나올 때면 숭고한 경지에 이르렀다.

나는 모국어인 프랑스어를 잊게 될 정도였다. 나는 온전히 다른 세계에 몰입해 있었다. 사랑하는 나의 아글라에, 내가 노트에 적은 마람의 말들은 번역해 옮긴 거지만, 그녀가 조합해 낸 말들의 절묘한 섬광까지 전달하기는 쉽지 않구나. 어쩌면 나는 그녀가 자신의 이야기를 전달할 때 누구에게나 사용하는 단순한 언어가 아니라, 나에게만 전하는 유일한 언어를 꿈꿨는지도 모르겠다. 나는 그녀가 나에게 말하는 방식에서 뭔가 설명할 수 없는 친밀함을 느꼈단다. 그것이 나로 하여금 그녀가 겪은 그 모든 불행에도 불구하고, 나를 다른 남자(백인이건 흑인이건)들과는 다르게 느껴 주길 바라는 희망을 갖게 했다.

이러한 직관은 내가 너에게 남긴 마람의 이야기에는 담겨 있지 않단다. 아글라에, 그녀의 말에 대한 나의 번역이 정확하지 않다면, 이는 그녀가 오늘까지도 여전히 내게 불러일으키는 온갖 종류의 모순된 감정이 내 안에 공존하기 때문임을 밝혀둔다. 월로프어는 프랑스어가 갖고 있지 않은 간결함을 가진 언어란다. 마람이 내게 했던 한 줄의 문장을 프랑스어 서너 줄로 옮겨야 할 때도 있었단 사실을 덧붙여 두마.

사실 마람은 내가 적어놓은 것처럼 그렇게 정확한 방식으로 이야기하지는 않았단다. 하지만 글을 쓰면 쓸수록, 난 점점 더 작가가 되어 갔단다. 그녀가 정확히 뭐라고 말했는지 잊어버려서 나의 상상을 보탠 적이 있다고 해도, 그것이 거짓은 아니었단다. 오직 픽션, 즉 삶을 그려낸 소설만이 현실의 깊이와 그 복합성에 대한 진정한 통찰을 담아낼 수 있으며, 삶을 살아낸 그 자신마저도 온전히 인지할 수 없는 다양한 측면들을 담아 그 불투명함을 밝혀낼 수 있는 적합한 도구라고 나는 생각한다.

마람은 내게 자신의 슬픈 사연을 계속해서 들려주었고, 나는 너에게 우리가 알고 있는 공동의 언어로 이 이야기를 들려준다. 사랑하는 아글라에, 그런데 누가 나와 나의 청년 시절의 사랑을 갈라놓았을까? 이제부턴 그녀가 내게 확인해준, 에스투판 들라 브뤼의 배에서 그녀에게 일어난 일들이다. 나는 이 이야기를 나의 언어로 들려주려고 한다.

　내가 있던 장소의 문이 열리고, 내게로 향하는 발소리가 들려왔어요. 누군가가 나를 발로 찼죠. 백인 남자 에스툽(에스투반의 축어)이었어요. 그는 이빨 사이로 당신들의 말인 새의 언어를 퍼붓고 있었어요. 그는 화가 난 것 같았어요. 그는 문을 쾅 닫으며 금방 나가버렸죠. 얼마 지나지 않아 또 다른 사람이 들어왔고, 내 몸을 둘둘 감싸고 있던 그물망을 제거하는 작업에 착수했죠.
  그러나 그 일은 결코 쉽지 않았어요. 생루이 요새에서 나를 돌보던 바로 그 노파가 이 일을 맡은 사람이었죠. 그녀가 제 몸에서 그물망을 일부 제거하고 나서, 그녀는 소리를 질렀어요. 내 얼굴이 그녀를 겁에 질리게 만들었던 거였어요. 그물망이 내 뺨과 이마에 박혀서 내 얼굴의 절반이 물고기 비늘의 모습을 한 종교 의식의 흉터로 덮인 것처럼 보일 정도였던 거죠. 나는 내 얼굴을 볼 수 없었지만, 노인의 말을 통해서 나의 아름다움은 사라지고, 심지어 혐오스러운 모습이 되어버렸다는 걸 알 수 있었어요. 납치범들의 카누에서 나온 후로 참아왔던 눈물로 눈은 퉁퉁 부었고, 헝클어진 머리에선 생선 비린내가 났죠. 전날 입은 드레스의 천은 온갖 얼룩으로 더럽혀져 천을 장식하고 있는 꽃무늬를 뒤덮고 있었구요.

 자신을 수키나라고 소개한 노파는 내 옷을 벗기며 눈물을 터뜨렸죠. 그녀는 이렇게 반복해서 말했어요. "가여운 아이야, 왜 그들이 너에게 이런 짓을 한 거니?" 그녀의 음성이 너무 구슬펐던 나머지 나도 눈물을 떨어뜨릴 뻔했지요. 하지만, 참았어요. 그들 앞에서 어떤 약한 모습도 보이고 싶지 않았죠. 늙은 코끼리처럼 주름진 피부를 가진 그녀는 백인 에스툽의 하녀였어요. 주인에게 가장 좋은 상태에 있는 나를 바치기 위해서 그녀는 나를 씻기고 먹이며 준비시켰던 거죠. 그 때 나는 아직 어렸지만, 사람들이 밀어 넣은 이 새로운 세상에서 나는 소총 한 자루로 나를 사들인 백인 주인의 즐거움을 위해 바쳐진 운명이라는 사실쯤은 이해하고 있었습니다. 나의 외삼촌은 그자에게 나를 어디에 쓸 수 있는지 보여준 셈이었죠. 노파 수키나는 어쩌면 자신의 운명에 대해 슬퍼했는지도 모릅니다. 그녀의 주인 에스툽이 자기 기대만큼 빨리, 나를 통해 즐거움을 얻을 수 없다면 분명 주인 기분이 상할 것을 알고 있었을 터이니.

수키나가 에스툽을 위해 나에 대한 어떤 그림을 제시했는지 알지 못하지만, 그 덕에 에스툽은 나를 6일 동안이나 내버려 두었죠. 그동안 나는 휴식을 취할 수 있었고, 노파의 보살핌을 받으며 그녀가 조석으로 차려주는 풍성하고 다양한 음식을 먹으면서 힘을 회복할 수 있었습니다.

그녀는 첫날부터 내 몸을 씻겨주고, 방의 한구석 작은 나무 울타리로 가려진 곳을 가리키며, 거기서 볼일을 볼 수 있도록 해주었죠. 거기엔 구멍이 뚫린 일종의 의자가 있었고, 그 밑으로 양동이를 밀어 넣어 하루에 두 번 오물을 바닷물에 던져버리곤 했죠.

처음 사흘 동안은 완전히 곯아떨어져, 수키나가 나를 돌보러 올 때만 잠에서 깨어났습니다. 그녀는 특별히 내 얼굴을 신경 써서 돌보았습니다. 얼굴이 완전히 회복되었다는 얘기를 들으면, 에스툽이 나를 만나러 올 것으로 보였습니다. 나는 노파와 말하지 않기로 결심했습니다. 내가 말을 하지 않는 것에 대해 그녀는 별로 신경 쓰지 않는 것처럼 보였습니다. 마치 그녀의 오랜 기억들을 새로운 회한의 짐들로 다시 한번 채우는 것을 두려워하는듯.

조금 정신을 차리게 된 네 번째 날, 나는 아주 조금 밖에 잠을 자지 않았습니다. 침대가 자리한 벽의 높은 곳에 걸린 두꺼운 천 사이로 가느다란 빛이 스며들고 있는 것을 발견했죠.

그 벽 뒤편으로 파도 소리가 들렸고요. 수키나가 프랑스 말로 '배'라고 말하는 것을 들었고, 바닥의 흔들림도 느낄 수 있었기에, 나는 우리가 바다 한가운데 있다고 판단했습니다. 침상에 무릎을 꿇고 앉아, 나무판자 끝을 덮고 있던 천을 들추자, 얼굴에 짠 바닷물이 튀었고, 난 그때 뭔가를 선명하게 깨달았습니다.

간신히 아물어 가던 상처에 짠 물이 닿자, 피부가 따끔거렸지만, 내가 며칠 동안 갇혀 있던 방으로 불어온 바다 공기는 나를 기분 좋게 했죠. 나는 허파 가득 숨을 들이쉬었고, 그날부터 나는 밤낮으로 매시간 이러한 호흡 훈련을 계속했습니다. 바다의 맑은 공기가 저에게 용기를 불어넣어 주었죠.

빛이 좀 더 들어오자, 나는 그 방을 관찰할 수 있었습니다. 아당송, 지금 우리가 있는 이 오두막에 비하면 형편없이 작은 방이었죠. 노파 말에 따르면 이곳은 분명, 백인 에스툽이 생루이섬에서 배를 타고 고래섬에 있는 그의 동생을 만나러 갈 때 잠을 자던 곳이었을 겁니다. 침상 이외에 작은 탁자와 커다란 궤짝 하나가 있을 뿐이었죠. 내가 그곳에 갇히기 전에, 다른 곳으로 옮겨놓은 것인지 그 밖에 다른 물건들은 보이지 않았어요.

아침이면 노파 수키나가 궤짝을 열어 속옷을 꺼내 에스툽에게 가져다 준다는 것을 알게 되었습니다. 노파는 이 궤짝을 내가 갇혀 있는 방문의 열쇠를 다루듯 조심스럽게 열쇠로 잠그곤 했습니다. 이 나무 궤짝은 거대했고, 짙은 색 가죽으로 덮여 있었죠. 궤짝의 골조 부분에는 머리가 불룩한 못이 박혀 있고 그 외의 못들이 일정 간격으로 촘촘히 박혀 있어 견고해 보였습니다.

그런데 여섯 번째 되는 날, 수키나는 방을 열쇠로 잠그는 것을 깜빡했습니다. 노파가 나가자마자 나는 더 많은 햇빛을 받으려고 나무판자를 옮겼습니다. 쏟아져 들어온 햇빛은 나의 감옥을 바다를 향해 열어주었습니다. 방안이 환해지자 궤짝은 덜 어두워 보였습니다. 심지어 거기에선 달콤한 향기까지 풍겨 나왔죠. 나는 궤짝 앞에 무릎을 꿇고 앉아 무거운 궤짝 뚜껑을 들어 올렸습니다.

가장 먼저 흰색 속옷들이 쌓여 있는 것이 보였습니다. 스타킹, 셔츠, 팬티… 아당송 당신이 입고 있는 바로 그런 것들이었죠. 그 안에서 특별히 흥미로운 물건을 발견하지 못했기에, 노파가 들어와 내가 그 안을 뒤지는 것을 보기 전에 황급히 닫으려 했습니다. 그러다가 문득, 그 안에 정말로 유용한 물건이 하나라도 있다면? 하는 생각이 들어서 궤짝 전체를 다 뒤집어 보기로 했죠. 에스툽의 속옷 아래로 가장 먼저 나타난 것은 둥근 유리가 달린 도금한 쇠막대였습니다. 나는 이것을 아무도 모르게 훔칠 수 있겠다고 생각했습니다. 그 다음으로 발견한 것은 제법 긴 밧줄이었는데, 그것을 앞에서 발견한 쇠막대와 함께 챙겨놓자, 머릿속에서 탈출에 대한 구체적인 계획이 떠오르기 시작했습니다.

탐색이 거의 끝나갈 무렵, 나는 손 아래서 각별한 감촉을 느꼈습니다. 그것은 천과는 다른 것이었습니다. 에스툽의 긴 튜닉 아래 숨겨진 그것을 무심코 만져 보니, 약간의 기름기와 함께 살짝 오돌토돌한 감촉이 느껴지는 부드러운 물건이었습니다. 에스툽의 마지막 옷을 치우고 발견한 그 물건은, 오, 세상에! 단번에 내 마음을 사로잡았습니다.

정확하게 일곱 번 접혀, 궤짝 바닥에 반듯하게 깔려 있던 그것은 나의 수호 신랑, 즉 나의 수호천사의 가죽이었습니다. 짙은 검정색에 옅은 노란색 줄무늬가 있는 그 가죽은 그가 내 꿈에 나타났을 때, 거대한 보아뱀으로 변신하기 직전에 걸치고 있던 것과 같았습니다. 나는 뛸듯한 기쁨과 터져 나오는 감사의 마음으로 죽을 것만 같았습니다. 역시 나의 수호천사는 나를 버리지 않았다! 그는 아직도 나를 지켜주고 있었다. 내가 소르로부터 이렇게 멀리 떨어져 있음에도 불구하고! 나의 발견이 우연이 아니란 걸, 그 무엇도 그 누구도 부정할 수 없을 것입니다. 나의 수호 신랑은 죽지 않았고, 나와 함께 살아 있으며, 내가 그의 도움으로 살아날 것임을 믿어 의심치 않게 되었죠.

에스툽이 어떻게 이 거대한 보아뱀의 가죽을 얻게 되었는지는 중요하지 않았습니다. 세네갈 왕 중 하나가 세네갈 동물들이 이렇게 무서울 수 있다는 것을 그에게 보여주려고 에스툽에게 선물했을 수도 있고, 어쩌면 그 자신이 사냥해서 얻었거나 아니면 다른 사냥꾼으로부터 샀을 수도 있겠죠. 에스툽이 이 보아뱀 가죽을 자기 옷을 보관하는 궤짝 바닥에 잘 간직해 온 것을 보면, 그는 이것이 본래의 색깔을 잃지 않고 건조해지지 않도록 잘 보존하려 애쓸 만큼 그 가치를 높게 평가한 것으로 보입니다. 그러나 그 남자보다 내가 이 보아뱀 가죽에 대한 훨씬 더 정당한 권리를 가지고 있죠. 그는 이 가죽을 자기가 괴물을 사냥했다거나 죽였다고 과시할 요량으로 사용하려 했겠지만, 나에게 이 아름다운 가죽은 내 영혼과 쌍둥이로 태어난 또 다른 영혼의 거처니까요. 하여 나는 이 가죽을 궤짝에서 꺼내 돌돌 말은 후, 궤짝에서 찾아낸 밧줄로 여러 번 감아 침대 밑에 숨겨 놓았습니다.

내 침구 아래엔 내 수호천사의 가죽을 숨겨둘 만한 충분한 공간이 있었습니다. 나는 노파의 눈을 피하기 위해 긴 드레스 자락을 바닥까지 늘어뜨려 놓았습니다. 그리곤 재빨리 궤짝 속에 모든 옷들을 정리해 놓았습니다. 시간은 충분했죠. 내가 궤짝 속을 전부 뒤졌단 걸 노파가 눈치채지 못하길 바라며 감쪽같이 정리했습니다. 노파가 궤짝을 잠그지 않았단 걸 눈치

채고 방에 되돌아오면, 아마도 나는 잠든 척하고 있을 테고, 그녀는 잠자는 나를 보고서 굳이 궤짝을 다시 열어보거나 그 속을 헤집어보거나 하지 않을 거란 걸 난 잘 알고 있었죠.

일곱 번째 되는 날 늦은 오후, 수키나는 우리가 고레섬에 거의 근접했으며, 그날 저녁, 에스툽이 나를 보러 올 것이라고 말해주었죠. 그녀는 내게 예쁜 드레스를 가져다 주었습니다. 햇빛 아래 오색영롱한 빛을 발하는 자개빛 드레스였습니다. 나는 그 드레스를 받아서 무척 기쁜 것처럼 연기했는데, 그런 내 모습을 본 수키나가 에스툽을 만났을 때 고분고분하게 굴라고 한마디 거들었을 정도였죠. 노파는 그의 마음에 들면 여러 가지 이점이 생길 거라고 덧붙이기도 했습니다. 그의 취향에 맞게 굴면, 그는 나를 생루이 지역의 현지처로 삼을 것이고, 내가 조금만 머리를 잘 쓰면 그가 프랑스로 돌아가거나 혹은 죽게 되었을 때, 나는 부자가 되어 모든 자유를 충분히 누릴 수 있게 될 거라고 귀띔했습니다. 내친 김에 마음에 드는 남편을 살 수도 있을 테고, 어쩌면 에스툽에게 나를 팔아넘긴 자들에게 잔인한 복수를 할 수도 있을 거라고 노파는 말했지요.

나는 그녀가 나에게 믿게 하고 싶어하는 말들을 맘껏 지껄이도록 내버려 두었죠. 그 가죽을 지니게 된 후부터 나의 수호신랑이 항상 곁에서 나를 지켜보고 있음을 잘 알기에, 노파가 내게 점쳐본 현지처로서 삶 따위는 결코 일어날 수 없는 일이었죠. 나는 에스툽의 노예나 그의 다른 무엇으로도 태어나지 않았으니까요. 어느 날 내가 외삼촌에게 복수할 수 있는 그날이 온다 해도, 그것은 나의 아름다움을 이용해서 백인 남자로부터 얻어낸 부를 통해서 이뤄지진 않을 것임을 난 잘 알고 있었습니다.

그들이 내게 요구하는 것을 이제 내가 받아들이기 시작했음을, 하지만 그 이상은 아니라는 뜻을 수키나에게 전달하는 의미에서 나는 고개를 끄덕였습니다. 나는 무릎까지 내려오는 흰색 천으로 만들어진 일종의 속바지를 입었습니다. 그 속바지의 가랑이 부분은 의도적으로 풀어져 있었습니다. 그녀는 내가 자개 빛 드레스를 입는 것을 도와주었습니다. 그녀는 일부러 에스툽이 내 옷을 벗기는 것을 쉽게 하려는 듯, 드레스 등쪽에 달린 끈을 묶지 않았지요. 그녀의 그런 행동은 이후 저에게 큰 도움이 되었답니다.

노파는 해가 진 직후, 7개의 양초를 가지고 돌아왔습니다. 그녀는 촛불을 켜고, 그녀가 침구를 갈아 놓은 침상 바로 옆 작은 탁자에 그것을 놓아두었죠. 그녀는 소위 '경험 많은 여성'으로서 몇 가지 지침을 주었습니다. 그녀 또한 젊은 시절에 백인 남자의 첩으로 살았던 모양입니다.

수키나는 에스툽에게 엄청난 경이로움을 약속했던 것 같았습니다. 한밤중에 에스툽이 내가 7일 전부터 갇혀 있던 방으로 들어왔을 때, 그는 끔찍한 이빨을 드러내 보이며 만면에 미소를 짓고 있었지요. 하지만 그의 미소는 그의 눈에 담긴 잔혹함을 조금도 감춰주지 못했습니다. 수키나가 내게 시킨 대로, 침대 위에 누워 그를 기다리는 동안, 나는 처음 그와 눈이 마주쳤을 때와 같은 인상을 받았습니다. 그는 나를 집어삼킬 것처럼 보였습니다.

에스툽은 흰색 면으로 된 모자와 같은 색 커다란 셔츠를 입고 있었습니다. 촛불 아래서 붉게 빛나던 그의 얼굴은 점점 흐르는 핏빛으로 물들어 가고 있었습니다. 그가 내 가슴을 향해 양손을 뻗으며 이해할 수 없는 말들을 지껄이기 시작했지요. 그가 내 가슴을 만지려고 몸을 숙이려는 순간, 나는 궤짝 속에서 발견해 숨겨뒀던 쇠막대로 그의 왼쪽 관자놀이를 내리쳤습니다. 나는 그 쇠막대를 드레스의 주름 아래에 숨긴 채, 오른손에 꼭 쥐고 있었거든요. 그 한방의 가격으로 에스툽이 어리둥절해진 틈에 나는 그의 몸 아래 있던 내 다리를 빼내고 잠시 다리의 긴장을 푼 후, 두 발바닥으로 그의 가슴을 세게 걷어찼습니다. 나의 수호천사가 그 순간 내게 힘을 주었던 것이 분명했습니다. 에스툽은 그리 높지 않은 천장에 머리를 크게 부딪히더니, 의식을 잃고 침대 옆에 쓰러져 버렸거든요.

드레스를 벗기도 전에, 내가 가장 먼저 한 일은 침대 밑에 숨겨두었던 나의 수호 신랑-뱀의 가죽을 챙기기 위해 의식을 잃은 에스툽의 몸을 옮기는 것이었습니다. 옷을 완전히 벗은 후, 나는 나의 토템, 뱀 가죽 두루마리를 동여맨 밧줄을 내 허리춤에 묶었습니다. 나는 그것을 가슴에 품고, 일곱 개의 촛불을 불어 끈 후, 에스툽이 닫지 않은 내 감옥의 문을 열었습니다. 문 앞에는 세 개의 계단으로 이어지는 복도가 있었습니다. 에스툽이 쓰러지며 낸 둔탁한 소리가 사람들의 주의를 끌지 않았을까 두려웠던 나는 잠시 기다렸다가, 최대한 가벼운 발걸음으로 계단을 향해 달렸습니다. 내 수호천사의 가죽 두루마리는 내 달리기를 방해하지 않았습니다. 그는 가벼웠고, 나는 마치 날아가는 것 같았죠.

나는 거의 즉시, 자유로운 공기를 만났습니다. 내 앞을 막아설 그 누구라도, 그게 수키나든, 선원이든, 에스툽의 두 경호원이든 맞서 싸울 준비가 되어있었지만, 나는 아무도 마주치지 않았습니다. 배에는 아무도 없었거나, 내가 누구에게도 보이지 않고, 들리지 않는 기적적인 능력이라도 획득한 것 같았죠.

나는 배의 난간 근처에 있는 커다란 짐 뒤에 몸을 숨겼습니다. 거기서 하늘을 바라보았습니다. 별들의 위치로 보아 새벽은 아직 멀리 있었습니다. 달빛은 어두웠지만, 내 오른편으로 고레섬으로 보이는 섬의 그림자를 볼 수 있었습니다. 그 반대편, 왼편으론 거대한 검은 땅덩어리가 지평선을 가리고 서 있었습니다. 그때 나를 놀라게 한 것은 바다의 범상치 않은 상태였습니다. 바다는 내부로부터 빛을 발하고 있었습니다. 심연으로부터 오팔색을 띤 빛이 베일을 드리우듯, 사방으로 뿜어져 나오고 있었죠. 배 왼쪽 측면에 붙어있는 사다리를 타고 내려갔을 때, 세상이 거꾸로 뒤집힌 것만 같았습니다. 방금 전까지 무거운 어둠 속에 갇혀 있던 나는 이제 한없이 밝게 열린 액체로 된 하늘을 향해 뛰어들 참이었습니다.

하늘을 뒤집어 놓은 것만 같은 바다속으로 뛰어드는 건 두렵지 않았습니다. 모든 소르의 아이들과 마찬가지로, 나도 마을에서 멀지 않은 늪지대에서 수영을 배웠거든요. 한 손으론 나의 수호천사의 가죽을 단단히 붙잡고, 그것이 물에 푹 젖어 가라앉기 전까지 가급적 오래 떠 있기를 바라면서 나는 캡베르를 향해 헤엄치기 시작했습니다.

캡베르의 땅은 반투명하고 형광빛을 띠고 있던 바다보다 훨씬 더 어두워 보였습니다. 천만다행인 것은, 배에서부터 바닷물 속에 이를 때까지 아무도 날 보지 못했다는 사실입니다. 바다는 나를 숨길 수 있는 마지막 장소였습니다.

수호천사 덕분에, 나는 상어 떼의 먹이가 되지도 않았습니다. 이 해안에는 병들어 바다에 버려지거나 고레 섬에서 탈출한 노예들을 잡아먹기 위해 출몰하는 상어 떼가 우글거리고 있었거든요. 나의 수호천사가 바다의 수호신에게 어떤 조공을 바쳤는지 모르겠으나, 육지 쪽을 향한 강한 조류는 나를 빠르게 뭍으로 데려다주었답니다.

갑자기 눈앞에 바다를 대신한 육지의 어둠이 밀려왔습니다. 해변에서 천천히 부서지던 파도 소리가 들려왔습니다. 숲의 거대한 어둠의 장벽이 천천히 내 앞에 다가오는 동안, 내 수호신의 가죽은 물 속으로 서서히 가라앉으며 나를 그 안으로 끌고 들어가고 있었습니다. 잠시 거품이 끓어오르는 곳에 잡혀 있던 나는 발아래 모래를 느낄 수 있었습니다. 해변을 보호하는 날카로운 바위들이 내 발을 찢어 놓을 수도 있었지만, 우리를 이어주는 밧줄을 단단히 부여잡고 있던 나에겐, 내 수호천사를 삼키려 하는 바다로부터 그를 구할 충분한 힘이 있었습니다.

나는 멀리서부터 보이던 큰 숲 인근의 작은 모래밭에 쓰러졌습니다. 잠시 누워 기운을 회복한 후, 나는 내 수호천사와 나를 숨겨줄 첫 번째 나무를 찾아 나섰습니다. 그 속에 발을 딛기 전, 식물들의 세계가 바다의 세계만큼이나 위험하다는 느낌이 나를 엄습했습니다. 하여 나는 방금 떠나온 깨끗한 모래가 깔려 있는 해변으로 다시 돌아갔습니다. 그 해변은 이제 너나 할 것 없이 모두 어두워진 서로 다른 두 개의 바다 사이의 얇은 경계선처럼 보였습니다.

좀 더 나아가기에 앞서, 나는 수평선을 살펴보았습니다. 거기엔 에스툽의 배도 고래 섬도 보이지 않았습니다. 강한 해류가 내가 바랐던 곳보다 더 먼 해안으로 나를 데려온 것이 분명했습니다. 그러나 에스툽이 머리에 입은 타격으로 목숨을 잃지 않았다면, 나를 추격할 방법을 찾게 될까 두려웠습니다. 나는 숲 가장자리에 있는 나무 뒤에 몸을 숨기고, 바다 위로 해가 떠 오르기를 기다렸습니다.

바다는 나처럼 벌거벗은 모습이었습니다. 기이하리만치 매끄러운 회색 피부는 큰 새들의 날개에 종종 스칠 때마다 떨리고 있었고, 새들은 눈에 띄지 않는 물고기 떼를 하늘로부터 주시하고 있었습니다. 새들의 깃털은 새벽녘 하늘의 분홍빛과 금빛을 받아 반사하고 있었고, 새들의 힘찬 소리는 바다의 웅장하고 규칙적인 노래를 압도하고 있었습니다.

날이 밝자, 나는 수호천사 뱀가죽 두루마리를 머리에 균형 있게 이고, 두 손을 자유롭게 한 후, 숲으로 향했습니다. 배도 고프고 목도 말랐지만, 난 멈추지 않고 걸었습니다. 처음엔 최대한 빨리, 그리곤 한 걸음씩 뚜벅뚜벅, 힘닿는 데까지 걸었습니다. 소르 마을 근처에선 어딜 가면 먹을 수 있는 과일들이 있고, 어딜 가면 멀지 않은 곳에 강이나 늪이 있어 목을 축일 수 있는지 잘 알고 있었지만, 이곳에선 갈수록 점점 울창해지는 흑단나무 숲에서 난 방향을 잃었고, 의지할 데도 없었습니다. 머리는 핑 돌고, 다리는 후들거렸습니다. 현기증이 났지만, 걸음을 멈출 수는 없었습니다. 에스툽의 배로부터 최대한 거리를 둘 수 있도록 멀리 가야만 했으니까요. 결국 숲의 습한 바닥에서 올라오는 열기와 하늘 높이 떠오른 태양이 날 굴복시키고 말았습니다. 나는 내 수호천사의 가죽 두루마리를 간신히 당겨 보듬고 나무 아래 쓰러졌습니다.

마람은 다시 한번 침묵했다. 마치 그녀의 말을 받아들이고, 그 이야기에 젖어들 시간을 내게 주려는 듯. 내가 우리를 스쳐 갔을지도 모를 지난날의 우연에 대해 생각하는 동안, 마람은 평화로워 보였다. 어쩌면 우리는 서로를 지각하지 못한 채, 3년 전쯤 에스투판 들라 브뤼의 배에 같이 타고 있었을지도 모른다. 바람을 쐬기 위해 배의 갑판에 나와 있던 내가 어떻게 그녀가 캡베르를 향해 헤엄치기 위해 빛을 발하고 있던 바닷물에 뛰어드는 것을 보지 못했을 수 있을까?

 물동이에 담긴 희미한 형광빛 바닷물이 오두막을 밝히고 있었다. 그 속에서 산란 중인 물고기들이 조심스럽게 움직이는 소리가 들려왔다. 어찌하여 마람은 자신의 오두막을 이런 방식으로 밝히고자 한 것일까? 그녀가 세네갈 조계의 감독관이라 부르던 에스톱의 배로부터 탈출할 때의 기억을 간직하고 싶은 걸까? 나는 감히 물을 수 없었다. 그녀의 나머지 이야기 속에 그에 대한 해답이 있을 거라고 생각했다. 차마 믿기 어려운 예측 불허의 잔인한 이야기들이 이어졌다.

반쯤 잠들어 있던 나를 굳은 살 박힌 손이 살포시 건드리며 깨웠어요. 실눈을 뜨고 위를 쳐다보자, 주름이 자글자글한 어떤 노파의 얼굴이 나를 바라보고 있었지요. 처음엔 수키나인 줄 알고 소리를 질렀으나, 노인의 떨리는 목소리가 나를 안심시켰습니다. 그녀가 환하게 미소 지을 때, 그녀의 하나밖에 남지 않은 이빨이 보였습니다. 그녀는 자신을 마-안타라고 소개했습니다. 그녀는 7일 전, 자신의 꿈에서 나를 보았다고 했습니다. 나는 그녀의 비밀스러운 딸이 될 것이고, 나는 그녀가 세상을 떠나고, 내가 그녀를 대신하게 되는 날까지 그녀를 돌볼 것이라 말했습니다.

난 도무지 그녀의 말을 이해할 수 없었습니다. 당시 지쳐서 거의 죽을 지경이던 나에게, 노파는 내가 그녀를 돌보게 될 거라고 말한다는 것이 놀랍게 느껴졌습니다. 그러나 마-안타는 자신이 나를 꿈에서 보았으며, 내가 그녀의 숨겨진 딸, 장수(長壽)의 딸이라는 사실만을 반복해서 말했습니다.

그녀가 내 목 아래로 손을 넣어 고개를 들게 하고, 내 메마른 입술을 몇 방울의 물로 촉촉하게 적실 때 나는 지그시 눈을 감고 있었습니다. 그녀는 갑자기, 그러나 여전히 미소 가득한 얼굴로 사탕수수 한 조각을 내게 조용히 내밀며, 내게 그것을 빨아먹으라고 손짓했습니다.

몸을 일으킬 힘을 되찾기 위해 나는 사탕수수를 오래 빨아먹었습니다. 노파가 내 곁에서 미동도 하지 않은 채, 계속 웅크린 자세로 앉아있는 것을 보고 그녀가 혼자서는 일어설 수 없다는 사실을 알아챌 수 있었습니다. 하지만 마-안타는 아무 걱정 없는 얼굴이었습니다. 내가 그녀를 부축해 일으켜 주기를 기다리는 동안 마-안타는 여전히 여유로운 미소를 짓고 있었습니다. 그녀를 부축하면서 나는 너무나도 가벼운 그녀의 몸에 깜짝 놀랐습니다. 마-안타는 어린아이만큼의 무게도 나가지 않았습니다.

솔직히 말하자면, 마-안타는 즐거운 아이 시절로 되돌아간 것 같은 모습이었습니다. 그녀는 매 순간 웃음을 멈추지 않았거든요. 그녀는 자신의 발 아래 떨어져 있는 붉은 가죽으로 덮인 커다란 막대를 주워달라고 내게 요구했습니다. 그녀는 그 막대를 '내 남동생'이라고 키득대며 불렀습니다. 여전히 히히거리며 그녀는 등을 돌려 걷기 시작했습니다. 절룩거리는 다리를 이끌고, 등은 굽은 채로, 롬풀 사막의 모래 언덕을 기어오르는 딱정벌레처럼 느린 속도로.

나는 머리 위에 나의 수호 토템, 뱀 가죽을 말아 얹고 그녀의 뒤를 따랐습니다. 그녀의 걸음걸이를 따라 하려 애썼지만, 그녀의 속도가 너무 느렸기에, 마치 제자리걸음을 하는 기분이었습니다. 수만 가지 질문들이 내 머리를 스치고 지나갔습니다. 어떻게 저토록 늙고 연약한 여인이 나를 흑단 나무 숲속에서 찾아낼 수 있었을까? 내가 수 시간 동안 헤매고 다니던 그 숲을? 그녀는 어디서 왔으며, 나를 어디로 데리고 가는 걸까? 이 마-안타란 인물은 실존 인물일까 아니면 내가 머릿속에서 만들어 낸 존재일까? 혼자서 길을 잃고 헤맬 때면 나타나곤 하는 숲속 요정 같은 존재일까? 혹시 실제의 나는 지금, 지쳐 쓰러져 버렸던 나무 밑에서 누워 죽어가고 있는 건 아닐까? 어쩌면 마-안타는 나의 수호 신랑, 나의 수호천사가 내 고향 소르 마을에서 이토록 멀리 떨어진 숲에서 내게 선사하는 마지막 위로의 그림자가 아닐까?

내 마음이 이 비현실적인 상황 속에서 나 자신을 속이고 싶은 유혹에 이끌려, 황토빛 옷을 입은 할머니 뒤를 따라 걷고 있었다면, 고통을 겪고 있던 내 몸은 현실을 일깨워 주었습니다. 아니. 나는 더 이상 빈사 상태가 아니다. 나는 더 이상 흑단 나무 뿌리에 목덜미를 기댄 채 누워있지 않다. 나는 이제 서서 걷고 있고, 나는 몹시 배가 고프고, 끔찍하게 목이 마르다. 나한텐 더 이상 불평할 권리도, 한숨을 내쉴 권리도 없다. 지금 나보다 더 힘든 사람은 내 앞에 걸어가고 있는 마-안타일테니까. 그녀의 발걸음 하나하나는 그녀에게 엄청난 노력을 요구하는 것처럼 보였습니다.

마-안타는 머리에 자신이 걸치고 있는 튜닉과 같은 황토의 뾰족 모자를 쓰고 있었고, 목은 땅을 향해 늘어져 있었다. 마-안타는 발걸음마다 먼지 속에 끊임없이 흔적을 남겼는데, 이는 그녀가 왼쪽 발을 질질 끌고 있다는 것을 보여주었습니다. 우리는 어느새인가 흑단 나무 숲을 떠나 해를 덜 가려줄 대추야자 나무와 야자나무 숲으로 들어서고 있었습니다. 그러나 마-안타는 조금도 보폭을 달리하지 않았습니다. 여전히 느린 걸음이었지만, 이제 나는 기쁜 마음으로 이를 꽉 악물고 그녀를 따라 갔습니다. 나도 힘이 떨어지고 있는 상태라 그녀가 더 빨리 걷지 않는 것은 천만 다행이었습니다. 어쩌면 마-안타는 우리가 처음 걷기 시작할 때부터 내가 이런 속도 이상으로 걸을 수 없을 것을 알고 있었을지도 모릅니다.

그녀를 알기 전에도, 나는 모든 사람에게는 각자의 행동 하나하나에 가르침이랄지, 숙고해야 할 생각 같은 것이 있다고 느꼈습니다. 할머니는 침묵을 택했습니다. 우리가 처음 만났을 땐 그토록 수다스럽게 보이던 그녀가 고개도 들지 않은 채 묵묵히 길을 가고 있었습니다. 나는 모든 면에서 그녀를 따라하고 싶다고 느꼈습니다. 심지어 나는 그녀처럼 왼쪽 발을 질질 끌며 걷고 있었습니다. 우리가 온 길을 되돌아갈 힘이 있다면, 나는 그녀의 발자국과 나의 발자국을 구별해낼 수 없었을 겁니다.

우리를 무아지경으로 이끄는 끝없는 북소리처럼, 마-안타는 나에게 끝없는 가르침을 주었습니다. 달라지지 않는 한결같은 리듬으로 오래 걷는 것은 우리 몸의 모든 고통을 지운다는 사실, 바로 이것이 그녀가 내게 준 첫 번째 가르침이었습니다. 내 안위를 걱정하던 수호천사가 보냈을지 모르는 신호를 통해, 순간 몽롱한 상태에서 깨어났을 때, 내가 여전히 마-안타 뒤에서 대추야자와 야자수 숲을 걷고 있었던 것은 바로 이런 이유에서였을 겁니다. 우리가 그 숲으로 진입했을 때는 한낮이었지만, 그때는 이미 해가 떨어진 뒤였습니다.

제 정신을 차리자, 내 몸은 다시 고통으로 가득 차는 것 같았고 나는 울음을 터트릴 참이었는데, 갑자기 마-안타가 멈추어 섰습니다. 사자와 하이에나 한 마리가 우리가 가는 길에 가로누워 있었던 것입니다. 구역질 나는 냄새와 그들의 먹잇감들의 피와 내장의 축적물들이 섞인 냄새가 진동하며 날 숨막히게 하지 않았다면, 나는 여전히 꿈속에 갇혀 있다고 느꼈을 겁니다.

앙숙지간인 이 기이한 맹수 커플이 우리는 쳐다보지도 않은 채, 꿈쩍 않고 그 자리에 머물러 있었습니다. 마-안타가 다시 걷기 시작하자, 이 두 맹수는 달려들어 우리를 갈갈이 찢어

놓는 대신, 우리에게 길을 비켜주고 우리를 벤 마을의 오두막까지 호위해 주었습니다.

마-안타는 치유사였고, 바로 그녀를 통해 저는 치유사의 길에 들어서게 되었습니다. 그녀가 나를 오늘의 모습으로 만들어 주었지요. 그녀는 내게 나의 수호신에 대해 설명해 주었습니다. 어떻게 그와 조화를 이루며 살아가야 하는지, 어떻게 하면 그를 화나게 하거나 질투하지 않게 하면서 지낼 수 있는지에 대해. 마-안타는 그가 내 곁에 계속 붙어있게 하려면 어떤 제물을 바쳐야 하는지도 가르쳐 주었습니다. 마-안타는 어떻게 그가 짙은 검은색과 연한 노란색의 아름다운 피부를 잃지 않고 오래 간직할 수 있을지, 그 방법도 가르쳐 주었죠.

나는 3년전 우기에 벤 마을에 도착했습니다. 마-안타가 이 마을에 미치는 영향력은 엄청난 것이어서, 사람들은 그녀가 너무 늙어버린 자신의 몸을 떠나 내 몸속에 들어와 있다고 믿게 되었습니다. 마-안타는 더 이상 외출을 하지 않았기 때문에 마당에서 토템 가죽을 둘러쓴 채 그녀처럼 주름지고 그녀처럼 다리를 저는 모습으로 치료받으러 온 손님들을 맞이하는 사람은 나였습니다.

처음엔 오두막 안으로 다시 들어가 여전히 누워 있는 마-안타에게 마을 사람들이 무엇을 원하는지 정확히 설명했습니다. 그녀는 내게 경청하는 법을 가르쳐 주었습니다. 그녀는 환자에 대한 첫 번째 치료제는 그들의 증상을 설명하는 사람들의 말에서 찾아야 한다고 거듭 강조했습니다. 그녀가 손으로 가리키던 식물 추출물은, 치유의 말이 동반되지 않는 한, 그 어떤 치유 효과도 나타내지 않을 것이라고 그녀는 말했죠. 사람은 사람에 대한 첫 번째 치료제이기 때문입니다.

마-안타는 그녀의 부드러운 말들로 나의 보이지 않는 상처들을 치유했습니다. 그녀는 내게 늘 이렇게 말했습니다. 다른 사람들을 치유하는 척하기 전에 먼저 스스로 치유되어야 한다고. 그러나 마-안타는 나를 불완전하게 치유했다고 봐야 할 것 같습니다. 그녀가 떠난 지 얼마 되지 않아, 나는 외삼촌이 내게 겪게 한 모든 고통을 기억해 냈기 때문이죠. 그리하여 날이면 날마다, 밤이면 밤마다 이 생각을 떨쳐버리기 위해 분투했습니다. 결국 나는, 나의 수호천사가 꿈에 나타나 반대했음에도 불구하고 외삼촌에게 복수하겠다는 결심을 하게 되었답니다.


마람은 복수에 대한 자신의 열망을 너무나도 부드럽고 평온한 음성으로 말했기에 처음에 나는 잘못 알아들었다고 생각했다. 그토록 나직한 속삭임과, 끔찍한 인생역정이 드러내 주는 영혼의 결연함은 어딘지 조화롭지 않아 보였다.

나는 26살이었고, 나는 내가 속한 시대의 철학에 대한 믿음을 가지고 있었다. 나는 마람이 월로프어로 파뤼 랍(수호 신랑)이라 부르는 존재는 그저 상상 속 존재일 뿐이라 여겼다. 나는 가죽이 대략 20피트, 즉 새로운 미터법으로는 6미터가 넘는다는 보아뱀의 존재를 의심하지 않았다. 나는 흑인들로부터 세네갈 강가에 있는 포도르 마을 근처에 길이가 40피트(즉 12미터)나 되는 보아뱀의 표본이 있다는 이야기도 들은 바 있다. 내가 가진 세계관(나는 나의 세계관이 그녀의 것보다 우월하다고 여겼다)의 범주에서 인정할 수 없었던 것은, 마람이 이 동물에게 신비한 힘이 있다고 믿고, 그가 그녀를 지켜보고 있다고 상상하는 대목이었다. 그러나 그녀가 내게 월로프어로 말한 것을 기억해 내려 애쓰며 그녀 이야기를 써 내려가고 있는 지금, 나는 더 이상 내가 신뢰하던 이성이 과연 그토록 우월한 것인지에 대해 확신할 수 없다. 사랑하는 나의 아글라에, 여기에는 분명한 한 가지 이유가 있단다. 넌 다음 노트에서 그것을 곧 발견하게 될 것이다.

나는 마람이 가진 신앙에 동조하진 않았다. 나는 그것을 미신이라 판단했으나, 기꺼이 그녀와 삶을 함께 나누고 싶었다. 우리는 함께 행복한 삶을 누릴 수 있었을까? 내가 그녀와 결혼했다면, 그녀의 신념들을 나의 확신으로 바꾸려 하면서 내 주변 사람들이 그녀를 받아들이게 하도록 애쓰지 않았을까? 내가 속한 세상의 사람들이 내가 흑인 여자와 결혼한 것을 받아들이도록 하기 위해 나는 그녀로부터 뱀 가죽을 벗겨내려 하지 않았을까? 그녀에게 프랑스어를 완벽하게 말하도록 가르치고 내가 가진 종교의 가르침을 전달하려 하지 않았을까?

그녀가 지닌 흑인으로서의 아름다움과 그녀의 세계관은 마람이라는 사람을 구성하는 불가분의 요소이며, 그녀를 향한 나의 사랑의 근원이기도 했지만, 내가 가진 편견들이 어쩌면 그녀를 '백인화'하려는 욕망으로 이끌었을지도 모른다. 만약 마람이 나에 대한 사랑으로 백인화된 흑인 여성이 되는데 동의했다면, 내가 그녀를 여전히 사랑할 수 있었을지 확신할 수 없다. 그녀는 자기 자신의 그림자, 복제품이 되었을 것이다. 만약 그랬다면, 진정한 원래 모습의 마람을 그리워하게 되지 않았을까? 그녀를 잃은 지 50년이 지난 지금, 내가 그녀를 그리워하는 것처럼.

아글라에, 나는 어쩌면 마람과 이뤄졌을지도 모르는 결합 이후의 상황에 대한 질문들을, 당시에는 지금 네게 쓰고 있는 것처럼 자세하게 스스로에게 던지지 않았다. 마람에 대한 내 깊은 사랑을 실현할 수 있는 길에 내가 들어섰더라면, 이런 질문들이 생겨났을 수도 있었겠지. 마람은 내가 상상했던 것보다 훨씬 더 큰 영향을 나에게 미쳤다. 아글라에, 죽음을 앞두고 이러한 고백의 대상으로 너를 선택한 것은 치유의 말로 상처받은 내 영혼을 보듬기 위해서란다.

나에게 자신의 외삼촌에게 복수하기로 했다고 부드러운 음성으로 말하고 나서, 마람은 우리를 비추는 희미한 불빛 아래서 이야기를 이어갔다. 그녀는 완벽한 부동의 자세를 취하고 있었고, 나는 그녀의 말을 듣기 위해 애써 귀를 기울였다. 큰소리로 말하는 것을 부끄러운듯, 그녀는 연신 작은 목소리로 이야기했다.

저는 마-안타가 떠난 후, 복수를 생각하기 시작했어요. 어느 날 마-안타는 제게 말했지요. 그녀가 시들어가던 나를 발견했던 바로 그 숲으로 자신이 떠날 날이 왔다고. 그리고 그녀는 사라졌지요. 그녀의 시신을 찾는 건 불필요한 일이었습니다. 그녀가 마지막으로 제게 바란 것은 그녀의 신비로운 지팡이를 7일 뒤에 제가 찾으러 오는 것이었어요. 그곳이 어딘지는 말해주지 않았습니다. 저는 혼자서 그 장소를 찾아내야 했죠. 하지만 그것은 그리 어렵지 않은 일이었어요. 그녀의 발자국을 따라가기만 하면 되니까요.

저는 제발 나를 여기에 버리지 말아 달라고 그녀에게 애원했지요. 저는 아직 그녀가 가진 모든 치유의 비법들을 전수받지 못했다고 설득했죠. 하지만 그녀는 제 말을 듣지 않았어요. 언제나처럼 하나밖에 남지 않은 이를 거침없이 드러내며 밝게 미소 지으며, 마-안타는 단호하게 머리로 '안된다'고 말했죠. 그녀의 유일한 이는 그녀가 살아온 신비로운 삶이 남긴 마지막 흔적이었어요. 내가 그녀가 떠나는 시기를 늦추게 하려 할 때 마다, 그녀는 내게 이렇게 말했습니다. "너는 이제 나보다 더 많은 것을 알아."

그리고 어느 텅 빈 날 새벽, 그녀는 오두막 지붕 위에 그녀의 수호천사였던 사자와 하이에나를 위한 물고기들을 놓아두어야 할 때를 알려주고서 길을 떠났습니다. 나는 눈물을 흘리며 그녀가 크람프사네 숲의 첫 번째 대추야자 나무 뒤로 사라질 때까지 그녀 뒤를 따라갔습니다. 그녀 없이, 내 생명은 시들어 갔고, 나는 영혼 없는 몸뚱이에 불과했습니다. 매일 아침, 내가 마-안타 앞에 무릎을 꿇고 앉을 때마다 그랬던 것처럼, 그녀가 그 가벼운 손을 내 머리 위에 얹고 축복해 주길 간절히 바랐습니다.

그녀가 떠난 뒤 7일 후, 나는 그녀가 지시한 대로, 그녀의 '남동생'을 찾으러 나섰습니다. 한 흑단 나무 아래서 그를 발견했습니다. 그것은 어려운 일이 아니었습니다. 그녀가 바닥에 남긴 지팡이 자국을 따라가기만 하면 되는 일이었죠. 그녀가 떠난 뒤 많은 시간이 흘렀지만, 그 지팡이 자국은 여전히 지워지지 않았습니다. 햇빛과 달빛 아래, 한 걸음씩 나아가며, 돌아올 수 없는 여행에서 마지막 흔적을 남기고자 애쓴 그녀의 노력을 느끼며, 그녀의 발자국 위에 나의 발을 얹어 보았습니다.

마-안타의 신비의 지팡이를 가지고 벤 마을로 돌아온 뒤, 나는 나의 외삼촌, 바바 섹을 떠올렸습니다. 그는 여전히 고름 고인 상처처럼 고통스런 과거 속에 남아 있었습니다. 내 외삼촌이 어린 소녀이던 나의 몸을, 마치 관계에 동의한 성숙한 여인의 것 인양 침범하려 했던 그 치명적 순간의 기억을 지우기 위해 날 도와주던 치유사는 더 이상 없었습니다. 그러자 분노가 되돌아온 거죠. 그것은 폭풍우가 몰아치는 날이면 더욱 거세지는 파도와 같았습니다. 그 분노는 가장 무거운 카누를 산산조각 내 사방에 흩어 버리고 하늘로 날려버릴 만큼 성난 분노였습니다.

그의 모습이 내 곁을 맴돌았습니다. 그가 나를 그들에게 건네어 주고 에스툽으로부터 받은 총을 손에 들고 도망치는 모습이 떠올랐습니다. 마치 내가 역겨운 듯, 내 쪽으로는 눈길조차 주지 않고 총을 들고 달아나는 모습이었죠. 난 끊임없이 이 끔찍한 기억에 시달렸고, 그것이 내 정신을 파괴해 가고 있었습니다. 어쩌면 외삼촌이 저지른 모든 짓을 용서하라고 속삭이는 내 수호천사의 말을 듣지 않은 것을 나중에 후회하게 될지라도, 나는 결국 그를 벌하기로 결심했습니다.

이 마을에는 내가 자기 딸의 목숨을 구해주었기에, 내 청이라면 거절하지 않을 남자가 살고 있었습니다. 생간 파예라는 이름의 그 남자는 젊고 용감한 사람이죠. 그는 소르 마을로 가서, 내가 요구한 바를 정확히 전달할 수 있을 만한 사람으로 보였습니다. 나는 그가 전하게 될 말을 통해, 외삼촌이 나에게 준 것과 같은 윤리적 고통을 그에게 주고 싶었습니다. 세상에는 사람을 살리는 치유의 말이 있는가 하면, 사람을 서서히 말려 죽이는 저주의 말도 있는 법이니까요. 바바 섹은 셍간이 전해줄 내 말의 의미를 이해할 유일한 사람이었죠. 진실이 밝혀

지면 수치심으로 뒤덮일 것이 두려운 나머지 외삼촌은 자기가 꾸며낸 내 실종 사건 이야기가 진실이 되게 하기 위해 내 존재를 세상에서 지워버리려 했겠죠. 만약 누군가가 내게 다가오면, 마을에 불행이 닥칠 것이라는 나의 협박은 불을 찾아 날아드는 불나방처럼 그를 벤 마을로 끌어당길 거라고 생각했어요. 나는 그때 당신, 미셀 아당송 같은 또 다른 나비들이 날개를 태우러 이 집에 오게 될 거라고는 상상하지 못했네요.

  그녀의 이야기에서 내 이름이 들리자, 내 볼은 붉어졌다. 나는 그다지 영광스럽지 않은 방식으로 그녀의 이야기 속에 등장하게 된 것이다. 나는 어떤 역할도 맡아서는 안 되는 연극에 스스로를 초대해 버린 셈이었다. 나의 호기심이 어쩌면 그녀의 외삼촌을 향한 복수 계획에 방해가 되었을지도 모르지만, 난 마람이 내 이름과 성을 발음하는 방식이 마음에 들었다. 마치 "미셀라 당송" 처럼 들리는, 월로프어 고유의 억양으로 발음한 이 독특하고 부드러운 발음은 나를 향한 그녀의 애정의 신호탄처럼 들렸다. 그것이 그녀의 의도가 아니었다 해도. 마람은 말을 이어갔다.

    처음엔, 당신이 내 외삼촌이 보낸 사람이거나, 에스툽이 보낸 사람일 거라고 생각했어요. 하지만, 이내 불가능한 일이라고 판단했죠. 당신이 그들 눈에 별 볼 일 없는 인물로 보였으면 모를까, 그 두 사람 중 누구도 당신에게 저를 강간하려 했단 얘기를 할 순 없어 보였거든요. 그런데 당신의 호위무사 중에서 세이두 가디오를 발견했을 때, 다시 의심이 들기도 했어요. 그는 외삼촌이 엿 바꿔먹듯 나를 총과 바꿨던 날, 에스툽을 경호했던 왈로족 전사거든요. 그런데 세이두 가디오는 이렇게 변장한 나를 알아볼 수는….

  마람은 말을 끝마치지 않았다. 우리를 감싸고 있던 푸르스름한 불빛 속에서 그녀가 불쑥 일어나더니 내가 더 이상 볼 수 없는 오두막의 어두운 구석으로 사라졌다. 나는 귀를 기울였고, 나도 그녀를 따라 일어서려는 순간, 그녀는 무슨 일이 있어도 움직이지 말라고 속삭였다. 비록 속삭임이었지만 그녀의 명령은 너무나도 절대적이어서, 나는 그대로 따를 수밖에 없었다. 만일 그러지 않았다면, 그날 밤 난 마람의 오두막에서 목숨을 잃었을 것이다.

  그녀가 내게 명한 대로, 나는 완전한 부동자세로 머물러 있었다. 오두막 바깥은 모든 것이 평소와 다름없어 보였다. 세네갈의 밤은 서로 쫓고 쫓기는 크고 작은 동물들의 비명과 신음, 울부짖음이 빚어내는 불협화음의 콘서트다. 거기에 익숙해지다 보면 더 이상 아무 소리도 들리지 않게 된다. 이 멋진 배경음 뒤로, 나는 아무런 이상한 낌새도 감지하지 못했다. 그러다 급하게 달려가는 소리를 들은 것 같았다. 그 직후, 마람 집 입구를 덮고 있던 등나무 돗자리가 두세 번의 엄청난 타격으로 쓰러지더니, 집 전체가 흔들리는 것 같았다. 어둠에 익숙해졌던 탓에 처음엔 램프의 불빛에 눈이 부셔 아무것도 볼 수 없었지만, 난 조금씩 내 앞에 선 키 큰 남자의 그림자를 볼 수 있게 되었다. 그때, 난 바바 섹을 알아볼 수 있었다.

마람의 외삼촌은 왼손에 불꽃이 흔들리는 기름 램프를 들고 오두막의 내부를 살피느라 여기저기 돌아다녔다. 오른손엔 은장식이 은은하게 빛나는 총을 쥐고 있었다. 그는 나를 꺼진 눈으로 바라보았다. 그는 기진맥진해 보였다. 언제나 나를 정성으로 맞이해주던 그였다. 늘 단정히 잘 차려입고, 잘 다듬어진 흰 턱수염을 가지고 있던 그가 그날은 텁수룩한 모습에 누더기 차림을 하고, 종아리까지 붉은 먼지에 뒤덮인 맨발 차림으로 나타났다.

돌아온 여자 노예 얘기를 들려주며 우리에게 호기심이라는 독을 주입한 후, 바바 섹은 은디악과 나를 쫓아 생루이에서부터 캡베르까지 이어진 여행을 따라온 것이 틀림없었다. 우리 일행을 놓치지 않기 위해 수천 가지 위험을 무릅써가며, 그는 롬풀 사막을 건너야 했을 터이며, 멕케에서, 그리고 사싱에서, 쾨르 다말에서 멈춰야 했을 것이다. 그리고 그는 우리처럼, 크람프사네 숲을 건너고, 마람이 나를 치료하는 동안, 숲의 가장자리에 몸을 숨겼을 터이다. 그의 몰골로 보건대 그는 며칠 전부터 제대로 먹지도 못했던 것 같았다.

"그녀는 어디 있지?" 그는 갑자기 숨이 찬 목소리로 내게 물었다.

나는 누굴 말하는 거냐고 그에게 물으려다 망설였다. 이런 대답은 부적절했다. 우리 둘은 모두 바바 섹이 말하는 사람이 마람이라는 걸 알고 있었다. 그녀는 우리 두 사람 생의 중심에 있었다. 내가 침묵을 지키고 있었기에 그는 오두막 입구에 있는 물동이에서 나는 찰랑거리는 소리에 정신을 빼앗겼다. 나에 대해 더 이상 신경 쓰지 않고, 그는 램프를 땅에 내려놓더니, 옆으로 한 발 옮겨 물동이 위로 몸을 숙였다. 그가 물의 표면을 찬찬히 들여다보며 물소리를 내는 것이 무엇인지 이해하려고 애쓰고 있을 때, 나는 바로 그의 머리 위, 오두막 천정에서 커다란 그림자가 천천히 떨어지는 것을 보았다.

순간, 나는 돌처럼 굳어버리고 말았다. 나는 바바 섹에게 그를 향해 다가오는 위험을 알리기 위해 소리치려 하였으나, 어떤 소리도 내 목구멍을 통과하지 못했다. 죽음이 다가오고 있었으나, 그는 알아채지 못했다. 그것은 집의 공중을 떠다니는 것처럼 보이는 거대한 동물이었다. 얼핏 볼 수 있었던 삼각형의 머리는 바바 섹의 머리만큼 컸는데, 두 갈래로 갈라진 검고 가느다란 혀를 바바 섹의 머리를 향해 규칙적으로 내밀었다. 마치 그 커다란 입속에서 두 개의 머리를 가진 작은 뱀이 탈출하려 애쓰다가, 곧바로 삼켜지는 것 같은 모습이었다. 칠흑처럼 검고 연한 노란 줄무늬의 보아뱀 가죽은 바바 섹이 바닥에 내려놓은 램프의 주황빛 앞에서 더욱 번들거렸다.

코앞의 위험을 의식하지 못한 마람의 외삼촌은 바닷물을 담아놓은 물동이 위로 여전히 머리를 기울인 자세였다. 그때 나는 순간적으로 그 바닷물동이의 기능이 단지 반투명한 빛으로 밤에 오두막을 밝히는 것이 아니라, 보아뱀의 먹이 저장고 역할도 해왔다는 사실을 이해했다. 마람은 보아뱀에게 물고기를 먹였던 것이다. 사냥꾼의 본능을 가진 그에게 머리를 물속에 집어넣어 그것을 잡아먹는 기쁨을 제공하면서. 그 거대한 몸통의 나머지 부분은 오두막 천정 내부의 몇몇 들보에 매달려 있었다. 그런데 지금, 마람이 자신의 보아뱀에게 먹이로 희생시키려 하는 것은 물고기가 아니었다. 그것은 자신의 위에서 활공하고 있는 위협을 알지 못하는 한 남자, 이 물동이의 용도에 대해 궁금해하며 거기에 머리를 들이밀고 있는 남자였다. 내가 이날 밤, 여러 차례 그랬던 것처럼.

보아뱀의 머리가 천천히 그의 머리를 향하자, 모든 생명체가 치명적 위험에 처했을 때 갖게 되는 본능적 직감으로, – 이것은 아직 그 위험을 보지 못한 상태에서 느끼는 직감이다 –

바바 섹은, 나를 힐끗 쳐다보았다. 그가 내 얼굴에 나타난 공포를 알아차릴 수 있을 만큼, 그가 바닥에 놓은 램프의 불빛이 충분히 강했는지, 아니면 내 시선이 향해 있는 방향에 놀란 것인지는 알 수 없었다. 그러나 마침내 그는 눈을 들어 올렸다. 그가 보아뱀을 노려보던 바로 그 순간 죽음이 그를 덮쳤고, 그의 몸을 칭칭 둘러쌌다.

어쩌면 바바 섹은 보아뱀을 향해 총을 한 발 쏠 시간이 있을 거라고 믿었을지도 모른다. 그러나 그가 자신의 몸을 덮친 뱀에 의해 바닥에 쓰러졌을 때, 그의 총에서 나온 총알은 목표물에 가 닿지 못했다. 그것은 내 머리를 스쳐 지난 후, 내가 서 있던 자리 바로 뒤쪽 벽 위에 가서 박혔다.

사람 위로 추락한 뱀은 램프를 넘어뜨렸고, 그 바람에 램프의 불은 꺼졌다. 바닷물을 담은 통에서 나오는 희미한 형광빛 속에서, 나는 바닥에서 오랫동안 물결치는 거대하고 어두운 파도의 비틀림을 본 것 같다. 기절해 쓰러지기 전, 나는 바바 섹의 뼈들이 마른 장작더미의 가지들처럼 하나씩 부러지는 소리를 들었다. 비명, 헐떡임, 보아뱀 배에서 나는 꾸르륵 소리.

바바 섹이 죽어가는 동안 나의 의식은 몸을 떠나 있었다. 나의 기절은 필시 보아뱀을 마주치는 순간 뇌졸중을 겪게 되는 불행한 원숭이나 인간들의 경우로부터 나를 보호해 주었을 것이다.

마람이 뱀을 조련해 온 것은 분명 나에게 맞서게 하기 위한 것이 아니라, 그녀의 외삼촌을 향한 것이었다. 무슨 일을 보게 되더라도 꼼짝 말고 부동의 자세로 있으라는 그녀의 명령이 그날 나를 살렸다. 마람은 분명 그 괴물의 습성을 잘 관찰했을 것이다. 보아뱀은 시력이 매우 나쁘고, 혀가 코의 기능을 대신한다. 또한 보아뱀은 먹잇감이 움직일 때만 그것을 감지한다. 신은 내가 마람의 명령에 따라 취한 부동의 상태를, 보아뱀을 보고 느낀 공포 속에서도 계속 이어가길 원하셨다. 그리고 바로 그 정지 상태가 나를 바바 섹의 총알로부터도 구해 주었다.

의식을 되찾았을 때, 내가 있던 곳은 마람의 오두막이 아닌, 야외였다. 나는 흑단나무 아래에 누워있었다. 주변의 열기에도 불구하고 나는 추위를 느꼈다. 목덜미는 뻣뻣하게 굳어 있었고, 통증이 느껴졌다. 나머지 몸 전체도 비슷한 상태였다. 바바 섹의 죽음이 남긴 끔찍한 이미지들이 회오리처럼 내 정신을 휘감고 있었다. 나는 태초부터 존재해 온 동물적 공포심으로 온몸이 굳은 상태였다. 모든 동물은 각자 고유한 모습을 지니지만, 최후의 순간에 이르면, 그들은 하나같은 반응을 하게 된다.

한 동물이 긴 도주 끝에 마침내 죽음의 포로가 될 때, 그의 몸은 마치 스스로에게 갑옷을 선사하듯 근육을 긴장시키게 된다. 하여, 포식자가 먹잇감을 죽인 후 행하는 첫 번째 작업은, 이빨과 발톱을 통한 가격, 혹은 가공할 똬리의 압력을 이용해 긴장으로 경직된 몸을 이완시키는 일이다. 나는 바바 섹이 자신의 생명을 지키는 마지막 보루였던 그의 근육이 보아뱀이 가한 압력을 통해 으스러지는 고통을 느끼기 전에 의식을 잃었기를 바란다.

내 곁에 다가와 앉은 은디악이 조심스럽게 제 손을 내 어깨에 얹어 주었을 때에야 나는 의식을 되찾고 이완될 수 있었다. 운명의 아이러니일까, 내가 그에게 했던 첫 번째 말은 바바 섹이 살아 생전에 내뱉은 마지막 말이기도 했다.

"그녀는 어디 있지?"

월로프어는 이런 의문문에서 남성과 여성을 구분하지 않기에, 은디악은 내게 어떤 대답을 해야 할지 잘 알 수 없었다.

"치유사 노파요? 그녀는 사라졌어요. 하지만, 남자를 말하는 거라면, 치유사의 오두막에서 몸이 둘둘 감긴 남자 몸의 일부를 발견했어요. 가슴이 있어야 할 자리에 다리 한쪽이 붙어 있었고, 눈 알 하나는 손안에 눌려 있었어요. 혀는 축 늘어져 있었고, 머리는 곤죽이 돼 있었고, 내장은 밖으로 튀어나와 있었어요. 정말 보기 흉했어요. 그리고 어찌나 악취가 나던지! 그런데 누군지 아세요?"

내 대답을 기다리지 않고, 은디악은 세이두 가디오, 그리고 다른 사람들은 새벽녘에 울린 총소리를 듣자마자 마을 끝에서부터 이리로 달려왔노라 말했다. 그들이 치유사의 오두막 안에서 나를 발견하기까지 그리 많은 시간이 걸리지 않았다. 나는 목화솜처럼 하얀 얼굴을 하고, 그들이 나를 빼내 오느라 뛰어넘어야 했던 만신창이 시체에서 멀지 않은 곳에 몸을 웅크린 채 누워있었다고 했다. 내가 살아있음을 확인한 후, 세이두 가디오는 오두막 안으로 다시 들어가 그 안을 뒤졌다. 그는 손에 총을 들고 나왔다. 그것은 물론, 그들이 들었던 총소리의 진원지였다. 세이두는 비장한 얼굴로 앞장 서서 크람프사네 숲을 향해 빠른 걸음으로 갔다. 그는 아무도 그를 따라오지 말고, 아직 거대한 보아뱀이 있을 것으로 추정되는 오두막에 들어가지 말라고 명령했다.

염려하는 나의 표정을 본 은디악은 나를 안심시키느라 세이두 가디오가 내 생명을 여러 번 구해준 생명의 은인임을 상기시켰다. 나의 마지막 숨결을 감지하기 위해 내 입 앞에 거울을 두는 아이디어를 떠올린 사람도, 쾨르 다말에서 벤 마을에 있는 치유사 노파의 집으로 나를 옮길 수 있도록 임시 침대를 고안해 낸 사람도 그였다. 그는 나의 구원자라는 것이다.

나는 그가 말하도록 내버려두었다. 은디악은 세이두가 자신의 총, 에스투판 들라 브뤼가 그에게 마람과 교환하도록 명령했던 바로 그 총을 알아보았다는 사실을 알 리 없었다.

"그가 그녀를 죽이려 하는 걸까?" 은디악이 여전히 세이두 가디오에 대한 찬가를 부르고 있는 동안 나는 이렇게 그에게 질문했다.

"치유사 노파를요?"

"아니, 돌아온 여자, 마람 섹을."

갸웃하던 은디악이 내게 재차 물었다.

"그래, 검고 노란뱀 가죽 속에 숨어있던 사람이 바로 마람 섹이라고. 소르 마을의 대표 바바 섹의 조카딸!"

은디악은 잠시 침묵했다. 자신의 기억 속에서 치유사 노파의 진정한 정체를 추정할 수 있게 해주는 단서들을 찾는 듯했다. 하지만 그는 어떤 단서도 찾을 수 없었고, 내가 그랬던 것처럼 뱀 가죽 뒤에 숨은 마람을 알아볼 수 없었단 사실을 인정해야 했다. 마람의 소식을 알고자 하는 나의 끈질김과 그녀를 걱정하는 내 모습을 본 은디악은 세이두가 그녀를 죽이지 않을 거라고 나를 안심시켰다. 그는 신비적 보호장치 없이 그 어떤 생명체도 죽이지 않는 사람이며, 두려운 존재인 강력한 수호신이 그 오두막에 살고 있었기 때문에, 먼저 그 수호신을 달래야 한다는 것이다.

    은디악의 말은 나를 안심시켰다. 비합리적으로 들리는 얘기였지만, 그러한 미신들은 분명 세이두 가디오가 크람프사네숲에서 마람을 발견하더라도 그녀를 죽이지 못하게 막아줄 것이다. 은디악과 마찬가지로, 그 나이 든 전사는 인간의 삶이 그들을 지켜주는 수호천사와 밀접하게 연결되어 있다는 세계관을 가지고 있었다. 그들의 사고 속에서 마람과 바바 섹을 으깨버린 보아뱀은 한 몸이었던 것이다. 따라서 마람을 죽이는 것은 그녀의 수호신의 분노를 유발할 것이기에, 세이두는 마람의 보아뱀에 대한 신비적 보호장치 없이 그런 무모한 위험을 감수할 리 없었다.

    나는 은디악에게 마실 것을 청했고, 그는 먹을 것도 가져오도록 했다.

    그녀가 전날 밤 대부분을 할애해 내게 들려준 마람의 이야기를 시작하기 전, 그녀가 그토록 짧은 시간에 내게 불어 넣은 열정과 사랑이 여전히 꺼지지 않았다는 사실에 대해 생각했다. 내가 아닌 다른 사람이었다면, 바바 섹의 그 참혹한 죽음에 충격을 받아, 공포 속에서 마람과 그녀가 외삼촌을 죽이기 위해 훈련시킨 보아뱀을 혼동했을 것이다. 백인의 이성은 그것을 허락하지 않았겠지만, 그가 가진 상상력이 살인자 뱀 여인에 대한 두려움과 거부감을 느끼게 만들었을 것이다. 그러나 나는 마람이 행한 복수가 그녀가 겪어야 했던 범죄에 부합하는 것이라 판단했다. 그녀에게 행해진 강간이란 범죄가 없었다면, 이날 행해진 살인의 의도 자체가 그녀 생명의 균형을 침해하고, 그녀가 속한 세계의 질서를 파괴했을 것이다. 그녀의 외삼촌이 저지른 행위는 그녀의 삶을 산산조각 냈다. 마람이 바바 섹을 그녀의 토템인 뱀을 통해 박살내 버린 것은 앞서 그녀에게 저질러진 행위에 대한 정당한 응징이었다.

　내가 이런 생각에 잠겨 있는 동안, 벤 마을의 주민들은 나와 은디악에게 상어 쿠스쿠스를 담은 호리병박을 가져다주었다. 세네갈에 처음 왔을 땐 좋아하지 않았지만, 결국 좋아하게 된 음식이다. 내가 그 음식을 좋아하게 될 거라고 누군가 예언했다면, 난 절대 그 말을 믿지 않았을 것이다. 내가 어느날 흑인 여성과 미친 듯한 사랑에 빠질 것을 상상할 수 없었던 것처럼. 세네갈에서 보낸 3년 동안 나의 취향은, 모든 면에서 흑인의 그것이 되어 가는 듯했다. 그것은 쉽게 생각할 수 있듯, 단순히 습관의 힘만은 아니었다. 월로프어로 말하다 보니 내가 백인이라는 사실을 잊기도 했다. 나는 몇 주 전부터 프랑스어를 전혀 사용하지 않았다. 낯선 단어를 발음하는 데 익숙해지도록 나의 혀가 들인 노력은, 낯선 음식과 과일을 맛있게 느끼도록 훈련하는 노력과 같은 것이었다.

    은디악은 내가 식사를 마칠 때까지 인내심을 가지고 기다렸다. 이 나라 관습에 따라, 나는 오른손을 –오직 이 손으로만 음식을 먹었다 – 마을 사람들이 가져다준 호리병박에 담긴 물로 씻었다. 그리고 나는 흑단나무에 등을 기대고 앉았다. 바로 이 나무 아래서 1시간 전 나는 기절에서 깨어났다. 난 이윽고 은디악에게 마람 섹에 대한 이야기를 들려주기 시작했다. 우리의 경호대원들이나 가까이 있던 마을 사람들이 듣지 못하도록 낮은 목소리로.

    이 단어 대신 저 단어, 두 문장 사이의 망설임, 너무 길거나, 혹은 너무 짧은 문장 같은, 아주 사소한 디테일의 차이가 은디악으로 하여금 마람을 괴물로 보게 할 수 있었다. 나는 수차례 그의 눈에서 불신과 공포를 읽은 것 같았다. 내가 아는 한, 세네갈의 월로프어에만 존재하는 의성어와 그와 결합된 제스처로 그는 격한 반응을 드러냈다. 그는 오른손 손가락 끝으로 입술을 두드리며 "체에에 테텟, 체에에 테텟" 같은 말을 끝없이 반복했다. 그가 보여준 이 충격의 표시는 나를 걱정시켰다. 나는 그를 마람 편으로 끌어들이고 싶었기 때문이다. 그녀가 살인자로 보이는 게 아니라, 그녀를 농락한 두 남자의 희생자로 보여야 했다. 먼저 그녀를 소유하려 했던 그녀의 외삼촌 그리고 세이두 가디오의 총을 댓가로 건네고 바바 섹이 실패한 행위를 성공시키려 했던 에스투판 들라 브뤼. 마람은 이 두 치한의 희생자였다. 그를 마람 편으로 끌어오려는 시도를 성공시키기 위해, 난 은디악에게 내가 마람을 사랑한다는 사실을 털어놓기로 했다. 그가 나의 진정한 친구라면, 그녀에게 대해 불안감을 갖고 있다 해도, 세이두 가디오가 마람을 찾아냈을 때, 받게 될지 모를 벌로부터 그녀를 구하는 일을 도와달라고 했다.

그래서 나는 은디악에게 마람 섹은 내가 사랑에 빠져버린 매우 아름답고 젊은 여성이라고 소개했다. 심지어, 그녀가 벗은 몸을 뜻밖에 발견하게 된 이야기까지 털어놓았다. 그 또래 젊은 청년들이 흔히 그러하듯, 욕망과 사랑을 혼동한 은디악에게 나의 그녀에 대한 이 비약적인 사랑의 감정을 쉽게 이해시키기 위해서였다. 나는 바바 섹의 죽음의 과정에 대해 거짓말을 보태기도 했는데, 이를테면 마람은 자신의 외삼촌을 죽이기 위해 엄청난 뱀을 사육해 왔다는 것이다. 그러나 바바 섹의 끔찍한 최후를 목격하고 공포로 기절하기 전에, 나는 분명 마람 섹이 집의 문턱을 넘어서 집 밖으로 달려 나가는 것을 보았다고 은디악에게 말했다. 이 대목은 거짓말이었지만, 은디악이 이 점에 대해 어떤 의심도 품지 않는 것이 중요하다고 판단했다.

"체에에에 테텟… 아당송, 진짜 확실해요? 보아뱀이 자기 외삼촌을 죽이는 동안 마람은 집 밖으로 나간 걸 확실히 본 거예요?"

나는 그에게 몇 번이고 그렇다고 확인해 주었다. 게다가 나는 그에게 큰 거짓말을 한다고 느끼지는 않았다. 그녀가 집 밖으로 나가는 것을 내 눈으로 직접 목격하진 못했지만, 내가 의식을 잃은 사이 마람이 그리 행동했으리라는 것을 확신할 수 있었기 때문이다.

그러나 내 말을 찬찬히 경청한 은디악은 내가 목격한 마지막 장면을 떠나, 그에게 믿을 수 없었던 또 다른 장면, 에스투판 들라 브뤼의 배에서 마람이 탈출한 대목에 대해 물었다.

"그런데 아당송, 마람이 당신에게 해준 이야기가 사실이라면, 어떻게 아무도 그녀가 탈출하는 장면을 보지 못할 수 있었을까요? 저는 생루이에서 그 배를 본 적이 있어요. 언제나 그 배에는 한두 명의 선원들이 갑판에 서 있었거든요. 한밤중에도요. 마람이 배에서 아무도 몰래 바닷속에 뛰어든다는 건…. 체에에 테텟!"

그 순간 은디악의 머릿속을 관통하는 이미지는 너무나 끔찍스러워, 그는 차마 자신의 문장을 마치지 못했다. 이 대목에서도 나는 거짓말을 보태고 마람의 이야기를 살짝 변경해야 했다. 나는 그녀가 갑판으로 이어지는 작은 계단을 가로질러 누워 자고 있는 선원을 건너 뛰었다고 지어냈다. 그리고 그날 그녀를 이끌어간 조류가 너무나도 강력하여 그녀가 물속에 뛰어드는 소리를 선원들이 들었음에도 불구하고, 선원들은 그녀를 쫓기 위해 바다에 작은 보트를 띄울 생각도 할 수 없었다고.

나는 마람의 이야기에 이렇게 돌발적 에피소드들을 쉽게 지어내 끼워 넣을 줄 아는 나 자신에 놀랐다. 나는 은디악의 질문을 충분히 이해했다. 나도 마람의 이야기를 멈출 수 있었다면 같은 질문을 그녀에게 던졌을 것이다. 그러나 그녀는 자신의 에피소드들을 너무나 매끄럽게 연결시켜 가고 있었기 때문에 그 흐름을 끊는 것은 그녀를 불쾌하게 만들 위험을 감수해야 하는 일이었다. 나는 그녀의 이야기에 덥석 휘말려, 몇몇 개연성이 부족한 대목들에 대해 깊이 생각하지 않고 받아들였다는 사실을 인정했다. 그러나 마람을 보호하는 일에서 은디악을 나의 동맹으로 남아 있게 하려면 나는 그 부분에 대해 감춰야만 했다.

그래서 마람의 이야기 가운데, 나이든 치유사 마-안타가 꿈에서 마람을 보았고, 그 꿈에 이끌려 숲 한가운데서 죽어가고 있는 마람을 발견했다는 이야기는 하지 않았다. 사자와 하이에나가 두 사람을 호위하여 벤 마을까지 왔다는 이야기도 은디악에게 들려주지 않는 편이 현명할 것 같았다. 이 대목은 에덴 동산에 대한 순진한 그림들을 연상케 했다. 그곳에서는 태생적으로 적대적 관계에 있는 동물들까지도 서로 공격하지 않았다. 잠시 뒤, 은디악이 내가 아직 크람프사네 숲가에서 임시침대에 누워 무의식 상태에 있는 동안, 한 마리 사자와 하이에나가 나란히 벤 마을의 한 오두막 지붕 위에서 말리고 있던 물고기를 입으로 조심스럽게 물고 가는 모습을 자기 눈으로 똑똑히 보았다고 내게 말했다. 나는 그의 얘길 들으며, 사자와 하이에나 얘기를 안 꺼내길 잘했다고 생각했다. 그 오두막은 마-안타와 마람의 집이었다.

어깨에 총을 멘 세이두 가이오는 마람이 도망칠까봐 걱정하지는 않는 듯, 몇 발 뒤에서 그녀의 뒤를 밟았다.

그는 마람을 크람프사네 숲의 북쪽 경계 부근에서 발견하였다. 그녀를 찾는 것은 쉬운 일이었다. 그녀의 발자국은 선명했기 때문이다. 그녀의 발자국 옆에는 그녀가 땅에 끌면서 남긴 막대기의 흔적이 있었고, 그는 그 흔적을 따라 걸었다. 이는 마치 그녀의 추격자가 더 쉽게 그녀를 발견할 수 있도록 남긴 흔적 같았다. 주변의 모든 대추야자 나무와 야자수 사이에서 유일한 흑단 나무 아래 그녀는 등을 대고 앉아 있었다. 그녀는 세이두에게 자신이 그를 기다리고 있었노라 말했다. 그리고 그가 허락한다면, 자신은 이 막대기를 흑단 나무 아래 묻고자 하며, 이후 저항하지 않고 그를 따르겠노라 말했다. 세이두는 그녀의 청을 받아들였다. 전사는 마람이 막대기를 나무 아래 묻고 그것을 붉은 가죽으로 덮고 조개껍질로 장식했다고 묘사했다. 이윽고 마람은 스스로 벤 마을로 돌아가는 길을 떠났다.

  나의 눈엔 오직 그녀만 보였다. 마람은 인디고 블루와 흰색으로 된 발까지 내려오는 튜닉을 입고 있었다. 옆이 트인 이 튜닉 아래로는 전날 입었던 것과 같은 흰색 원피스를 입고 있었다. 그녀의 머리카락은 노란색 천으로 매듭을 지은 머플러 속에 감춰져 보이지 않았다. 머리를 높이 쳐든 그녀는 나에겐 시선도 주지 않고 내 앞을 지나갔다. 그녀의 걸음걸이는 허공에 떠 있는 듯했고, 그녀는 마치 땅 위를 미끄러져 가고 있는 듯한 인상을 주었다.

  내 심장은 거세게 고동쳤다. 나는 그녀가 나를 쳐다보지 않은 것에 실망하는 동시에 안도했다. 저 눈길이 내게 말하고 있는 것은 무엇이었을까? 나는 그녀의 눈빛이 그녀에게도 나와 같은 사람의 감정이 있음을 드러내 주기를 바라는 터무니없는 희망을 품고 있었다. 하지만 그녀가 날 좋아할 순 없을 거라고도 생각했다. 피부 빛이 다를 뿐, 나를 다른 남자들과 구별 짓는 것은 아무것도 없었으니까. 어쩌면 대부분의 백인들이 흑인 피부를 싫어하듯, 그녀도 나의 피부를 싫어할지도 모른다. 나는 고통스러웠다. 나는 마람을 향해 강렬한 열정을 느꼈지만, 그녀가 나와 같은 감정을 나눈다는 것은 불가능해 보였다. 만약에 그녀가 나를 사랑한다면, 그녀의 사랑이 나의 그 것처럼 자발적인 것이고, 예고도, 타협도, 내적 갈등도 없이 그녀의 마음 속에 들어가 자리 잡았어야 한다. 이런 가능성을 꿈꾼다는 건 터무니 없는 일이었다. 마람의 삶은 사랑이 즉각적으로 싹트는 데 유리한 환경과 거리가 멀었다. 그녀가 겪은 불행은 그녀를 자신들의 쾌락의 대상으로 삼고자 했던 남자들 때문에 비롯된 것이었기 때문이다. 그녀는 나의 다가섬을 욕망이 채워지면 금새 잊혀지고 말 단순한 육체적 열망 때문이라 여기진 않았을까? 그녀의 육체에 대한 욕망만이 나의 가슴을 뛰게 한 것이 아니었음을 그녀에게 입증하기 위해선, 그리고 어쩌면 나 스스로에게 입증하기 위해서도 적당한 시간이 필요했을 것이다. 나는 모든 섬세한 방법을 다 동원하여 그녀의 마음에 다가서고 싶었다. 사랑하는 사람을 기쁘게 해주려는 열망이 전하는 영감으로 그녀의 마음을 두드리고 싶었다. 그러나 신은 다른 결정을 내렸다. 신이 부린 첫 번째 도구는 완고한 우리의 호위대장이었다.

세이두 가디오, 그는 쿼르 다멜에서 내 목숨을 구한 사람이다. 그는 마람의 집에 있는 훼손된 시체 옆에서 자신의 총을 즉각 알아보았다. 그것은 3년 전, 그가 에스투판 드라 브뤼의 명령에 따라 어린 소녀와 맞바꾼 바로 그 무기였다. 그때 그 소녀는 이제 성숙한 여인이 되었지만 흑단 나무 아래서 그녀를 보자마자, 그는 그녀의 윤곽과 그녀가 지닌 우아함을 금세 알아보았다. 그녀의 집에서 한 남자의 시체가 발견되었다면, 그녀는 그 죽음에 직간접적인 책임을 지고 있을 터였다. 소르 마을 근처에서 사냥을 하고 있던 그와 그의 동료 은가뉴 바스, 그리고 에스투판 들라 브뤼가 보는 앞에서 그녀를 강간하려 했던 남자에게 복수하려 했을 가능성은 매우 충분해 보였다. 그 남자가 그녀를 총 한 자루 받고 노예로 팔아버렸다는 사실을 고려하지 않더라도 말이다. 따라서, 세이두는 그가 이 처자를 자신의 주인이었던 들라 브뤼에게 돌려주지 말아야 할 이유를 알지 못했다. 일을 더 잘 마무리하려면, 그녀를 고레섬의 총독, 생장에게 데려가 그녀를 자신의 형에게 돌려줄 방법을 찾게 하는 편이 좋을 것 같았다.

나는 세이두에게 충분히 설명했다 – 내가 은디악에게 설명했던 것처럼, 그녀가 죽은 자의 조카라는 사실은 밝히지 않은 채 – 마람 같이 젊은 처자가 한 남자를, 우리가 본 것 같은 끔찍한 방식으로 파괴해 버릴 힘은 없다는 사실을 설득하려 했다. 그를 죽인 범인은 보아뱀이니 우린 그 뱀을 잡아야 한다고. 하지만, 이 늙은 전사는 아무 말도 들으려 하지 않았다.

평소 반대 의견을 내세우는 법이 없던 세이두 가디오는, 내가 마람을 조용히 벤 마을에 내버려두어야 한다고 했을 때조차 발끈했다. 그의 분노는 도를 넘어, 내가 자신의 의무 이행을 방해한다면 나를 총으로 쏴버리겠노라 소리치며 날 위협하기까지 했다. 은디악은 그를 다소 진정시키는 데 성공했지만, 그것이 세이두가 모여든 마을 사람들에게 마람을 벤 마을에 두지 않는 것이 좋을 것이며, 그렇지 않으면 끔찍한 보복을 면치 못할 것이라고 선포하는 것을 막지는 못했다.

그러나 자신들의 치유사 마-안타의 분신이라 여겨온 마람을 되찾은 후 조급해진 마을 사람들은, 세이두에게 그녀를 데려갈 권리가 없다고 항의했다. 벤 마을은 왈로 왕국이 아니라 카요르 왕국에 속하는 마을이었다. 캡베르 지역에서 카요르 왕국의 왕권은 이 지역 7인의 현자들이 요프 마을에서 갖는 월례 회의에서 집행된다. 마을 사람들은 그들의 치유사를 다음날 요프 마을로 데려가 일곱명의 현자들에게 묻는 것이 가장 좋은 방법이며 그녀를 현자들에게 데리고 가겠노라 약속했다.

마을 사람들의 선두에는 마람이 자신의 어린 딸을 치료해 준 셍간 파예가 있었다. 마람은 외삼촌을 벤 마을로 유인하기 위해 그를 소르 마을로 보냈었다. 셍간 파예는 직업 군인은 아니었지만 투창을 쥐고 있었고, 세이두를 향해 그것을 사용할 의사가 있음을 드러내는 얼굴을 하고 있었다. 한편 세이두 역시 사소한 핑계만으로도 셍간 파예의 머리에 총알을 날릴 준비가 되어있음을 드러내고 있었다. 이들의 논쟁이 빚어내고 있는 극도의 혼란 속에서, 그때까진 침묵을 지키고 있던 마람이 갑자기 목소리를 높였다. 이 시간을 그녀에게 잘 보일 수 있는 기회로 만들고자 했던 나는, 순간 당황했다.

"마-안타의 이름으로, 여러분께 청합니다. 제 말을 들어주십시오. 여러분들은 좋은 분들입니다. 지난 2년, 제가 마-안타 곁에서 조수를 해오던 시간 동안, 여러분들 중 어느 누구도 다른 이웃에게 적대적인 비법을 요청한 적이 없었습니다. 여러분의 진정한 치유사 마-안타는 3년 전 크람프사네 숲에서 헤매고 있던 저를 맞이하여 제자로 삼으셨습니다. 1년 전, 그녀가 숲으로 휴식을 취하러 떠난 후, 저 마람 섹은 여러분들의 치유사가 되었습니다. 그러나 저는 마-안타와 여러분들의 신뢰를 저버렸습니다. 이 마을에서 범죄가 일어났고, 저는 그 범죄에 책임이 있습니다. 벤 마을에 악이 침입했다면, 그것은 저의 잘못입니다. 그러니, 이 남자 세이두 가디오가 원하는 데로 저를 데려가게 하시고, 여러분들의 삶의 조화를 깨버린 저로부터 여러분을 구하시기 바랍니다."

마람의 이 발언은 마을 사람들을 진정시켰고 그들은 각자 자신의 일터로 되돌아 갔다. 셍간 파예만이 여전히 그녀의 말에 따를지 말지 망설이는 듯했다. 하지만 그녀가 그에게 보낸 한 번의 눈빛은 셍간 파예가 그녀를 운명에 맡기도록 설득시켰다.

그리하여 나는 세이두 가디오가 마람을 노예의 섬인 고레 섬으로 데려가려는 것을 막고자 하는 유일한 사람이 되었다. 그곳은 그녀에게 가장 위험한 장소였다. 그녀가 이 형벌의 길에서 맞이하게 될 첫 번째 단계는 폭력이 될 것을 나는 예감했다. 그녀가 나에게 털어놓은 에스투판 들라 브뤼와의 이야기가 사실이라면 세네갈 조계지의 감독관은 자신이 흑인 여성으로부터 받은 모욕을 100배로 복수할만한 위인이었다. 나는 마람이 여전히 나와의 시선 교환을 피하는 것 때문에 한층 더 난감했다. 이는 그녀가 내가 세이두 가디오에 맞설 수 있는 그 어떤 공모의 표시도 거부하는 것처럼 보였다. 나는 그녀가 생간 파예의 행동을 제지했던 그런 단호한 시선이라도 던져 주길 간절히 원했다. 그녀의 질책을 받을 만한 사람이 되는 것은 그녀의 무관심의 대상이 되는 것보다 100배는 좋을 것 같았다. 그 시절의 나는 인생을 충분히 알지 못했다. 마람이 나를 상대로 무관심한 척 행동한 것은 역설적으로 나를 위한 것이었음을 그때는 몰랐다. 내가 이 사실을 깨달았을 때는 너무 늦은 때였다.

그녀의 동의 없이 그녀를 어떻게 도울 수 있을지 알지 못해 당황하던 중, 자신의 외삼촌에 대한 살해죄를 반쯤 자백한 그녀를 구할 희망의 열쇠는 은디악으로부터 왔다. 그는 나에게 다른 사람들로부터 떨어져 나오라는 신호를 보냈다.

"아당송, 세이두 가디오는 자신의 결정을 절대 번복하지 않을 거예요. 그러니 내가 우리 아버지에게 마람 섹을 사면해 달라고 요청할게요. 노예법에 따르면, 1년 이상 그의 영역에서 벗어나는 데 성공한 이상, 마람 섹은 에스투판 들라 브뤼의 소유가 아니거든요. 마람 섹은 우리 아버지의 백성이기 때문에 그녀를 사면할 권리가 있어요. 바바 섹처럼. 카요르의 왕이나 캅베르에서 카요르 왕의 권리 행사를 대신하는 일곱 현자들은 소르 마을 출신인 마람의 외삼촌에 대해 일언반구 말할 권리가 없구요. 소르는 왈로 왕국에 속하는 땅이에요. 내가 우리 왕국의 수도인 은데까지 말을 타고 열심히 달릴 거예요. 나의 충실한 말 마펜다 팔이 도와줄테니, 나는 당신에게 좋은 소식이든 나쁜 소식이든 최대한 7주일 안이면 답을 줄 수 있을 거예요. 당신은 세이두, 마람과 함께 고레 섬까지 동행하세요. 당신이 그녀의 곁을 떠나지 않는 것이 그녀에겐 좋을 거예요."

그의 계획은 미친 것처럼 보였지만 이것은 내가 마람을 구하기 위해 잡을 수 있는 유일한 희망이었다. 나는 은디악이, 자신이 좋아하지도 않는 아버지에게 자비를 청하는 시도를 한다는 사실이 무척 고마웠다. 그는 집권 이후 어느 누구에게도 그 같은 자비를 베풀어 본 적이 없는 사람이었다. 동시에 나의 어린 친구가 걱정되기도 했다. 그의 여행은 그에게 위험을 초래할 것이기 때문이다. 그는 동행자 없이 가기로 했고, 그가 타고 가는 말은 은데로 가는 길에서 그가 만날 모든 전사들의 탐욕을 자극할 것이 분명했다.

내가 이런 걱정을 그에게 말했을 때, 그는 어깨를 으쓱했다. 그는 두려워하지 않았다. 그는 내 총을 빌려갈 것이고, 총으로 무장한 이상, 아무도 감히 그를 공격하지 못할 것이라 했다.

"내가 보기에 좀 더 중요한 문제가 있어요." 그가 덧붙였다. "나는 마람의 진정한 정체를 밝혀야만 할 것 같아요. 아버지에게 그의 외삼촌 즉 소르 마을의 족장이 그녀를 강간하려고 했다는 걸 말해야 할 것 같아요. 그 끔찍한 진실의 대가로 그녀는 사면을 받을 수 있을 테니까요. 그렇게 되면 우리는 그녀 가족의 수치를 세상에 공개하는 것이 되는 거예요. 당신의 말대로라면 그것은 마람이 원치 않는 일이죠. 당신이 그녀를 이런 방식으로 구하게 된다면, 당신은 그녀의 명예를 잃게 할 테고, 그녀 자체도 잃을 수 있을 거에요. 그녀는 결코 소르 마을의 섹 가문의 불명예를 세상에 알린 남자를 원하지 않을 테니까요."

나는 오래 고민하지 않았다. 그녀를 죽음으로 이끌 형벌을 방관하기에는 그녀를 향한 나의 사랑이 너무 커졌고, 혹여 그녀가 나와 헤어져 멀리 떨어져 산다고 해도 그녀가 어딘가에 살아있기를 바랄 만큼 나는 그녀를 사랑했다. 우리가 그녀를 구하기 위해 취한 행동 때문에 그녀가 나를 증오하게 된다고 해도, 나는 그녀의 가족의 명예보다 마람이 살아있는 것을 원한다고 은디악에게 답했다.

은디악은 세이두 가디오에게 가 자신이 마람의 사면을 아버지에게 요청하겠다는 계획을 알렸다. 그는 마람의 신원을 그에게 밝히지는 않았다. 카요르 왕이 그에게 준 영국식 안장을 단 말에 몇 가지 비상식량을 실은 후 그는 천천히 달렸다. 아픈 마음으로 나는 그가 크람프사네 숲을 향해 달려가는 모습을 지켜보았다.

나는 어린아이였던 은디악을 만났지만, 그는 이제 어른이 되어있었다. 나는 그의 이러한 노력이 어떤 좋은 결과도 얻어내기 어렵다는 것을 알고 있었다. 그럼에도 불구하고 그는 나와의 우정을 위해, 어느 날 왕이 될 수도 있는 기회를 날릴 수 있는 모험에 나선 것이다. 비록 법적으로 그가 왈로왕국의 계승자가 될 수 있는 기회가 차단되어 있다고 해도, 나는 은디악이 자신의 어머니 마펜다 팔의 명예를 위해 그 자리를 열망하고 있다는 것을 잘 알고 있었다. 세상 사람들은 그가 자기 아버지인 왕에게, 외삼촌을 살해한 젊은 여인의 사면을 요청하러 그 먼 길을 떠난 걸 알게 되면 뭐라 말할 것인가? 그의 정신 건강을 의심하며 그를 조롱할 것이다. 그나마 그가 먼 길을 떠난 것이 자신의 이득을 위해서였다면 사람들은 그저 어린 청년의 치기라고 생각할 수도 있었을 것이다. 왕은 자기 아들이 그 여자를 조금 있으면 금방 지겨워할 동거녀로 삼으려 한다고 여기며 어쩌면 그녀를 사면해 줄 수도 있을 것이다. 이는 심지어 젊은 왕자가 빠진 첫 번째 사랑이라는 그럴싸한 에피소드로 포장될 수도 있었을 것이다. 그리오(Griot)들은 여자 노예를 중벌에서 구하기 위해 위험한 여행을 무릅쓴 왕자의 이야기를, 정신 나갔지만, 아름다운 이야기로 포장하여 노래했을 것이다. 은디악은 그렇게 왕실 사람들의 마음 속에, 권력을 노리는 왕자가 가져야 할 첫 번째 자질인 집요한 확신의 소유자 이미지를 심으며, 왕좌를 향한 자신의 전설을 만들어 가기 시작할 수도 있었을 것이다.

그런데, 그가 그토록 큰 위험을 감수하며 아버지에게 젊은 처자의 사면을 요청한 이유가 다른 남자를 위해서이며, 그 다른 남자가 심지어 백인이라는 사실을 알게 된다면? 모든 사람의 조롱거리가 되지 않을까? 그를 떠오르는 권력으로 묘사할 수 있었을 그리오들도 그를 그의 아버지의 명예에 부합하지 않으며 백인의 하찮은 변덕이나 받아주는 노예로 간주하지 않을까?

이런 생각들이 나를 위해 많은 것을 잃게 될 걸 감수하는 은디악을 바라보던 내 머릿속을 스쳐갔다.

사랑하는 나의 아글라예, 나의 인생에는 단 두 세명의 친구

밖에는 없었단다. 은디악은, 나를 위해 자신을 희생한 유일한 친구였다고 진심으로 생각한다. 비슷한 상황에 내가 처했다면 그가 가졌던 것과 같은 큰마음으로 그가 나를 위해 했던 일을 내가 할 수 있었을지, 자신할 수 없구나.

# 4부

# 돌아올 수 없는 여행의 문

은디악이 출발한 후 몇 시간 뒤, 우리도 벤 마을을 떠났다. 이 마을은 고레 섬에서 새들의 비행으로(직선거리로) 약 2리가 안 되는 거리에 있었지만, 그곳에 가기 위해선 작은 해변에서 출발하는 통나무배를 빌려야 했다. 고레 섬의 베르나르 만에 해로를 통해 도착하는 길은 만만치 않았다. 해변을 막고 있는 암초들을 지나기 위해선 경험 많은 뱃사람이 필요했는데, 우리가 있는 지역에선 아직 그런 뱃사람을 찾을 수 없었다.

나는 이 악재가 은디악이 은데로 오고 갈 시간을 벌어줄 수 있겠다 생각하며 기뻐했다. 그러나 한시라도 빨리 마람을 고레 섬에 떨쳐버리고, 에스투판 들라 브뤼로부터 그의 충성에 대한 보상을 기대하고 있던 세이두 가디오는 대륙과 고레섬 사이를 연결하는 더 작은 통나무배를 동원하기로 한다. 그리하여 마람과 세이두는 젊은 어부가 모는 통나무배를 타고 베르나르만을 향해 떠나게 되었고, 나는 다음날 아침까지 기다려 그들을 뒤쫓아 가기로 했다.

마침내 고레 섬에 도착했을 때, 나는 에스투판 들라 브뤼의 동생이자 고레섬 총독인 생장의 집으로 달려갔다.

나는 모자를 쓰지 않은 민머리였지만, 생장 총독은 잘 손질된 가발을 쓰고 있었다. 나는 일주일 동안 면도를 하지 못한 상태였지만, 그의 수염은 매끈하게 손질된 상태였다. 난 지난밤에 마람이 건네줘 입은 옷차림새 그대로였다. 난 펑퍼짐한 흰색 면바지와 파란색, 보라색, 노란색 무늬가 있는 옆이 터진 셔츠를 입고 있었다. 은디악이 낙타 가죽 샌들을 빌려주지 않았다면, 나는 맨발로 거기에 갈 뻔했다. 생장은 모자와, 프록코트, 바지, 실크 양말, 은장 버클이 달린 구두를 신고 있었다. 나는 고레섬으로 아침에 떠나기 위해 해변가에서 잠을 설친 상태이기도 했다. 옷으로 보호하긴 했지만, 밤새 모기들에 시달렸던 탓에 내 얼굴엔 빨간 점들이 가득했다. 총독부 2층에 있는 실내 발코니에서 나를 만난 생장은 이토록 초라한 몰골의 나를 보고 놀란 듯했다.

그를 만나자마자, 나는 먼저 급히 달려오느라 베르나르만 해변에 내 짐들을 놓고 왔노라며 구구한 변명을 해야 했다. 그 앞에 이런 꼴로 나타난 점을 사과했다. 여러 날 동안 프랑스어로 말하지 않았던 탓에 나의 설명은 매우 서툴렀다. 나도 모르게 내 말에 붙은 낯선 리듬에 당황했다. 난 내 모국어가 월로프어 억양을 갖게 된 사실에 난처해했다.

이런 형국에서, 내가 간신히 그에게 형식적 인사를 건넸을 때 모자를 벗지 않던 생장씨는 나를 이렇게 급하게 고레섬에 있는 자신에게로 달려오게 한 이유가 무엇인지 단도직입적으로 물었다. 이미 세이두 가디오를 통해 알고 있었을 내 대답을 듣기 전, 막 식탁에 앉으려던 참이던 그는 나를 식사에 초대했다. 바다가 보이는 발코니를 끼고 있는 식당으로 가기 위해 그와 함께 가는 동안, 나는 내 초라한 행색이 나를 열등한 지위에 놓이게 할 수 있으며, 이는 마람의 일을 해결하는 데 방해가 될 수 있겠다는 생각이 들었다.

생장의 나이가 나보다 두 배는 돼 보이는 것도 나를 더욱 위축되게 만들었다. 그는 나보다 훨씬 키도 컸고, 체격도 좋았다. 짙은 밤색 머리인 형과 달리 그는 금발 머리를 가지고 있었다. 그의 유난히 옅은 파란색 눈은 그의 무기력한 얼굴에서 유일하게 눈에 띄는 점이었는데, 그의 눈이 주는, 다른 데 가 있는 듯한 인상은 나를 당황하게 만들었다. 그는 손수건을 쥔 왼손으로 모호한 손짓을 하며 맞은편에 내가 앉을 자리를 가리켰다. 그의 속삭이는 명령에 따라 흑인 하인 한 명이 나의 식탁을 차려주었다. 그는 기다리지 않고 나온 수프를 삼키기 시작했다. 그 수프에 큰 덩어리의 빵을 적신 뒤 씹지도 않고 흡입했다. 그는 와인 잔을 채워달라고 할 때에만 나에게 눈길을 주었다.

처음과 같이 모호한 손짓을 하며 생장은 나에게 비꼬는 투로 두 번째 질문을 던졌다.

"아당송씨, 어떤 중대한 일 때문에 이렇게 급하게 저를 방문하시게 된 건가요?"

3년 전, 내가 생루이에서 그의 형제와 함께 배를 타고 고레섬에 왔을 때, 생장은 나를 정중하게 대했다. 분명 세이두 가디오가 마람에 대한 나의 관심을 설명한 방식과 나의 처참한 몰골이 그가 나를 낮추어 보게 만들었을 것이다. 처음 내가 그를 만났을 때, 나는 소박한 젊은 프랑스 학자에 지나지 않았으나 국가적 관점에서 보자면 상당한 존중을 받을 만한 위치에 있었다. 그러나 우리가 두 번째 만났을 때, 나는 흑인으로 분장한 한 명의 백인에 지나지 않았다. 생장은 자신보다 높은 위치에 있는 사람들 앞에선 한없이 비참하게 아양을 떨지만, 자신보다 낮은 지위의 사람에게는 한없이 무자비해지는 부류의 인간이었다. 나는 이제 어쩔 수 없이 그가 내려다보는 낮은 위치에 선 사람이었다.

이미 그의 무례로 폭발해버린 나의 자존심은 그의 질문이 담고 있는 비꼬는 말투를 더 이상 참을 수 없었다. 나를 무너뜨릴 계산으로 던진 그의 질문은 순간, 내가 잃어버렸던 확신을 되찾게 해주었다. 그가 일부러 거친 방식을 선택했기에, 나 또한 그렇게 하기로 했다. 이런 점에선 적어도 우리는 동등할 터이니.

"그녀는 어디 있죠?" 나는 곧바로 물었다.

그는 못 알아들은 척하지 않고, 구두 굽으로 바닥을 치며 나에게 답했다.

"우리 발밑에."

"마람은 그녀에게 추정되는 범죄를 저지르지 않았습니다."

"아, 그녀의 이름이 마람이군요. 그런데 어떤 범죄를 말하는 건가요? 거대한 보아뱀에 눌려서 죽은 흑인에 대한 거라면, 저는 아무 관심이 없어요. 그건 저한테 중요한 일이 아니죠. 하지만, 그 흑인 여자가 내 형을 때려눕혔다면서요. 그가 격식을 갖춰 그녀를 방문하려 했던 자리에서 말이죠. 아당송 씨, 잘 아시겠지만, 그녀는 무죄가 아닙니다."

"그녀를 들라 브뤼에게 돌려 보내실 건가요?"

"흑인들 사이에서, 그 여자는 비너스, 미의 여신이죠. 내 형은 그 점에서 그 여자를 잘못 본 게 아니죠. 물론 당신도 마찬가지. 하지만 그녀가 내 형을 거의 죽일 뻔했기 때문에 형은 그녀에게 질려버렸죠. 형은 내가 그녀를 찾게 될 경우, 나에게 처분할 수 있는 모든 권한을 양도했어요. 나는 그 여자를 미국에 노예로 팔아넘길 생각입니다."

마지막 문장을 말하면서 생장은 머리를 바다로 향한 발코니 쪽으로 돌렸다. 나는 거기서 멀지 않은 곳에 노예선이 있다는 것을 알 수 있었다. 그는 마람을 그 배에 싣기로 결정했던 것이다.

그의 창백한 푸른 눈이 다시 내게로 향했고, 그는 말을 이어갔다.

"루이지아나주의 주지사인 내 친구 반드뢰이에게 그녀를 팔 겁니다. 그는 아름다운 흑인 여자들을 좋아하죠. 특히 반항적인 여자들을. 당신이 이 흑인 여자를 내게서 사고 싶다는 생각을 품고 있다면, 그 값은 당신이 치를 수 있는 범위를 넘어설 거요. 그녀를 사고 싶다면 파리에 있는 당신 집은 물론 당신 부모 집까지 담보로 잡혀야 할테니."

이 대목에서 내가 죽도록 화가 났던 것은 생장이 나를 가난한 상속자로 취급하며 무시해서가 아니라, 내가 마람을 그로부터 사고 싶어 한다고 여겼기 때문이었다. 이런 생각은 나를 소름끼치게 했다. 그녀의 피부 색깔은 자연스럽게 생장 같은 부류의 남자들에게 대서양의 노예무역으로 연결된다는 사실을 나는 까맣게 잊고 있었다. 나의 이러한 망각은 내가 증오하는 남자가 내가 혐오하는 세상의 질서를 환기시키게 만들었다. 생장은 나를 벼랑 끝으로 몰고 싶어 했고, 그가 나의 마지막 요구를 거절하면서 그는 완전히 자신의 작전을 성공시켰다. 분노로 목이 메였던 나는 마람과 이야기할 수 있는지 물었다.

"안됩니다. 아당송씨. 당신은 그녀를 볼 수 없을 겁니다. 우리의 상품이 저항할 기회를 갖게 되는 건 곤란하죠. 그녀는 자신의 운명을 받아들여야 합니다."

내 앞에 가득 채워져 있던 스프 그릇을 집어 그의 면상에 던지려 했을 때 누군가 내 허리춤을 꽉 잡는 것이 느껴졌다. 그의 하인이 내 팔을 강하게 잡아 제압했다. 너무나 세게 잡아서 나는 그가 내 팔을 부수려 한다고 생각했을 정도다. 생장은 그의 흑인 하인에게 나를 놓아주라는 손짓을 하며, 자리에서 일어나 이렇게 말했다.

"그런데 대체 어떻게 흑인 여자와 사랑에 빠질 수가 있죠? 그녀가 당신이랑 잠자리를 했기 때문인가요? 아무튼 따라오세요. 우리는 그녀가 떠나는 걸 보게 될 겁니다."

나는 작은 배가 다가오는 소리와 프랑스어로 말하는 선원들의 목소리를 분명히 들을 수 있었다. 그들은 "노 저어라, 노 저어라, 선원들아, 우리는 로리앙에서 고레까지 간다네, 노 저어라, 노 저어라, 선원들아, 그 담에 우린 고레에서 산토도밍고까지 간다네" 같은 노래를 부르며 노를 젓고 있었다. 이 노래는 내가 지금 전하는 것처럼 이렇게 어설프진 않았다. 하지만 이 가사가 깊은 인상을 심었고, 기억에 남은 가사 내용들은 이러했다.

　이유는 알 수 없지만, 가슴 아픈 내용을 담고 있는 이 노래가 나에겐 소중하게 느껴졌다. 감옥에 갇혀 이 노래를 듣고 있을지도 모르는 마람과 나를 이 노래가 이어줄 것이라 느꼈다. 비록 그녀가 이 노래 가사를 이해하지 못한다 할지라도. 지금 이 순간, 그녀는 여전히 살아있고, 생장이 우리 사이에 놓은 모든 장애물에도 불구하고, 나는 여전히 그녀를 구하겠다는 희망을 품고 있었다. 선원들의 노래 가사에 담긴 것처럼, 자신의 나라로 다시 돌아올 수 없는 노예들의 여행은, 비현실적으로 들렸다. 나는 마람을 사랑했고, 나는 그녀가 나에게서 멀어져, 저 수평선에 의해 삼켜지고 미국 땅의 손아귀에 들어갈 것이란 얘기를 믿을 수 없었다.

생장이 발로 바닥을 두드리며 말했던 것처럼, 마람은 다른 흑인들과 함께 식당 바닥 아래에 있는 감옥에 갇혀 있었다. 나는 고레섬의 총독에게, 그의 세계에 패배했다. 그들의 힘은 만유인력의 법칙만큼이나 강력하고 피할 수 없는 것이어서, 흑인들과 나 같은 백인들의 몸과 영혼을 끌고 다녔다.

식당을 나오며 갑자기 힘을 잃고 비틀거리던 나는 하인의 시중을 받으며 생장의 뒤를 따라 걸었다. 우리는 실내 마당으로 향하는 대칭적 아치형 계단 두 개 중 하나를 따라 내려갔다. 생장의 아파트로 이어지는 두 계단이 시작되는 지점 사이, 정면 중앙에 큰 못들이 박힌 문이 자리하고 있었다. 문 옆에 서 있던 한 경비원이 총독의 명령에 따라 그 문을 열었다. 문을 열자 강한 소변 냄새가 나를 강타했다. 모든 것이 어두웠다. 경비원이 들어갔고, 그가 뛰는 소리가 들려왔다. 그는 20여 미터 떨어진 복도 끝에 있는, 첫 번째 문만큼이나 무거워 보이는 또 다른 문을 열었다. 그 복도 양편으론 높은 철창으로 닫힌 감옥들이 늘어서 있었다. 이 두 번째 문은 바다로 향해 있었다. 신선한 공기의 흐름이 감옥의 불쾌한 냄새들을 우리 쪽을 향해 몰아냈다. 햇빛이 밀려와 그 안으로 침투하려 하였으나 내부는 여전히 어두웠다.

생장은 레이스가 달린 손수건을 코에 대고, 복도로 먼저 들어가 주변을 둘러보지도 않고 반대편 문을 향해 곧장 걸어갔다. 나는 마람의 눈빛을 찾으며 그의 뒤를 따랐다. 나는 철창으로부터 멀리 떨어진 감옥 안쪽에서 뭉쳐진 그림자들만 볼 수 있었다. 문 너머로는 바다로 향한 부두가 있었다. 생장은 그쪽으로 갔다. 나무 판넬 위를 걷는 그의 발소리는 바다를 검게 덮고 있는 바위에 부딪히는 파도 소리에 덮이고 말았다. 바위가 그를 삼키고자 이빨을 드러내고 있는 것처럼 보였다. 경비원의 팔에 어깨가 붙잡혀 있던 나는 그의 뒤편, 부둣가 가장자리에 서 있었다.

노래를 부르며 노를 젓던 선원들은 바람에 실려 생장의 식당 아래까지 왔다. 선원들은 그들의 통나무배를 부둣가에 정박시켰다. 그들 중 네 사람은 총으로 무장한 채로 생장에게 다가왔고, 생장은 검지손가락으로 감옥을 가리켰다. 그들이 내게 가까이 다가오자, 경비원은 한 번에 한 사람만 문을 통과할 수 있다면서 나를 복도 중간으로 물러서게 했다. 총을 어깨에 맨 두 선원은 날 본체만체 지나쳤다. 그들이 감옥 경비원에게 열게 한 첫 번째 철창에선 십여 명의 아이들이 나왔다. 대부분은 벌거벗은 몸이었고, 그중 가장 나이가 많은 아이는 8살, 가장 어린아이는 대략 4살쯤 되어 보였다. 그들은 두 명씩 줄을 지어 손에 손을 잡고 지나갔다. 두 선원 중 한 명이 앞장서고 다른 한 명이 그들 뒤를 따랐다. 그들은 문을 지나갔다. 나는 그들이 비틀거리며 종종걸음으로 걷는 것을 보았다. 분명 바다에 반사된 햇빛에 눈이 부셔서 그랬던 것 같다. 정오의 태양은 그들 발아래 그림자를 삼켜버렸다. 아이들이 부두 끝에 도착하자마자 선원들은 헝겊 인형처럼 가벼워 보이는 그들을 양쪽 겨드랑이로 잡아채서 한 명씩 바다에 던졌다. 그들을 받는 선원들이 있는 다른 배는 선착장의 마지막 판자 너머에 있어 보이지 않았기에 아이들은 마치 물에 던져져 익사하는 것처럼 보였다. 그들이 모두 사라지고 바다가 그들을 삼켜버렸을 때, 경비원은 여성들의 감옥을 열었다.

첫 번째로 나온 사람은 마람이었다. 그녀는 세이두 가디오에게 잡혀 베르나르만을 떠나 고레 섬으로 떠날 때 내가 보았던 모습 그대로 입고 있었다. 그러나 그녀는 전날 밤 머리에 정교하게 묶었던 옅은 노란 천조각을 허리춤에 단단히 두르고 있었다. 그녀가 감옥에서 나와, 그녀를 더 잘 묶고자 하는 경비원의 지시에 따라 팔을 앞으로 뻗었을 때, 나는 그녀와 거의 같은 높이에 서 있었다. 나는 그녀의 아름다운 옆 모습을 볼 수 있었다. 그녀의 왼쪽 측면으로 보이는 볼록한 이마와 바다 빛에 더욱 윤곽이 또렷해 보이는 그녀의 코를 바라볼 수 있었다.

생장은 내가 그녀를 마지막으로 보길 바랐다. 그는 프랑스인이 흑인 여인과 미치도록 사랑에 빠질 수 있다는 사실을 받아들일 수 없었지만, 사랑하는 여자를 다른 남자에게 빼앗기게 되는 원통함이 나를 고통스럽게 할 것이라고는 생각했던 모양이다. 그러나 나를 그 무엇보다 절망에 빠뜨린 것은, 그녀가 자신을 희생하듯 운명에 굴복하며 자신의 팔을 쇠사슬을 향해 뻗고 있는 모습을 지켜봐야 하는 것이라는 사실을 그는 알 수 없었을 것이다.

순간 나는 본능적으로 마람의 팔에 쇠사슬을 매려는 간수를 향해 몸을 던져 그를 쓰러뜨렸다. 내 뒤에서 몸을 붙잡고 있던 생장의 하인은 그런 나를 제지할 수 없었다. 그리고 혼란해진 틈을 타, 나는 마람의 손을 잡고 우리 앞에 열려 있는 유일한 장소, 부둣가로 향한 문을 향해 그녀를 이끌었다. 우린 잠시 서로를 품에 안았고, 그녀의 오른손과 내 왼손이 서로를 맞잡고 달려 그 문을 통과했다.

우리가 함께 달렸던 그 몇 초의 시간 동안, 나는 행복했다고 생각한다. 내 손을 꽉 잡은 마람의 따뜻한 손은, 그 어떤 사랑의 말, 감미로운 시선 혹은 열정적인 포옹보다도 격한 감정

을 내 마음 속에 불러 일으켰다. 죽음에서 살아 돌아온 사람들이 흔히 묘사하는 그런 느낌이랄까.

생을 마감하려는 순간, 나의 정신은 지난 모든 삶의 기억들을 빠르게 훑고 지나가는 대신, 그녀와 함께하는 행복한 상상의 시간에 머물렀다. 꽃피우지 못한 강렬한 희열의 순간에 대한 순간적 애착이랄까. 차이를 증오하는 세상이 우리의 사랑을 향해 던질 환멸과 쓰라림으로부터 자유로운 결합을 나는 잠시 꿈꿨다.

마람과 나는 돌아올 수 없는 여행의 문을 막 통과했다.

나는 달리는 도중 두 명의 선원들을 밀쳤고, 나를 향한 총성이 울렸을 때 우리는 부두의 끝에 거의 도달해 있었다. 나를 향한 총알이 비껴간 것은 하늘이 정해 놓은 운명이었을까? 우리의 달음박질의 동력에 실려 있던 마람은 나처럼 선착장 끝에서 엎어지지 않고, 아이들 노예로 가득 찬 작은 뱃머리를 스치며 물속에 빠져 들어갔다. 나는, 바닷물 속에 빠져들어 갔다가 다시 수면 위로 떠오르고 거품을 몰고 오는 파도에 의해 공중에 내던져진 뒤, 저 멀리 떨어지는 그녀의 모습을 보았다. 그녀는 움직이지 않았고, 그녀의 몸을 덮기 시작한 붉은 거품 속에 누워있었다.

난 바다에 뛰어들고 싶었다. 그녀를 구하기 위해서라기보다 그녀와 함께 죽고자 몸을 던지려 했다. 바다에 몸을 던지자

마자 난 부둣가 바닥에 고꾸라지고 말았다. 그 자리에서 내 목은 굳어버렸고, 누군가 무릎으로 내 등을 짓누르는 것이 느껴졌다. 그때, 대서양 바다가 그녀를 삼키기 직전, 무지갯빛 거품 속에 갇힌 채 빛나는 마람의 옆모습을 본 게 마지막이었다. 파도의 찰랑이는 소리와 잔물결 속으로 그녀의 모습은 그렇게 사라졌다.

생장은 '상품'을 잃게 된 것에 노발대발하면서, 날 비웃고 내게 굴욕감을 주려고 했다. 하지만 나는 아무것도 느낄 수 없었다. 그 어떤 굴욕도 내게 영향을 미칠 수 없었다. 난 나의 고통 속에 웅크리고 있었다. 왜 난 간수를 밀치고, 마람의 손을 잡았던 걸까? 난 나의 덧없는 사랑의 죽음에 책임이 있었다. 나의 분별없는 행동은 이기적이었다. 난 생장과 같았다. 그녀를 소유하려 했던 것이다. 나는 스스로를 정당화하기 위해 그녀가 자신의 손을 내게 맡겼다는 사실에만 매달렸다. 그 순간 마람은 우리가 함께 죽음으로 향해 달려가는 것을, 우리가 운명을 함께 하는 것을 받아들이는 것처럼 보였다. 하지만 그것이 사랑의 증거였을까? 나만의 감정을 그녀에게 주입한 것은 아니었을까? 그녀는 결혼 행진을 위해 자기 손을 내게 맡겼고, 우리의 행진은 장례 행진으로 끝이 났다. 나의 광기는 오르페우스가 유리디스에게 그랬던 것처럼 그녀를 지옥으로 보냈다.

나는 수많은 모순되고 쓰라린 감정의 포로가 된 채 넋이 나가 있었기에, 날 모욕하려는 생장의 어떤 시도도 내겐 아무런 영향을 미치지 못했다. 내 정신은 마치 놀란 나머지 영영 껍질 안에 들어가 불꽃 속에 던져져도 나오지 않을 해변의 바다거북 같았다.

모든 노예들이 노예선에 실리고 난 뒤, 나는 생장의 식당 아래 있던 여자 노예들의 감옥에 갇혔다. 나는 마람이 불과 몇 시간 전까지 갇혀 있었던 그 불결한 공간의 어둠 속에 갇혔다. 생장의 판단은 정확했다. 세상의 그 어떤 공간도 이보다 더 나를 잔인한 고통 속에 잠기게 할 만한 장소는 없었다.

불쾌했고, 몹시 더웠다. 그곳에 갇혀 있던 모든 겁에 질린 아이들의 소변과 배설물의 자극적 냄새가 옆 감옥으로부터 올라왔다. 바닥에 스며들고, 벽에 스며든, 위로할 수 없는 고통의 악취들, 미쳐버린 여인들이 내지른 비명의 침전물, 어머니로부터 훔쳐진 아이들, 자매들을 위해 우는 형제들, 조용한 자살들이 만들어낸 그 모든 악취가 나를 질식 시킬 것만 같았다. 나는 맨발로 진흙탕에 미끄러져 넘어지지 않기 위해 감옥의 철창을 붙잡고 서 있었다. 생장은 일부러 내가 있는 감옥을 청소하지 말라고 지시했다. 나는 곧 쥐들이 내 발을 스치는 것을 느꼈고, 그것들이 어쩌면 마람을 물었을지도 모른다는데 생각이 미치자 울음을 터뜨렸다.

하지만 최악은 내가 더 이상 나 자신을 알아볼 수 없다는 사실이었다. 나는 이성을 잃었다. 왜 나는 그토록 지각없는 행동으로 그녀를 구하려 했던 걸까? 나는 단지 출발을 늦출 방법을 찾아야 하지 않았을까? 차라리 생장에게 반드뢰이가 지불하려는 돈의 2배를 줄 수 있다고 말하는 게 낫지 않았을까? 마람에 대한 음탕한 욕망을 연기하는 것은 어땠을까? 고레 총독을 웃게 만들었을, 그리고 끝내는 욕정을 가진 남자로서의 연대감이 그로 하여금 나를 돕게 했을지도 모를 연기를 하는 것은? 결국 마람을 살릴 수만 있었다면, 그 수단이 중요했겠는가? 하지만 나는 냉정한 이성을 유지하면서, 고레 총독의 비열함을 이용할 계획을 세우는 대신, 그녀가 사슬에 묶이기 위해 손을 내미는 것을 보고 불같은 감정에 휩싸여 내 몸을 던지고 말았다.

나는 그녀의 제스처를 포기로, 그녀가 저지르지 않은 범죄를 인정하는 것으로 해석했다. 소르 마을로 돌아갈 수 없다고 체념하고, 가족의 명예는 이미 그녀의 실수로 인해 돌이킬 수 없이 훼손되었다고 느끼며 그녀는 노예가 되는 것이 당연하다고 생각했다고 본 것이다. 하지만 그녀는 대서양 건너편에서 무엇이 자신을 기다리고 있는지 알고 있었을까? 많은 다른 흑인 노예들처럼, 자신이 백인들을 먹이기 위한 도살장으로 끌려간다고 생각했을까? 고향으로부터 멀리 떨어진 곳에서의 죽음에 대해 그녀는 무관심했을까? 나는 생 도밍고의 사탕수수밭이나 생장의 친구, 루이지아나 주지사 반드뢰이의 침대에서 그녀를 기다리고 있는 것이 무엇인지 너무나 잘 알고 있었다.

생장은 나를 그 감옥에 반나절 이상 감금하지 않았다. 동정심에서가 아니라, 나를 더 이상 가두어 놓는 것이 자신의 이익에 반하는 것임을 잘 알고 있었기 때문이다. 나는 그의 약점을 쥐고 있었다. 따라서, 그는 사랑에 빠진 흑인 여성을 구하기 위한 나의 미친 시도를 프랑스에 보고하지는 못할 것이다. 내가 그의 약점을 그의 상관들에게 폭로할 경우, 그가 감수해야 할 위험은 제법 큰 것이었다. 아름다운 노예들을 비싼 가격에 팔아 제 몫을 챙기는 것은 분명 그를 총독 자리에서 내쫓을 만한 이유는 되지 않을 것이다. 그것은 고레섬의 총독들에게는 용인될 수 있는 관행이었을 테니까. 하지만 그런 일은 그의 경력을 위태롭게 할 수 있었다. 그가 차지하고 있는 명예로운 직책을 노리는 경쟁자들에게, 그가 세네갈 조계지를 대신하여 개인적 부를 취했음을 증언할 수도 있는 '분노한 증언자'를 만드는 것은 그리 현명한 정치적 전략이 될 수 없었다. 그가 취한 수입으로 인해 발생한 손실이 얼마든 그 시절에 프랑스 국

왕의 자산을 축낸다는 것은 무거운 징벌을 피할 수 없는 일이었다.

아마도 생장은 자신이 마람을 자신의 친구 반드뢰이에게 팔아넘길 거라고 나에게 너무 많이 떠벌린 것을 후회했을 것이다. 나를 석방한 후, 그가 나중에 내게 보내온 편지를 통해서 그러한 사실을 확인할 수 있었다. 그는 편지에서 내가 이성적인 인간으로서 행동하지 않았으며, 한 흑인 여성을 향한 나의 불행한 열정이 세상에 공개될 경우, 나의 아카데미 회원으로서의 경력에 전혀 도움이 되지 않을 것이라고 단언했다. 그는 내게 내린 4시간의 형벌로 내가 책임져야 할 손실에 대한 형벌은 충분하다 여긴다고도 했다. 나를 감옥에 가둔 것을 매우 유감스럽게 생각하지만, 그의 권위를 지키기 위해서 또 모든 사람 앞에서 바람직한 모습을 보이기 위해서 그리 행한 것이라 변명했다. 그리고 내가 프랑스에 돌아갔을 때, 고레섬에서 이뤄지는 훌륭한 행정에 대한 좋은 평가를 써 줄 수 있다면, 그와 나 사이에는 아무런 빚이 없을 것이라고 편지를 마무리했다. 여기서 그가 말하는 '훌륭한 행정'이란 고레섬에 노예들을 집결시켜 바다 건너로 떠나게 하는 일로 그가 세네갈의 프랑스 조계지에 제공한 수익을 가리킨다. 내가 세네갈에 있었던 시절, 매년 대략 400명의 영혼들이, 그렇게 팔려 갔다.

그리하여 나는 내 운명의 비참함에 대해 생각할 겨를도 없이 석방되었다. 내가 감옥에 더 오래 있었다면, 흑인 여인을 사랑했던 까닭에 아카데미 회원으로서의 미래를 망쳐버린 나의 행동에 대해 부모님에게 설명해야 하는 고단함이 내 고통을 더 가중시켰을 것이다. 아버지는 나를 사랑하셨지만, 나의 행동을 받아들일 수는 없었을 것이고 내 어머니도 나를 용서하실 수 있었을지 확실치 않다.

생장은 가장 빠른 길인 그랑 코트를 통해 생루이로 돌아가라고 내게 명했다. 나는 그의 명을 받아들였다. 그 길은 은디악이 은데로부터 돌아오는 길이기도 했기 때문이다. 은디악은 왈로족의 왕인 그의 아버지에게 마람을 구해달라 청하기 위해 그 길로 떠났었다.

육지에 도착했을 때, 나는 해변에서 나의 무장한 호위병들과 짐꾼들을 다시 만났다. 아무도 세이두 가디오가 어디 있는지 알지 못했거나, 그가 어디 있는지 말하려 하지 않았다. 그와 함께 사라진 내 말의 소재를 아는 이도 없었다. 그들의 시선은 나를 피하고 있었다. 그들의 눈에는 분명 내가 이상하리만치 더럽고 헝클어져 있었으며 옷은 넝마가 되어있고, 눈은 미친 사람처럼 넋이 나가 있었을 것이다. 하지만 내가 죽고 싶어할 만큼 절망에 빠져 있다는 걸 감지했던지, 그들 중 누구도 날 놀리려 하지 않았다.

몰골 따위엔 아무 신경도 쓰지 않았던 나는, 그들에게 그랑

코트에 있는 요프 마을로 나를 인도하라고 지시했다. 은디악도, 세이두 가디오도 없는 우리 일행은 8명 뿐이었다. 나는 날 기다려주느라 최대한 천천히 걷고 있는 7명의 흑인들 뒤에 한참 떨어져 걸었다. 우리가 크람프사네 숲을 지날 때, 온통 회한에 휩싸였던 나는 발을 질질 끌며 천천히 걸었다. 야자수와 대추나무들 사이에서 길을 잃고 서 있는 한 흑단나무를 발견하였을 때, 나는 그 나무 밑의 땅을 자세히 살폈다. 어쩌면 뿌리가 드러나 있는 바로 이 나무에 에스투판 들라 브뤼의 배에서 탈출한 마람이 죽음을 기다리며 지친 몸을 기대지 않았을까? 어쩌면 바로 이 아래에 마람은 치유사 마-안타의 조개 부조가 새겨진 지팡이를 묻지는 않았을까? 마람이 들려준 이야기 조각들이 내 기억 속에 밀려 들어왔다. 마람을 위한 상상의 지도가 현실을 대신했다. 나는 요프로 향하는 길보다 마람의 이야기가 들려주는 길을 따라 흑단나무에서 또 다른 흑단나무를 따라 걸었다.

  마침내 긴 하루 동안의 방황 끝에 우리가 요프 마을에 도착했을 때, 캡베르로 가는 첫 여행지에서 인사를 나눈 적 있는 마을 대표가 나를 반갑게 맞아주었다. 마을 대표 살리유 은도예는 나와 마주친 모든 사람이 그러했듯, 나를 보고 기겁하는 눈치였다. 그때 나는, 혼자 조용히 고통을 곱씹을 수 있도록 사람들이 날 내버려 두게 하려면, 오히려 씩씩한 표정을 짓고 있어야 한다는 사실을 깨달았다. 그리하여 나는 마람이 내게 준 이후로 쭉 걸치고 있던 옷들을 마침내 벗어버렸다. 내게는 그것을 정성껏 빨아서 짐 속에 정리해 둘 정도의 정신은 있었다. 나는 몸을 씻고 면도를 하고 옷을 갈아 입었다. 나는, 마치 의지는 조금도 개입되지 않고, 기계 장치에 의해 움직이는 보캉송[29]의 자동화된 기계가 된 것처럼 움직이고 있었다. 우리를 맞이해준 살리유 은도예는, 예전에 봤었던 순진하고 호기심 많으며 사교적이기까지 했던 쾌활한 청년 미셸 아당송이 이제는 더 이상 같은 인물이 아니라는 사실을 알아본 첫 번째 사람이었다.

  거의 실어증에 걸린 듯 무기력해진 나였기에, 더 이상 그 무엇도 내 흥미를 끌지 못했다. 희귀한 식물에 대해서도, 오프 마을 근처의 아름다운 자연에 대해서도 호기심이 일지 않았다. 나는 더 이상 바다를 바라볼 수 없었다. 바다가 마람을 데려간 이후, 나는 바다를 증오했다. 나중에 어떻게 배를 타고 프랑스로 귀환할 수 있을까 염려했을 정도로 바다가 끔찍했다. 언제나 나를 고통스럽게 했던 배멀미는, 나 자신을 파괴한 영혼의 파도에 비하면 아무것도 아니었다. 내가 프랑스로 귀

---

[29] Jacques Vaucanso (1709-1782) : 프랑스의 엔지니어, 발명가, 프랑스 과학 아카데미 회원. 자동 플룻, 탬버린 연주 기계, 자동 오리, 자동 실크 방적기 등을 발명했다.

환하게 될 때 조금이라도 나아질 수 있기를 바랄 뿐이었다. 나는 추위가 그리웠다. 축축한 덤불숲의 냄새도 버섯 향도 그리웠다. 내 나라의 들판과 도시에 울려 퍼지는 일상의 리듬을 조율해 주는 종소리도 그리웠다.

인류라는 종족 전체가 증오스러웠고 나 자신도 혐오스러웠다. 지속되는 분노가 세상에 대한 나의 시선을 가렸다. 마을 대표인 살리우 은도예는 세네갈인들이 공통으로 가지고 있는 현명함으로 내가 저지르고 있는 무례가 고의가 아님을 간파한 것 같았다. 그래서 그는 별로 불쾌히 여기지 않는 듯했고, 오히려 내가 숙소에서 조용히 지낼 수 있도록 배려해 주었다. 사흘 밤이 지나서야, 나는 제정신을 차렸다. 나흘째 되는 날 아침, 우리 일행은 요프를 떠나 해변을 따라 북쪽에 있는 생루이 섬을 향해 직진했다.

나는 왜 더 일찍 떠나지 않았을까? 나는 스스로를 책망했다. 이기심에 사로잡혀 있던 난, 은디악이 나 때문에 더 먼 여행을 하게 될 수 있다는 사실을 잠시 망각하고 있었던 것이다.

내가 예상했던 대로, 우리가 요프 마을을 떠난 지 이틀째 되는 날, 나는 해변 저편에서 우리를 향해 오고 있는 은디악을 발견할 수 있었다.

그는 말을 타지 않고 도보로 걸어오고 있었다. 키가 크고 호리호리한 그의 모습은 금방 눈에 띄었다. 내가 그를 처음 만난 이후, 그의 키는 매우 빠르게 성장했지만, 몸집은 그대로였다. 그의 푸른색 옷은 바람에 부풀어 오른 작은 돛처럼 그의 몸을 겉돌며, 그를 바람의 앞뒤로 끌고 다녔다. 그는 고통스럽게 걷고 있었다. 게다가 가늘고 긴 팔로 가슴에 꼭 부여안고 있는 갈색 물체가, 비틀거리며 걷는 그의 고집스런 발걸음을 더욱 느리게 만들고 있었다. 나는 그를 향해 달리기 시작했고, 이윽고 좀 더 선명하게 그를 볼 수 있었다. 초라한 모습이었다. 옷은 더러웠고, 그가 그토록 자랑스러워하던 노란 모로코식 승마 부츠에는 커다란 갈색 얼룩이 묻어 있었다. 그가 자는 아이를 안듯, 팔로 꼭 안고 있던 것은 바로 카요르 국왕이 메케마을에서 그에게 주었던 영국산 말 안장이었다.

우린 아무런 말도 없이 서로를 마주 바라보며 서 있었다. 은디악과 나는 서로의 몰골을 바라보며 각자가 겪은 슬픔을 지레짐작할 수 있었다.

우린 울타리의 잔해들이 바람에 실려 해변에 흩어져 있는 쾨르 다멜의 임시 마을에서 상봉했다. 모래 위에 커다란 천을 깔고, 우리는 그 위에 바다를 등지고 앉았다. 지난밤부터 아무것도 먹지 못했던 은디악은 내 말을 경청할 힘을 얻기 위해 사탕수수를 빨았다. 나는 그에게 고레 섬에서 죽음을 맞이한 마람의 이야기를 들려주었다. 내 이야기가 끝났을 때 그의 눈에는 눈물이 고여 있었다. 우리는 잠시 침묵을 지켰다. 이윽고,

은디악은 잊을 수 없는 말을 꺼냈다.

"삶은 정말 이상해요. 고작 7일 전, 이 쾨르 다멜 마을은 우리에게 완전히 무관심한 곳이었어요. 오늘 이곳은 우리 모두의 불행이 시작된 곳이 되었네요. 인생의 길을 가던 사람들은 운명의 교차로에서 서로 멀어지고 그곳을 지나간 후에야 거기가 갈림길이었다는 걸 알아차리죠. 쾨르 다멜 마을은 우리의 운명의 길 가운데 놓여 있던 교차로였네요. 세이두 가디오와 내가 당신을 벨 마을이 아닌 요프 마을에 싣고 갔더라면. 당신은 죽었거나, 마람 아닌 다른 사람이 당신을 살렸겠죠. 요프에서 당신이 회복하는 동안, 우리를 앞질러 벤 마을에 갔을 바바 섹은 마람이 길들인 거대한 뱀에 의해 이미 죽었을지도 모르죠. 그녀에게 자기 삼촌의 시체를 사라지게 할, 이를테면 크람프사네 숲 한구석에 묻어두거나 혹은 마당에 파묻을 시간이 있었다면, 벤 마을의 누구도 그가 누군지 몰랐겠죠. 그러면 세이두 가이오도 자신의 총을 되찾을 기회가 없었을 거고, 그럼 마람도 아직 살아 있을 테고… 나는 무자비한 왕인 제 아버지에게 헛되이 사면을 청하러 가는 일도 없었겠죠."

은디악의 말을 듣고 이번에는 내가 울었다. 우리의 등 너머로 밀물과 썰물에 의해 이리저리 휘저어진 작은 조개 껍질들이 부딪히는 소리가 들려왔다.

우리를 방해하지 않으려 멀찌감치 앉아 두런두런 얘기 나누는 호위병들의 말소리가, 모래바람을 일으키며 회오리치는 바다 바람에 실려 우리에게까지 되돌아왔다.

은디악이 말한 우리 운명의 우연에 대해 한참을 몽상하던 끝에 나는 그의 말이 어디에 있냐고 물었다. 세이두 가디오가 내 말을 훔친 것처럼, 누군가 그의 말을 훔치기라도 한 것일까? 은디악은 은데로 가기 위해 벤 마을을 떠나서 거의 쉬지 않고 달리던 날 아침, 한참 말을 타고 가던 중 그의 말이 완전히 기진맥진해 쓰러졌다고 답했다. 그의 말, 마펜다 팔이 쓰러졌을 때, 은디악은 그나마 모래밭에 던져져 낙상의 충격을 줄일 수 있었다. 그는 말 안장을 벗겨내기 위해 온갖 개고생을 다 했다. 안장을 풀기 위해, 그는 말의 배를 가를 수 밖에 없었는데, 그때 사방에 튄 핏자국이 그의 부츠에 얼룩이 되어 말라 있었다.

은디악에게 자기 어머니의 이름을 붙인 그 말이 얼마나 소중한 존재였는지 잘 알고 있었기에, 사랑하는 말의 비극적 종말을 차분하게 서술하는 그의 태도에 나는 적잖이 놀랐다.

"나는, 그 말을 위해 울지 않을 거예요. 내가 떠나온 세상에 대해 후회하지 않는 것처럼요." 그가 덧붙여 말을 이어갔다. "내가 아버지에게 마람을 사면해 달라고 간청했을 때, 아버지는 '그것은 너의 일이 아니며, 만약 그녀가 너에게 그토록 소중한 존재라면 들라 부뤼로부터 그녀를 사들이면 될 일'이라고 말했어요. 우리의 대화는 거기서 더 나아가지 않았어요. 왈로국 왕의 말은 그 자체로 변경될 수 없는 거거든요. 내가 가진 두 가지 재산이 말과 안장이었기에, 나는 그 둘 중 하나를 캡베르에 가면 좋은 가격에 팔 수 있을 거라고 생각했어요. 그 돈으로 마람을 살 수도 있었겠죠. 이제 말을 잃었지만, 카요르 왕이 준 안장이 여전히 남아있네요. 나는 이 안장을 너무 오랫동안 팔에 들고 다녔어요. 하지만 이 안장은 이제 아무 쓸모가 없어졌어요. 이걸 당신에게 줄게요, 아당송."

은디악은 담담하게 말했다. 그는 교묘하게 장난을 치고 싶을 때 흔히 그랬듯이 눈을 깜빡이지도 않았다. 그는 자신이 약속한 새로운 삶에 미소 지었다.

"내 말은 한 젊은 여인을 노예의 운명으로부터 구하려다 죽었어요. 그는 아름다운 죽음을 맞은 거죠. 카요르 왕은 그 말을 백인이나 무어인으로부터 얼마에 샀을까요? 10명의 노예의 값을 치르고? 내 자만심을 부풀리기보다 날 수치스럽게 만든 그 선물에 어머니 이름을 붙이지 말아야 했어요. 나는 그 사실을 아버지를 본 직후 깨달았어요. 그래서 난 왈로 왕국을 떠나 카요르 왕국으로 가기로 결정했어요. 당신 말고 이 사실을 알고 있는 사람은 어머니 뿐이에요. 어머니는 나를 축복해 주셨어요. 그렇지만 나는, 카요르 왕국의 궁정에 불필요한 입 하나를 더 늘리는 일 따위는 하고 싶지 않기에, 음불이나 메케에는 가지 않을 거에요. 나는 피르 구레예[30]에 갈 거예요. 거기서 나는 지혜에 도달하기 위해 코란을 공부할 거예요. 그곳은 이 나라에서 유일하게 노예를 사고 파는 것이 금지된 곳이에요. 피르 구레예에서 말 한 마리는 마람 같은 젊은 청년의 자유와 맞먹지 않아요. 부디 위대한 이슬람 원로께서 내가 제자가 되는 걸 받아주시면 좋겠네요".

이렇게 말한 후, 은디악은 자신의 부츠를 벗고, 오른손을 티끌 하나 없는 정갈한 모래 속에 담갔다. 그는 한 움큼의 모래를 집어 얼굴과 손, 발에 문지르며 모래로 목욕재계하고 일어섰다. 그의 머리는 땅을 향하고 손바닥은 하늘을 향했다. 그는, 짧은 황혼이 그의 등 뒤에서 붉게 물드는 동안 신에게 긴 기도를 올렸다.

---

30 Pir Gourèye : 세네갈 북서부에 위치한 도시로 과거 카요르 왕국(1549-1886)의 영역에 속한다. 1603년 이슬람 대학이 세워진 이후, 이슬람 성전 교육으로 정평이 난 소도시다. 앞선 여행길에서 카요르 왕으로부터 말과 안장을 선물 받은 직후, 은디악은 이 피르 구레예라는 마을은 왕을 비판하는 반란자들의 마을이라며 카요르 왕의 심기를 거스르지 않기 위해서는 가서는 안된다고 아당송을 설득했던 바 있다.

다음날 아침 일어나보니 은디악은 가고 없었다. 은디악과 만났던 바로 그 모래 해변 위에 우리 일행은 캠프를 차렸다. 지난밤 화덕의 불빛이 서서히 꺼져가는 동안 우리는 마지막 식사를 나눴고, 그는 마람을 잃은 나의 슬픔을 위로하려 애썼다. 내가 잠든 사이에 은디악은 작별 인사도 없이 새벽길을 나섰다. 우리 짐꾼 중 한 명의 증언에 따르면, 그는 대서양을 등지고 동쪽으로 떠났다고 한다. 그가 내게 말했던 것처럼 피르구레예로 간 것이다.

그와의 이별은 마람과의 이별 못지않게 내게 아픔으로 다가왔다. 마치 마람에 이어 은디악이 죽음을 맞은 것처럼 느껴졌다. 그날 이후, 내 머릿속에서 두 사람은 비현실의 세계, 꿈속을 여행하는 존재가 되었다. 이후로도 어떤 갈림길을 지날 때마다, 나는 상상속에서 불현듯 그들의 모습을 떠올리며 일

렁이는 내 감정을 추스렸고, 그럴 때마다 그들은 조금씩 내게서 멀어져갔다.

  나는 머리가 텅 빈 것만 같았다. 더 이상 그 무엇에도 관심을 가질 수 없었다. 생루이로 돌아가는 길 해변을 따라 얼마든지 수집할 수 있었던 식물도, 새도, 조개도 더 이상 내 관심을 끌지 않았다. 제아무리 아름답고 흥미로운 지역을 여행한다고 해도, 그곳을 여행하는 동안 우리 자신이 꿈과 열망, 희망으로 채워져 있지 않다면, 그 여정은 아무런 의미가 없다는 사실을, 나는 절실히 깨달았다. 그때부터 (세네갈에 있는) 바오밥, 흑단나무, 야자수들은 (유럽에 있는) 떡갈나무, 너도밤나무, 포플러, 자작나무를 다시 보고 싶다는 욕망을 불러일으켰다. 아프리카 땅에 있는 그 무엇도 더 이상 내 흥미를 끌지 못했다. 나는 그림자를 삼켜버리는 강렬한 아프리카 태양의 잔인함에 질려버렸다. 세네갈에 도착하였을 때, 아름답고 새롭고 경이롭다고 느껴지던 모든 것들, 사람들, 과일들, 식물들, 낯선 동물들, 곤충들, 파충류들은 더 이상 나를 매혹하지 못했다. 나는 이제 아침 안개의 상쾌함, 숲속 버섯들의 향내, 산속을 흐르는 계곡들이 그리워졌다. 나는 오직 프랑스로 돌아갈 생각만 하게 되었다.

  생루이 섬으로 돌아온 후, 나는 거의 외출하지 않았다. 에스투판 들라 브뤼도 내게 만남을 청하지 않았다. 그의 동생은 분명 그에게 벤 마을과 고레 섬에서 있었던 일에 대해 편지를 썼을 테지만, 들라 브뤼는 나로부터 마람에 대해 듣는 것을 원하지 않을 터였다. 그가 내게 요구했던 카요르 왕국에 대한 첩보 임무에 대해선, 나는 은디악이 내게 남긴 영국산 안장을 그에게 보내는 것으로 갈음했다. 이 안장은 카요르 왕의 선물이며, 이는 그가 영국인, 프랑스인 모두와 두루 잘 거래하고 있음을 뜻한다는 간단한 메모를 같이 보냈을 뿐이다. 에스투판 들라 브뤼가 내가 전한 이 정보를 어떻게 처리했는지 알 수 없으나, 내가 세네갈을 떠난 지 5년 후. 영국은 생루이와 고레 섬을 점령했다.

  나만큼이나 나의 프랑스 귀환을 간절히 바라던 에스투판 들라 브뤼는 내게 생루이 요새 근처에 작은 실험용 정원을 마련해 주었다. 이윽고 나는 파리 왕립과학아카데미의 스승들인 쥐시유(Jussieu) 형제들이 내게 보내온 씨앗들을 그 정원에 심어 프랑스의 식물과 과일들을 그 정원에 적응시키는 일에만 몰두했다. 나를 프랑스와 이어준 이 정원 덕분에 마람과 은디악을 잃은 슬픔은 서서히 고향에 대한 향수로 자리바꿈하게 되었다.

  한동안 식물에 대한 묘사를 중단하고, 사람들을 만나는 동안, 나는 초기의 열정을 되찾으며 조금씩 자연 탐구에 대한 흥미를 되찾을 수 있었다. 나는 점차 일에 대한 습관을 되찾게 되었고, 마침내 망각이 주는 위안을 거기서 발견하며 열정적으로 식물학 연구에 매진할 수 있었다. 바로 이 시기에 나는 자연백과사전 프로젝트를 구상할 수 있었고, 나의 모든 지적 활동은 밤낮으로 그 일에 바쳐지게 되었다.

새롭게 몰두하게 된 관심사에도 불구하고 때때로 검은 우울의 그림자가 나를 덮쳐 오기도 했다. 우울한 감정은 불쑥불쑥 날 침범해, 난 거기서 벗어나기 위해 오롯이 내 모든 감각에만 집중해야 했다. 마람을 연상시키는 감각적 인상에 사로잡히면, 난 그것을 제거하려 했고 그게 가능하지 않을 땐 무시하려고 애썼다.

프랑스로 떠나기 5주 전, 나는 마지막으로, 프랑스의 식민지 조계가 교역을 위해 요새를 구축해 놓은 포도르 마을까지 세네갈 뱃길 여행을 떠났다. 강 하구에서부터 강의 굴곡을 따라가며 뱃길을 지도로 그려내는 일과 왕의 정원에 보낼 희귀한 식물들의 씨앗을 채집하는 것으로 이번 여행의 임무를 정했다. 난 때때로, 우리 통나무배를 젓는 원주민 선원들- 이들은 종종 프랑스인들을 위한 통역사 역할도 하곤 했다- 에게 지형조사를 위해 혹은 수렵이나 채집을 위해 배에서 내려달라 청하곤 했다. 나는 동식물 묘사에 몰두했다. 백과사전에 그 모습을 묘사한 판화를 싣기 위해서 정확히 표현하고자 했다.

생루이에서 떨어져 있는 이 강가에는, 유럽 선원들에겐 인어의 신화처럼 여겨지게 된 하마나 해우(海牛)같은 대형동물들이 많이 서식하고 있었다.

여행의 중반까지는 어떤 특별한 일도 일어나지 않았다. 우리가 탄 교역용 통나무배는 심한 역류 때문에 거의 앞으로 나아가지 못하고 있었다. 기다림에 지친 나머지, 나는 세네갈강 왼쪽 강변에서 대부분의 시간을 보냈다. 원주민 어부 선원의 안내를 받아 털과 깃털이 달린 모든 동물을 사냥했다. 희소한 꽃들을 채집하고, 그것들을 내 식물 표본으로 사용하기 위한 준비도 게을리하지 않았다. 그러면서 나는 점점 이러저러한 기분 전환 거리를 찾아 빠져들어 갔다. 나는 더 이상 마람을 생각하지 않을 수 있게 됐다. 그러던 어느 날 늦은 오후, 그녀는 나를 뒤흔드는 날카로운 자극을 통해 내 마음속에 불쑥 나타났다.

우리의 생각을 자극하는 것 중, 그 어느 것도 온전히 비물질적인 것은 없다. 우리의 생각은 대개 우리의 감각들이 이러저러한 자극을 받아 느끼게 된 결과인 경우가 대부분이다. 하여 난 갑자기 그녀가 내 기억 속에 들이닥친 이유를 헤아려 보았다. 잠시 시간이 흐른 후, 나는 그녀를 떠올리게 한 원인이 어떤 동물도, 이 덤불 숲속 식물도 아닌, 소르 마을의 것과 거의 같은 냄새를 가진 유칼립투스 나무껍질이 타고 있는 냄새라는 것을 알아챘다. 마람이 벤 마을의 오두막 희미한 불빛 아래 앉아서 자신의 이야기를 들려주었을 때, 기하학적 문양이 새겨진 작은 토기에서 피어오르던 유칼립투스 나무껍질 타는 냄새, 바로 그 냄새가 어디선가 풍겨오고 있었다. 불현듯이 떠오른 그 기억들이 날 슬픔의 현기증에 사로잡히게 했다. 난 급기야 바닥에 쓰러져 오열했다. 마람을 고레 섬에서 잃었던 바로 그 순간에도, 차마 표현할 수 없었던 방식으로 난 온몸을 구르면서 있는 힘껏 통곡했다. 바로 옆에서 날 지켜보는 선원들의 시선에도 아랑곳하지 않고.

    나는, 여전히 마람을 떠오르게 하는 어떤 종류의 감각에도 사정없이 휘둘렸다. 난 세네갈을 떠나기 전까진, 내가 그녀에 대한 고통스러운 기억에 끊임없이 시달릴 것임을 깨달았다. 그때 내가 있던 곳은, 생루이로부터 멀리 떨어진 강변의 한가운데였다. 난 깊은 회한과 뿌리서부터 잘려버린 내 사랑, 그리고 이제는 포기해야 할 희망의 포로가 되어 버렸다. 마람과 난, 각자가 속한 세계의 편견 때문에 그녀가 아직 살아 있었다 하더라도 함께 사는 것이 불가능했을 것이다. 나아가 신 앞에서나 사람들 앞에서, 우리는 온전히 결합할 수 없었을 거라는 잔인한 생각마저 들기 시작했다. 나의 격정적 통곡의 발작이 지나가자 나의 슬픔은 갑자기 엄청난 분노로 돌변했다.

    파괴적 분노에 사로잡힌 난, 이놈의 유칼립투스 나무껍질이 타는 냄새를 없애기 위해서라도 여기 수천 그루의 나무와 풀, 꽃들이 온통 불에 타는 냄새로 뒤덮혀 버렸으면 하는 생각에 사로잡혔다. 분노에 눈이 뒤집힌 나는, 그 밖의 이 잔인한 기억을 떨쳐낼 어떤 방법도 떠오르지 않았다.

농지를 비옥하게 하려고 땅을 불태우는 화전(火田)의 풍습은 세네갈에서도 흔히 사용되는 방법이었다. 나와 함께 있던 선원은 농부이기보다 어부였지만, 내가 불이 크게 번져 가도록 불을 일으키는 모습을 보고도 그리 놀라지 않았다. 나는 그의 도움으로 수 헥타르에 이르는 덤불 숲에 불을 질렀다.

우리는 땀으로 흠뻑 젖었다. 해 저물 무렵의 숨 막히는 더위는 주변의 치솟는 불길로 더욱 가중되었다. 우리는 우리가 놓은 불에 쫓기고, 피로에 지쳐서 강변으로 피신해야 했고, 우리에겐 간신히 조각배에 올라탈 수 있는 시간이 있었다. 강변으로부터 가까스로 멀어지자, 이번엔 금이 쩍쩍 가 있는 어두운 색 나무 줄기들이 우리를 향해 다가오고 있었다. 그것은 이곳에 번식하는 검은 악어 떼였다. 그들은 불에 탄 숲이 제공하는 잘 익은 사냥감들을 취하려 몰려오는 중이었다. 실제로 화재를 피해, 크고 작은 온갖 색깔의 동물들이 세네갈강으로 뛰어들고 있었다. 그들은 검은 악어들의 분홍빛 혹은 연한 노란빛 아가리 속에 덥석 붙잡혀 들어가기 전에, 이미 반쯤은 불에 타서, 반쯤은 익사해 죽어가고 있었다.

해가 저물었다. 이 거대한 대학살의 현장에서 그리 멀지 않은 곳에서, 나와 일행은 조각배에 탄 채, 불길이 물과 싸우는 광경을 조용히 지켜보았다. 불 다발이 게걸스럽게 나무들을 삼키면, 내가 제물로 바친 나무의 속살, 수액, 피의 연기를 뿜어내는 강물 속으로 나무들은 쓰러져 갔다. 그러나 눈을 멀게 하는 빛과 매운 연기, 물과 불, 뜨거운 공기의 아포칼립스 속에서, 그걸 없애기 위해 쏟아부은 내 모든 노력에도 불구하고, 난 여전히 마람을 연상케 하는 불에 탄 유칼립투스 나무의 어지러운 향을 느끼고 있었다. 마람, 아직도 마람.

포도르 마을까지 강변을 따라갔던 사흘간의 여행 이후, 생루이 섬으로 귀환하자, 나는 프랑스로의 귀국을 앞두고 모든 일을 정리하기 시작했다. 내가 세네갈에서 자연사 연구를 하던 지난 4년간 수집한 조개, 식물, 씨앗 등의 컬렉션을 상자 안에 구분하여 정리해야 했다. 한 달 내내 지속된 이 일은 내 온 정신을 점유하여 마람이 자주 내 가슴을 쥐어뜯으러 올 틈이 없었다. 그러나 세네갈을 떠나기 전날 밤, 소지품들을 정리하며, 나는 강가에 내가 놓았던 불길에 사로잡혀 재가 돼버릴 지경에 이르렀다.

우선, 내 옷들을 넣어둔 두 개의 상자 중 하나에서 우리가 요프에 있었을 때 일행에게 부탁하여 정성껏 세탁하고 접어둔 흰색 면바지와 보라색 게와 노란색 물고기로 장식된 셔츠를 발견하였다. 이 옷은 마람이 내가 그녀 집에 머물렀던 그

치명적인 밤에 내게 갈아입으라고 건네준 것들이었다. 이 옷들에선 여전히 내가 별로 좋아하지 않는 시어버터 향이 나고 있었지만 난 그것들을 간직하기로 했다. 내 남은 인생에서 다신 입을 일이 없겠지만, 이 옷들은 마람이 내게 각별한 관심을 가지고 정성껏 날 돌봤다는 것을 보여주는 소중한 구체적 증거였다. 하지만 케르 다멜에서 갑작스런 열병에 시달렸을 때 입었던, 땀으로 얼룩진 셔츠나 더럽혀진 반바지 등은 모두 버렸다. 이 옷들엔 폭풍우로 인해 생긴 붉은 자국이 그대로 남아 있었다. 내가 당시 세탁한 후, 마람의 집 울타리에 걸어 놓았던 옷이다. 생루이섬 요새 안의 내 방을 밝히는 촛불 아래에서, 그 옷엔 마치 끈적한 피가 묻은 것처럼 보였다.

  나는 옷들을 분류하기 위해 하나씩 바닥에 놓았다. 상자의 맨 밑바닥에 이르렀을 때, 켜있던 촛불은 너무 약해져 바닥까지 밝힐 수는 없었다. 나는 손으로 내가 만지고 있는 것이 옷을 만드는 천의 감촉이 아니라는 것을 느낄 수 있었다. 나는 세네갈 사람들이 회색 도마뱀이라 부르는 공격적이지 않은 거대한 도마뱀을 건드렸다고 생각하고 급하게 손을 뗐다. 하지만, 몇 달 전부터 오프 마을에서 캡베르 마을까지 여행하는 동안 닫혀 있던 상태에서 어떻게 도마뱀이 나의 옷 상자에 들어갈 수 있었을까? 나는 양초를 들어 올렸다. 그리고 내가 만졌던 것은 처음 내가 생각했던 것처럼 도마뱀이 아닌 다른 파충류의 피부라는 것을 발견했다. 작은 불꽃이 춤추는 불빛 아래서 난 그것을 한눈에 알아보았다. 난 기쁨과 두려움이 섞인 마음에 기절할 것만 같았다. 정성껏 접혀 있던 그것은 바로, 검정과 옅은 노란색 줄무늬가 있는 마람의 뱀-토템 가죽이었다. 그것은 마치 살아 있는 동물처럼 여전히 빛나고 있었다.

나는 비로소 옷 상자를 열 때마다 왜 시어버터 냄새가 풍겨 나왔는지를 이해하게 되었다. 시어버터, 바로 이 식물성 연고 덕에, 마람은 뱀 가죽을 마르지 않게 온전히 색깔을 유지한 채 보존할 수 있었을 것이다. 이 뱀 가죽은 어쩌면 그녀가 자신의 수호 신랑에게 자신을 보호해 달라며 바친 하나의 조공이었는지도 모른다. 그런데 어떻게 이 보아뱀 가죽이 내 상자에서 발견될 수 있었을까? 혹시 마람이 그것을 이 안에 넣어두었을까? 내 상자에 그녀가 접근할 수 있었다면, 대체 무슨 이유에서 그녀는 그렇게 한 것일까?

난 크게 감동했다. 어떤 방식으로든 그녀의 분신이 내 물건 속에 있다는 것은 내가 고레 섬 부둣가에서 그녀를 죽음으로 이끌었을 때, 그녀가 내게 건넸던 손보다 더 결정적인, 나에 대한 사랑의 증거라고 확신하게 되었다. 그녀가 사라진 후, 매일 밤 꿈속에서 나누었던 그녀와의 행복한 순간들이 나만의 일방적인 착각이 아니라는 증거라 여겨지며 이 모든 것이 그 어느 때보다 더 가치 있게 느껴졌다. 그러나 그럴수록 내 가슴은 더욱 미어질 듯 아팠다. 이토록 마람은 나를 사랑했던 거야! 그녀는 내가 그녀를 고레섬 부둣가에서 구하려 절망적인 시도를 하기 훨씬 전부터 날 향한 싹트는 애정을 가지고 있었는지 몰라, 그때가 언제일까? 그녀에 대한 호기심으로 생루이에서 벤 마을까지 오게 되었다고 말했을 때? 내가 그녀의 이야기를 끊지 않고 집중해서 잘 들어 주어서일까? 감미로운 생각의 바다가 새롭게 내 앞에 펼쳐졌다. 나를 향한 마람의 이 놀라운 사랑의 징표가, 그녀를 상실했다는 잔인한 현실과 무관한 것이라면, 난 심지어 행복에 겨울 뻔했다.

나는 우선 어떻게 그녀의 수호신 가죽이 내 옷 상자 속에 들어올 수 있었는지를 알아내고자 골몰했다. 그것이 마람 자신이 한 일이라는 가정은 배제했다. 그녀는 세이두 가디오의 감시하에 있었기 때문이다. 그녀의 메신저 셍간 파예가 했다고도 생각지 않는다. 세이두가 그녀를 고레 섬 감옥으로 데리고 간다고 할 때, 벤 마을에서 유일하게 그녀를 지켜내고자 했었던 마을 사람이지만, 은디악을 비롯한 일행들이 언제나 내 짐들을 지키고 있었기에 그런 행동을 할 수 없었을 것이다.

수수께끼에 대한 해답의 단서는 세이두 가디오가 숲속에서 마람의 자취를 발견했다고 말했을 때를 기억해 내며 떠올랐다. 그의 말이 사실이라면, 그녀는 자발적으로 땅바닥에 나무 막대로 흔적을 남겨서, 그가 쉽게 흑단 나무 아래에 있는 그녀를 찾을 수 있게 만들었을 것이다. 세이두가 그 융통성 없는 성격에도 불구하고, 마람에게 노파 치유사의 막대기를 땅에 파묻을 시간을 주었다면, 이토록 강력한 토템을 가진 여성의 마음을 거스르는 것을 두려워한 세이두와 그녀 사이에 또 다른 거래가 있었을 수도 있지 않았을까? 그녀가 탈출을 시도하지 않을 것이라는 확신과 무엇보다 그가 믿고 있는 신비로운 보복에 대한 두려움 때문에, 내 물건 속에 그녀의 토템 가죽을 숨겨 달라는 마람의 요청을 그가 수락했을 수도 있다는 건 그리 놀라운 일이 아니다. 돌이켜 생각해 보니, 세이두가 그토록 완고하게 그녀를 고레 섬으로 데려가려 했던 것은, 그녀가 그에게 그렇게 요구했기 때문이었을 수도 있을 것 같다. 그가 내게 보였던 분노는 남성에 맞서기 위해 보아뱀을 길들일 줄 알았던 젊은 여성에 대한 두려움에서 기인한 것이었다. 세이두는 우리 일행 가운데, 그 어떤 의심도 받지 않고 내 짐 상자에 접근할 수 있었던 유일한 사람이다.

    다음 날 아침, 나는 요새에서 세이두 가디오에 대한 소식을 수소문했다. 나는 그가 내 짐 속에 뱀 가죽을 숨겨 둔 장본인인지 확인하고 싶었다. 만약 마람의 청탁이었다면, 당시에 마람이 했던 말들을 정확하게 내게 전달해주길 바랐다. 시간이 촉박했다. 프랑스로 돌아가기 전날이었다. 그러나 그는 생루이에서 자취를 감춘 지 제법 오래 되었으며, 그의 직속 부하였던 은가뉴 바스도 그가 어디 있는지 모른다는 답변만 되돌아왔다.

그는 내가 왜 마람을 고레 섬으로 데려가야 한다고 그토록 주장했는지에 대한 설명을 요구받을 것을 두려워 했거나, 내게서 훔친 말을 돌려 달라고 할까 봐 두려웠을 수도 있다. 늙은 전사 세이두 가디오는 다시는 생루이 섬으로 돌아오지 않았다. 어쩌면 그는 바로 은데로 돌아갔을지도 모른다. 그의 임무는 세네갈 조계지 감독관을 위한 것이기 보다 왈로왕을 위해 우리, 즉 은디악과 나를 감시하는 것이었으니까. 처음엔 순수 왈로족인 그가 캡베르를 떠날 때, 우리와 같은 길 그랑코트의 해변을 따라 걸었을 거라고 생각했지만, 그가 에스투판 들라 브뤼에게 내가 벌인 황당한 무용담에 대해 전달할지 여부에 대해선 그다지 고민하지 않고 은데를 향해 북동쪽으로 돌아간 것이 확실해 보였다. 생각해보면 내가 세이두 가디오를 다시 만나지 못하고 떠나게 된 것이 어쩜 그리 나쁜 일은 아니었다. 그녀가 나에 대해 남긴 마지막 말을 세이두 가디오를 통해 듣게 된다는 것은 나에게 견딜 수 없는 일이었을 것이다.

내가 프랑스로 떠나기 몇 시간 전, 작별 인사를 하기 위해 만났을 때, 에스투판 들라 브뤼는 나에게 냉담했다. 프랑스어는 굳이 마음을 담지도 않고, 그렇다고 또 지나치게 적대감을 보이지도 않으면서 적당히 예의를 차리게 해주는 장점을 가지고 있다. 나는 그의 어조 못지않게 정중하고도 차가운 어조로 나의 세네갈 체류 말기에 그가 허락해 준 실험용 정원에서 성공적인 작물 재배 실험을 할 수 있었노라 말했다. 유럽산 야채와 과일들은 성공적으로 자라는 모습을 보여줌으로써, 세네갈 강가의 주변 땅은 모든 종류의 경작에 적합한 땅이라는 것을 입증해 보였다. 시간과 마음이 있었다면, 특히 그가 열린 마음으로 나를 격려해 주었더라면, 난 나의 작은 농업 설명회에서 몇 마디를 덧붙였을 것이다. 세네갈의 흑인들을 수천명씩 미국에 보내는 것 보다, 여기 아프리카 내에서 경작지를 일구게 하는 편이 훨씬 더 생산성이 높은 일일 것이라 생각한다고. 세네갈에서 사탕수수는 아무 어려움 없이 잘 자라기 때문에, 세네갈은 프랑스가 그토록 필요로 하는 설탕의 서인도 제도보다 훨씬 나은 생산지가 될 수 있다. 그러나 에스투판 들라브뤼는 내가 파리로 귀환한지 4년만에 발간한 나의 여행기에서 제안한 이 같은 멋진 의견을 받아들일 수 있는 최후의 사람이었다. 당시 나의 이런 생각은 1세기 전부터 수백만의 흑인 노예무역이 진행되고 있는 세계의 부와 전혀 병행될 수 없는 생각이었다. 그러므로 우리는 여전히 그들의 피에 젖은 설탕을 먹어야만 했다. 유럽인들이 흑인들을 미국으로 데려가는 것은, 그들을 가축처럼 물어뜯어 먹기 위함이라고 말하는 흑인들의 생각은 틀리지 않았다. 그것은 어쩌면 지금까지도 유효한 얘기다.

나는 1753년 말, 아무 미련 없이 세네갈을 떠나 프랑스로 돌아왔다. 내가 브레스트항에 도착했을 때는 1754년 1월 4일이었다. 그해 겨울은 몹시 추웠다. 모든 잡목들, 심지어 왕실 정원을 위해 가져온 이국적 식물들의 씨앗들까지도 얼어버렸다. 파리 기후에 적응시키려고 데려온 노란색과 초록색 깃털을 가진 앵무새도 얼어 죽었다. 내 마음도 얼어붙어 있었다. 나는 더 이상 같은 사람이 아니었다. 내 아버지는 내 귀환을 몇 달 앞두고 돌아가셨다. 내 깊은 우울의 이유를 아버지에게는 물론 어머니에게도 설명할 수 없다는 사실이 내 슬픔을 더욱 깊게 만들었다.

나에겐 슬픔을 토로할 사람이 아무도 없었다. 나의 모든 친구, 지인들은 내 우울의 원인이 아프리카 여행으로 인한 피로 때문이라고 생각했다. 다른 대안을 찾을 수 없었기에, 난 내 우울증세를 마음속에 꼭꼭 담아 숨겨두고서 모든 자연 속 존재들을 분류할 수 있는 보편적 방법을 찾는 연구에만 매진했다. 그리고 마침내 내 모든 고통이 영원히 사라졌노라 자만했다.

내가 아는 한, 거의 모든 젊음이 그러하듯이, 마람을 향한 사랑의 고통이란 일시적인 것으로 점차 사그라들 것으로 믿었다. 또한 식물학을 향한 열정이 다시 내 마음을 독차지하기 시작하기도 했다. 드물게 찾아오는 휴식 시간에, 특히 밤에 잠자리에 들 때, 어김없이 다가와 날 슬픔 속에 잠들게 한 마람의 모습도, 이젠 잘 기억나지 않았다. 그럴 땐 난 양심의 가책에 사로잡혀, 세네갈 보물 상자를 열어 그녀의 토템 가죽을 만져보곤 했다. 나는 그것을 제대로 잘 관리하고 있지 못했다. 뱀 가죽이 건조해지면서 그 인상적인 두 가지 색, 흑단 같은 검은색과 호리병박 같은 옅은 노란 색은 점점 광채를 잃어갔다. 그 뱀 가죽은 이제 본연의 가죽으로만 남은 듯, 더 이상 내게 마람에 대한 별다른 이야기를 들려주지 않았다. 마람도 뱀 가죽도 둘 다 파리의 합리적 분위기에 적응하지 못하는 것 같았다.

민감한 식물들이 낯선 환경에서 쉽게 잎을 떨구듯, 때때로 어떤 기억들은 그것들을 풍성하게 키우던 마음이 더 이상 같은 애정과 배려로 둘러싸이지 않을 때 시들어간다. 아마도 그것은 우리가 떠나온 세계와는 현저히 다른 세계에 발을 담근 채, 너무나도 다른 열망에 사로잡혀 있거나, 삶과 죽음을 표현하는 의식들로부터 너무나 멀어져 있기 때문일 거라는 생각이 든다. 더 이상 월로프어를 사용하지 않게 된 난, 세네갈로부터 돌아온 뒤 몇 개월 동안 그랬던 것처럼 더 이상 그 언어로 꿈꾸지 않았다. 마치 두 가지가 긴밀히 연결돼 있던 것처럼, 마람과 나누던 언어가 내 머릿속에서 사라지자 그녀에 대한 기억들과 꿈은 점점 내게서 멀어져 갔다.

내가 했던 첫 번째 배신은, 마람의 토템 가죽을 루이 드 노아이유 아옌 공작에게 선물한 것이다. 나는 1757년 발간된 나의 《세네갈 여행기》를 그에게 헌정하면서 이 선물을 주었다. 내가 보기에 그는 내 책보다 오히려 이 화려한 선물을 더 좋아했다. 소문에 의하면, 그는 자신의 저택에 초대한 손님들 앞에서 마술공연이라도 펼치듯 캐비닛에서 보아뱀 가죽을 꺼내 길게 펼쳐 보이면서 그들의 식욕을 떨어뜨리기를 즐겼다고 한다. 그는 이것을 '미셀 아당송의 가죽'이라고 이름 붙였다. 이것을 입수하게 된 경위에 대해 내가 모호하게 얼버무렸기에, 급기야 그가 이 거대한 뱀을 죽인 건 미셀 아당송이었다고 말하는 덴 그리 오랜 시간이 걸리지 않았다. 그러나 그는, 거대한 뱀의 크기로 보건대, 10여 명의 숙련된 흑인 사냥꾼들의 도움 없이 아프리카의 자연만이 키워낼 수 있는 이 거대한 괴물을 아당송 혼자 사냥할 수는 없었을 거라고 덧붙였다.

오늘 난 이러한 내 행동들을 고백하는 것이 자랑스럽지 않다. 하지만 시간은 마람의 아름다운 얼굴을 내 기억 속에서 조금씩 지워갔고, 난 그녀에 대한 나의 열정을, 차마 고백할 수 없었던 사랑의 열정 혹은 결말 없이 끝나버린 젊은 날의 광기쯤으로 여기게 되었다. 그 사이 학자로서 인정받고자 하는 나의 야심은 너무나도 거대해진 나머지, 난 아무 거리낌 없이 마람을 그 야망의 희생양으로 삼았다. 인정과 명예욕에 사로잡혀 있던 나는, 세네갈에서 이뤄지는 모든 무역의 전문가로 동료들에게 인정받고자 했다. 심지어는 고레 섬의 세네갈 조계지에서 이뤄지는 노예무역의 이점에 대해서 식민지 사무국에 제시하는 의견을 발표하기도 했다.

난 이제 내 영혼 깊숙이 박혀 있는, 내 신념에 반하는 이 악명높은 무역에 대한 유리한 숫자들을 추정하고 주장하고 나열하는 인간이 됐다. 식물 연구에 빠져, 언젠가 나의 자연백과사전을 출간할 수 있으리라는 명예욕에 눈이 멀어, 난 연달아 작은 타협들 앞에서 스스로를 굴복시켰다. 나는 마람을, 그녀를 통해 뼈저리게 느꼈던 노예제도의 구체적 현실을 망각했다. 어쩌면 회계적이고 추상적인 노예무역의 장점 뒤에 숨어, 내 현실을 망각하고 싶었는지도 모른다. 나는 급기야 고레 섬에서 이뤄지는 노예무역을 찬양하는 공지서를 작성함으로써 마람을 두 번째 죽음으로 내몬 배은망덕한 인간이 됐다.

나의 아버지는 내가 아카데미 회원이 된다는 단 한 가지 조건으로, 내가 종교계에 들어가지 않는 것을 받아들이셨다. 난 이제 사제직을 다른 것으로 대체한 셈이었다. 난, 세속적 성직자처럼 내 몸과 영혼을 모두 식물학에 바쳤다. 자발적인 약속의 포로였던 나는, 마음을 품자마자 잃어버렸던 젊은 여성을 향한 사랑의 기억과 절연하고 식물학에서의 성공을 향해 정진해갔다.

그러나 마람이 죽은 지 50년도 더 지난 후, 내 기억의 오랜 혼수상태에도 불구하고, 내가 이 공책 뒷부분에서 언급하게 될 한 사건이, 그녀를 향해 결코 멈춘 적 없었던 내 사랑의 고통스러운 기억을 되살려 놓았다.

나의 사랑하는 아글라에, 내가 네 엄마와 결혼했을 때, 마람은 더 이상 내 마음속에 없었다. 네 어머니 쟌은 나보다 훨씬 젊었고, 우리의 신혼 생활에서 네 엄마는 내게 삶을 되돌려 준 사람이었다고 말할 수 있다. 나는 네 어머니와 함께 연극과 시, 오페라에 대한 취향에 마음을 열었단다. 네가 태어나기 거의 1년 전, 네 엄마는 날 내 일로부터 떼어 놓는 데까지 이르렀다. 그녀는 나를 1774년 8월 2일, 팔레 루아얄 극장에서 상연되는 글루크의 오페라 〈오르페우스와 유리디스〉의 초연으로 이끌었다.

그날, 나는 여전히 네 어머니에 대한 나의 사랑과 아카데미 회원이 되고자 하는 내 야망 사이의 타협을 시도하던 중이었다. 네 엄마가 주는 에너지는 1770년 나에게 약속되었던 왕실 정원의 교수직이 결국 나의 옛 스승인 베르나르 드 쥐시유의 조카이자 표절 학자인 다른 식물학자에게 돌아간 것에 대한 실망을 극복하게 해주었다. 1772년에서 1773년에 걸쳐 2년간, 뇌브 데 프티샹가에 있는 우리 집에서 열린 자연사 강의를 매력적으로 이끈 것도 네 엄마 덕분이었다. 네 엄마에겐 내겐 없는 사회적 관계를 매끄럽게 이끌어내는 재능이 있었단다. 네 엄마는 나보다 훨씬 앞서서, 내가 궁정의 유력 인사의 지원을 얻지 못하는 한, 결코 자연백과사전을 출간할 수 없으리란 사실을 잘 알고 있었지. 네 엄마가 가진 사교술과 사람을 다루는 노련한 솜씨는 매번 네 엄마가 기회를 제시할 때마다 내가 삐딱하게 나가지만 않았어도 결실을 맺었을 것이고 운도 따르게 해주었을 것이다.

1774년 8월의 저녁, 네 엄마가 나를 그 오페라에 데리고 갔을 때 나는 행복했다. 우리는 다엔 공작의 자리에 자리 잡고 앉았다. 내가 《세네갈 여행기》를 헌정하고 마람의 거대한 보아뱀 가죽을 선물한 이 과학과 예술의 후원자가 단지, 네 어머니의 환심을 사기 위해 나의 자연사 강의에 드나들었다는 사실을 추측하는 건 그리 어렵지 않았다. 네 엄마의 호감을 사기 위해, 그녀의 클래식 취향을 잘 알고 있는 그는 우리에게 팔레 루아얄 극장의 자신의 관람석을 빌려준 것이었다.

그날 우린 기억할 수 없는 이유로 늦게 도착했다. 분명 나 때문이었을 것이다. 오케스트라는 이미 악기 조율을 마친 상태였다. 우리가 관람석에 도착하였을 때, 관객들은 조용해졌다. 몇몇 오페라 안경이 우리 쪽으로 돌려졌다. 모인 사람들은 모두 화려한 차림이었기에, 나는 다소 불편함을 느꼈다. 나는 좌석에서 몸을 뒤로 빼고 앉아 있었던 반면, 네 엄마는 상체를 앞으로 빼고 앉아 있었다. 옆자리에서 보면 우리 둘 중 눈에 보이는 건 네 엄마뿐이었다. 나는 첫 번째 장의 막이 배치된 무대의 천정에 매달린 수천 개 촛불에 비친 그녀의 얼굴을 기억한다. 막에는 작은 숲이 그려져 있었고, 그 아래엔 두꺼운 종이로 만든 대리석 무덤이 있었다. 양치기들이 유리디스의 무덤에 신선한 꽃을 던지고 있었다. 코러스가 애도의 노래를 부르는 동안 연인의 죽음을 슬퍼하는 오르페우스가 나타났다.

장내에 울려 퍼지는 폐부를 찌르는 듯한 노래에 압도되고, 글루크의 숭고한 음악에 취해 때때로 나를 돌아보는 네 어머니의 얼굴은 등장인물들의 감정을 잘 반영하고 있었다. 사실 그것은 등장인물의 감정이었다기보다 네 어머니 자신의 감정에서 나오는 표현이라고 보는 편이 맞을 것이다. 때로는 유리디스가, 때로는 오르페우스가 그녀의 존재를 둘러싸고, 그녀의 영혼을 사로잡고, 눈에서 번쩍이며 나타나는 것처럼.

오르페우스의 탄원에 감동한 사랑의 신은 신들의 신인 주피터에게 청하여, 트라카이 왕자가 그의 유리디스를 지옥으로부터 구해올 수 있도록 해달라고 간청한다. 주피터는 천둥을 치며 이를 받아들이지만 단, 오르페우스가 유리디스를 구해오는 길에 그녀를 돌아봐선 안된다는 불가능한 조건을 전제로 했다.

오르페우스는 지옥에 내려가 유리디스의 손을 잡았다. 부드러운 플룻 소리가 바이올린 소리에서 분리되었다. 하지만 유리디스는 오르페우스를 따르기를 거절한다. 그가 그녀를 쳐다보지 않았기 때문이다. 그녀는 오랜 이별 후에 만난 사랑하는 남자가 자신을 쳐다보지 않는다는 사실이 전혀 이해되지 않는다. 오르페우스는 아직도 그녀를 사랑하는가? 혹시 그는 죽음이 그녀의 모습을 훼손시켰을까 봐 두려워하는 걸까? 유리디스는 고통스러워하며 오르페우스가 잡은 손을 빼낸다. "하지만 당신의 손은 더 이상 내 손을 꽉 잡고 있지 않아요! 당신은 당신이 그토록 소중히 여기던 나의 시선을 피하나요!" 가여운 유리디스는 주피터가 오르페우스에게 그녀의 부활을 위해 내건 끔찍한 조건을 알지 못한다. 사랑하는 사람의 두려움에 애통해하던 오르페우스는 여전히 그녀를 사랑하고 있음을 입증하기 위해 주피터의 참을 수 없는 명령에 불복종하며 그녀를 돌아본다. 순간, 그녀는 그림자처럼 즉시 사라지고, 지옥이 그녀를 다시 데려간다. 바이올린이 내는 파열음, 코러스의 비명, 오르페우스의 절망.

오르페우스는 자살을 권유받는다. 그것이 유리디스와 영원히 함께 할 수 있는 유일한 방법이다. 신화 속에서 오르페우스는 자살을 택하고 유리디스와 지옥에서 만나지만, 글루크는 그것을 원치 않았다. 바이올린의 부드러운 소리와 플루트의 마지막 대목에서 사랑의 신은 유리디스를 되살리고 오르페우스를 죽음에서 구한다.

나는 3막이 지나는 동안 네 어머니가 때론 슬픔의, 때론 기쁨의 눈물을 흘리는 것을 보았다. 그녀가 그 아름다운 얼굴을 완전히 내게로 돌린 찰나, 내게 보여주던 그 미소, 눈물 가득한 그 슬픈 미소를 결코 잊지 못할 것이다. 나는 그녀의 오른손을 내 왼손으로 꼭 쥐어 주었다.

시간은 네 어머니와 나를 갈라놓았다. 우리가 서로를 사랑했다는 증거가 있다면 그것은 바로 너 아글라에란다. 너는 아프로디테의 전령의 이름을 지니고 있다. 가장 젊고, 아름다움으로 빛나는 여신이지. 네 어머니 덕에 너는 그 이름을 가지게 되었단다. 비록 내가 오랫동안 그것을 공유하진 못했지만, 네 엄마는 그리스 신화의 아름다움에 대한 각별한 감수성을 가지고 있었고, 그것은 언제나 나를 매료시켰단다. 망할 놈의 식물학이 내가 두 사람에게 주어야 할 사랑을 빼앗아 가지 않았다면, 난 너와 네 엄마 두 사람과 함께 행복하게 살 수도 있었을 텐데. 그러나 과학은 나를 독점하고자 했던 욕심 많은 정부(情夫)였단다. 그것은 내 주변의 모든 것을 불살라 버렸고, 나는 날 독차지 하려는 식물학의 불타는 지배욕을 알면서도, 그것으로부터 거리를 두는 법을 알지 못했단다.

아글라에, 내가 너를 위해 이 글을 쓰기 시작하면서 난 비로소 온전히 식물학의 지배에서 벗어날 수 있게 된 것 같다. 사실은 지난해 4월 초에서야 비로소 나의 백과 사전에 대한 집착에서 벗어나기 시작했단다. 120권에 달하는 내 백과사전 전체를 발간하기 위한 최후의 시도가 실패로 끝난 직후였다.

나는 황제[31]에게 새로운 편지를 썼다. 그에게 나의 자연백과사전을 펴낼 수 있도록 후원자가 되어 주길 요청했지. 그는 나에게 삼천 프랑의 포상금을 약속한다는 답장을 보내왔다. 그것은 나에게 일종의 동냥처럼 느껴졌다. 늙은 아카데미 회원의 엉뚱한 욕망을 달래주는 일종의 구호금 같은 것이었다. 난 그것을 거절하려고 생각했다. 난 추가적 연금을 신청한 것이 아니었기 때문이다. 나는 내 마지막 결정을 친구 클로드 프랑수아 르 조이앙에게 털어놓았다. 그는 황제의 작은 후원금을 받아들이도록 나를 끊임없이 설득했다 – 나의 거절은 그를 곤란하게 만들 수도 있었다. 바로 그가 자신의 인맥을 이용해 황제가 내 편지에 눈길을 주도록 일을 성사시킨 사람이기 때문이다. "호의는 또 다른 호의를 불러올 수 있다네." 그는 나를 이런 말로 계속 설득했다. "황제는 자네 백과사전의 쓸모를 이해하게 될 걸세. 그것이 유럽 전체에 프랑스의 과학적

---

31  나폴레옹 1세 (1804-1814 황제 재임)

위상을 널리 알리는 역할을 하게 될 것을 곧 알게 될 거야."

이런 말로 르 조이앙은 자신의 저택에 나를 1805년 4월 5일 초대했다. 나는 거듭되는 출판 시도의 실패에 대한 위로도 받을 겸 그의 청을 받아들였다. 클로드 프랑수아 르 조이앙은 내 동료 아카데미 회원들 중 내가 친구로 여겼던 드문 동료였다. 그러나 그의 저택 현관에서, 나는 대충 알만한 사람들이 함께 초대받아 온 것을 보고 극도로 실망했다. 나의 최대의 적, 게타르도 거기 있었다. 라마르크도. 나는 그날 내가 유일한 손님이라고 착각하고 있었던 것이다. 그날 르 조이앙은 새로운 왕립과학예술연구소의 2분과에서 상임 비서관으로 임명되고 싶어서 옛 아카데미 회원들과 새로운 회원들 사이에서 로비를 하는 자리를 마련한 것이기도 했다.

그의 표현에 따르면, '나에게 경의를 표하기 위해 모인 10여 명의 사람들'에게 그는 나를 소개했고, 내 팔을 잡아 큰 거실로 이어지는 문 쪽으로 나를 안내했다. 예상했던 어떤 은근한 비아냥도 없는, 정중함에 가까운 태도로 나와 인사를 나눈 게타르, 라마르크를 포함한 모든 사람이 우리 뒤를 따랐다. 그러나 거실로 몇 발자국 들어서자마자, 나는 갑자기 얼어붙고 말았다.

내게 칭송의 말을 건네던 한 여인은 갑자기 나의 창백해지는 모습을 보고, 말을 중단했다. 르 조이앙은 그 순간 나를 얼어붙게 한 그 인물을 내게 소개했다. 나는 그녀를 보고 심장이 오그라드는 것 같았다. 르 조이앙은 그녀를 이 모임에 모셔 오기 위해서, 어떻게 그녀의 주인으로부터 허락을 받아냈는지 구구절절 설명하고 있었지만, 난 그의 말이 거의 들리지 않았다. 오래전 내가 버린 마람이 지옥의 가장 깊은 곳에서 돌아와 슬픈 얼굴로 나를 바라보고 있었다.

그것은 그림이었다. 흰 드레스와 흰 스카프를 두른 한 흑인 여자의 커다란 초상화였다. 그림 속에서 그녀는 군청색 벨벳으로 덮인 소파에 앉아 있었다. 한쪽 가슴은 드러나 있었고, 머리의 각도는 3/4정도 내 쪽을 향해 있었다. 르 조이앙은 거실 입구 정면에 그 그림을 걸어 놓았다. 처음엔 다른 손님들과 인사를 나누느라 그녀를 금방 알아보지 못했다. 그러다 눈을 들었을 때, 그녀가 거기 있었다.

내 인생의 가장 영광스러운 시절로 날 돌려보내는 데 성공한 것으로 착각한 르 조이앙은 자신의 선택을 자랑스러워했다. 언젠가 내게 '세네갈의 순례자'라는 별명을 붙여줬던 이가 바로 르 조이앙이었는데, 소심했던 나는 그러한 별명을 너무 쉽게 받아들였었다. 그 자신도 1759년 저명한 천문학자 니콜라-루이 드 라 까이유의 지휘 아래 학문적 기행을 하던 중 세네갈에 잠시 들른 적이 있었다. 마다가스카르의 하늘에서 헬리 혜성이 지나가는 것을 관찰하기 위해 떠났던 그들의 여행은 실패로 끝났다. 혜성이 지날 것이라 예고됐던 밤에 짙게 낀 구름이 과학자들의 망원경을 가렸기 때문이다. 그러나 모든 것을 최대한 이용하는 르 조이앙은 50년 가까이 지난, 그의 오랜 여행의 에피소드들에 대해서 얘기하는 것을 즐겼다. 짧은 체류 기간에도 불구하고, 그는 자신이 월로프 여인들이 가진 아름다움의 지배적 특징을 발견해 낸 것을 자랑스럽게 떠벌리곤 했다.

"아당송, 이 여인을 잘 보게나. 자네와 내가 세네갈에서 보았던 여성들과 너무나 닮지 않았나?" 그는 반복해서 내게 말했다.

그는 그녀의 이름이 마들렌느이며, 그녀는 과들루프에서 왔다고 했다. 그녀는 앙제에 있는 그의 친구 브누아스트-카베이 부부의 하녀로, 그들은 그녀가 고레 섬에서 오는 배에서 내리자마자 그녀를 샀다고 했다. 당시 그녀는 겨우 네 살이었고, 자신의 고향에 대한 기억을 갖고 있지 않았다. 그러나 그녀의 얼굴은 그녀가 어디서 왔는지를 말해주고 있었다. 르 조이앙은 그녀가 월로프족임을 확신했다.

"아당송, 자네는 어떻게 생각하나? 그녀는 월로프족 같지 않나?"

모든 초대 손님들은 흑인 여성 마들렌느의 초상화를 바라보고 있었고, 르 조이앙은 그 모든 이들의 관심의 중심에 있었다. 그는 내게 답할 시간을 주지 않았다. 나는 목이 메어 그의 질문에 답을 할 수도 없었다.

그의 앙제에 사는 친구 브누아스트-카베이에게는 재능있는 화가 친척, 마리-귀엘민 브누아스트가 있었다. 바로 그녀가 아름다운 흑인 하녀의 초상화를 그리고자 했다. 르 조이앙이 이 초상화를 미셸 아당송에게 경의를 바치기 위해 그의 거실 벽에 걸고 싶다는 뜻을 전했을 때, 그림의 주인들은 화가에게 빌려줘도 되겠는지를 물었고, 화가인 마리-귀엘민 브누아스트는 이틀 동안만 그림을 빌려줘도 좋다고 허락했다.

"자, 아당송, 내가 누누히 브누아-카베이에게 말해 왔던 것처럼 마들렌은 밤바라 출신이 아니라, 월로프 출신 여인이 맞지 않나?"

나는 르 조이앙에게 그 여성이 월로프 출신임이 확실하며, 이상할 정도로 그녀를 닮은 한 여성을 알고 있다고 말할 수 있을 정도로 정신을 차리게 되었다. 기다란 목, 또렷한 매부리코, 똑 닮은 입술….

그녀의 이름은 마람이었다고 말할 시간도 없었다. 르 조이앙은 나를 기쁘게 하겠다는 완강한 일념으로, 나와 다른 손님들을 몇몇 음악가들의 악보대 주변에 반원 모양으로 배치된 자리에 앉도록 이끌었기 때문이다. 나는 첫 번째 줄에 놓인 의자에 앉을 수 있었는데, 착석하자마자 현관에서 정신없이 인

사를 나눴던 젊은 여성 중 한 사람이 오페라 가수라는 것을 알게 되었다. 그녀는 내게 자신을 소개하며, 그날 그녀가 바이올린과 첼로의 반주에 맞추어 글루크의 〈오르페우스와 유리디스〉 3막의 첫 번째와 두 번째 장의 일부를 노래할 예정이라며 몹시 우아한 태도로 말했다.

  그것은 순수한 우연은 아니었다. 나는 어느 날 르 조이앙에게 글루크의 오페라 외에 다른 오페라는 본 적이 없다고 고백한 적이 있었다. 마치 내가 아직 살아있는 동안 날 향한 자신의 우정의 힘을 입증하기라도 한 듯 마련한 그날 파티에서, 르 조이앙은 글루크의 오페라가 연주되도록 사전에 준비해 둔 것이다.

  악사들이 가수가 부를 첫 곡을 연주하기 시작하자, 나는 이 콘서트를 마련해 준 르 조이앙에게 고마움을 느꼈다. 음악이 연주되는 동안에 내 안에서 요동치는 격정적인 감정들을 떨쳐낼 수 있으리라 생각한 것이다. 그러나 그것은 착각이었다. 지옥으로 내려온 오르페우스가 유리디스를 바라보지도 않자, 그를 원망하며 탄식하는 유리디스의 심정을 소프라노 가수가 노래하기 시작했을 때, 나는 무너져 내렸다. 연주하고 있는 음악가들 뒤편으로 나는 마들렌의 초상화를 볼 수 있었고, 상상이 불러일으킨 착란에 의해서 난, 마치 마람이 소프라노 가수의 목소리를 빌려 그녀를 지옥에 던져 버리고 잊고 사는 날 원망하는 듯한 느낌을 받았다. 마람은 아직도 내게 멀면서도 가깝게 느껴졌다. 그녀는 자신의 초상화 속에 존재하면서 동시에 부재하는 것처럼 보였다. 마람은 마침내 오르페우스가 그녀를 바라보았을 때 행복해하다가, 죽음이 다시 그녀를 데려가려는 순간, 오르페우스가 연기한 무관심의 이유를 깨달은 유리디스의 표정을 하고 있었다. 그 짧은 순간, 삶과 죽음 사이에 매달려 있던 그 시간을 나는 마람과 함께 경험했다. 나는 그녀의 오르페우스였고, 그녀는 나의 유리디스였다. 그러나 행복한 결말로 끝나는 글루크의 오페라와는 달리, 난, 마람을 완전히 잃었다.

수십 년 동안 나 자신을 지키고자 벽장 뒤에 꽁꽁 가둬 뒀던 잔인한 기억들이 물결처럼 밀려들어와 날 잠기게 했다. 그녀 앞에서 이토록 당황하고 있는 날 바라보는 여가수의 눈이 눈물로 적셔지는 것을 보았다.

그녀를 잊기 위해 고안해 낸 모든 장치들에도 불구하고, 돌아올 수 없는 여행의 문을 넘어선 우리의 짧은 탈출 이후, 고레섬 부둣가에서 마람과 내가 느꼈던 고통이 온전히 되살아났다. 그림과 음악이 우리 인간이 지닌 비밀들을 드러낼 힘이 있다는 사실을, 난 진정 이해하게 되었다. 예술 덕분에 우리는 종종 우리 존재의 가장 어두운 곳, 감옥 바닥만큼이나 캄캄한 그곳으로 이어지는 비밀의 문을 열 수 있게 된다. 일단 그 문이

활짝 열리고 나면, 그 문을 통해 들어오는 빛으로 우리 영혼의 구석구석이 환히 밝혀 지며, 그 어떤 스스로에 대한 거짓도 숨을 수 있는 은신처도 찾을 수 없게 된다. 절정에 이른 아프리카의 태양이 빛날 때 땅 위의 모든 것을 환히 밝히는 것처럼.

　　　나의 사랑하는 아글라에, 너에게 들려줄 이야기와 내 삶은 이제 마지막에 이르렀다. 이 글을 끝마치게 될 때, 난 감히 네가 이 붉은 가죽 노트를, 내가 숨겨둔 장소에서 발견할 수 있는 날이 오길 고대한다. 언제쯤 네가 무궁화가 그려진 서랍 안에서 이 노트를 발견할 수 있을지에 대한 불확실성은 이제 눈앞으로 다가온 죽음에 이르게 될 때까지 날 고통스럽게 하겠지. 하지만 네 아버지에 대한 너의 마음을 시험해 볼 이런 장치가 내겐 필요해 보였다. 이것이 내 존재를 짓눌러왔던 모든 비밀의 사슬들을 네가 이해하게 되었다는 증거가 될 거라고 믿는다.

　내가 너에게 남긴 것들을 네가 기꺼이 유산으로 받아들이게 된다면. 너는 무궁화가 그려진 가구의 한 서랍 안에서 세네갈에서 가져온 흰색과 파란색 유리 진주 목걸이를 발견하게 될 것이다. 네가 앙제나 파리의 마들렌이 일하는 저택에 가서, 내 이름으로 그녀에게 이 목걸이를 전해주렴. 클로드 프랑수아 르 조이앙이 너에게 그들의 주소를 알려줄 것이다. 만약 그가 거절한다면, - 그럴 가능성도 있다고 본다 - 그에게 내 조개 콜렉션 한 두 개를 주렴. 그는 이 조개 컬렉션을 자신이 얻고자 하는 직위를 얻는데 사용할 수 있을 테니.

고향의 식물 씨앗들을 가죽 주머니에 담아 가져갈 수 있었던, 미국으로 간 나이 든 아프리카인들과 달리, 마들렌은 분명 고향에서 떠나올 때 아무것도 가져올 수 없었을 것이다. 그녀가 세네갈에서 유럽으로 보내졌을 때, 그녀는 너무 어렸으니까. 나의 이름이나 내 존재 따위는 그녀에게 아무런 의미도 없을 터이니, 서랍에 있는 금화 하나도 유리구슬 목걸이와 함께 건네주기 바란다. 혹 마음이 내키면 마들렌에게 세네갈 여행에서 진정으로 결코 돌아오지 못한 한 젊은 남자를 기리며 성대한 식사를 들라고 말해주렴. 마들렌은 마람과 너무나 닮았단다! 나를 대신해서 그녀를 만나주렴. 그녀에게 어떤 이야기를 해도 되고, 혹은 아무 말도 하지 않아도 된다. 그녀를 보러 가거라. 그럼 너는 그녀에게서 나를 보게 될 것이다!

마들렌은 자신의 초상화를 싫어했다. 그녀는 초상화가 자신과 닮았다고 생각하지 않았을 뿐 아니라, 그 초상화가 자기의 남은 인생에서 왠지 불운을 가져올 것만 같은 불안감을 느꼈다. 그 초상화를 본 남자들은 뚫어져라 그것을 바라보거나 급기야 그녀의 옷을 벗기고 싶어 했다. 그중 가장 거친 남자들은 가슴을 만지려 했다. 심지어 자신의 주인인 브누아스트도 그렇게 행동했다. 질투심 많은 그의 아내는 그런 사실을 알아챘다.

  그녀가 브누아스트의 친척인 여성 화가 앞에서 모델이 된 후, 이상한 일들이 자꾸 일어났다. 마치 그 그림이 그녀를 대신해 말이라도 하는 것 같았고, 눈으로 그녀에게 질문을 던지는 사람들에게 아무 말이나 하는 것만 같았다. 전날에는 어떤 한 여인이 찾아왔다. 아프리카산 싸구려 목걸이와 금화 하나를 주면서 미셸 당송…인가? 뭐, 그런 이름을 가진 죽은 사람을 위해 이걸로 술이나 한잔 사 마시라고 했다. 그녀는 그 싸구려 목걸이와 금화를 거절했다. 그녀 자신은 더 이상 살 수도 팔 수도 없는 존재였다. 게다가 거래는 이미 끝난지 오래다. 그녀는 이미 오래전부터 브누아스트-카베이 가문에 속해 있는 존재이기 때문이다. 그녀는 공식적으로는 해방되었지만, 여전히 자유롭지는 않았다.

목걸이를 주려고 온 여인은 간청했다. 그것은 자선이 아니었다. 목걸이와 금화는 아프리카에 있었던 그녀 아버지가 남긴 마지막 유지였다면서, 자기는 아버지의 뜻을 존중하기 위해 이것들을 전하러 온 것이라고 말했다. 그녀 아버지는 죽기 전 마들렌의 초상화를 본 적이 있는데, 초상화 속 마들렌의 모습이 마라라는, 뭐 그런 이름을 가진 여자와 똑 닮았다는 것이다. 마라?라는 여인은 미셸 당송?인가하는 사람이 젊었을 때 사랑했던 세네갈의 젊은 여인이었다는 것이다.

마들렌은 결국 거절했다. 그녀는 다른 사람이 받을 선물을 대신 받고 싶지 않았다. 미셸 당송씨가 사람을 착각한 것은 그녀의 잘못이 아니었다. 여인은 울면서 그 선물들을 들고 되돌아갔다. 잘된 일이었다. 그녀 또한 대답하기 힘든 난감한 질문들로 마들렌을 괴롭혀 울게 했다. 세네갈에 대해 마들렌은 아무것도 기억하지 못했고, 아무것도 알고 싶지 않았다. 사람들이 그녀를 아프리카에서 데려왔을 때 그녀는 너무 어려서 아무런 기억도 남아 있지 않았다. 가끔 바다 위에 반사되는 햇빛의 조각들과 노래들이 꿈에 나타나곤 했다. 그게 다였다.

게다가 그녀의 집은 세네갈이 아니었다. 그녀의 집은 과들루프의 카페스테르였다. 그녀는 브누아스트-카베이 가문이어서 그들의 영지로 돌아가기를 원했다. 특히 그녀는 그들이 자신의 초상화를 프랑스에 두고 가길 바랐다. 카페스테르에서는 아무도 그녀가 가슴을 드러낸 채 주인의 집 벽에 걸려 있는 것을 보지 않기를 바랐다.

그녀의 고향 카페스테르에서 그녀는 모든 것을 기억하는 한 노인을 알고 있다. 그는 늙은 오르페우스였다. 럼주를 너무 많이 마신 날이면, 그는 누구든 그의 이야기를 들으려는 사람을 붙잡고 자신은 마쿠이며 라풀이라 불리는 아프리카의 사막에서 왔다고 말했다. 우리는 그를 놀리기 위해, 그가 플렌테이션 농장에 도착했을 때 브누아스트의 아버지가 지어준 오르페우스라는 이름 대신 마쿠 라풀이라 불렀다. 그는 언제나 술에 취할 때면, 그가 어릴 때 만난 백인 악마의 나쁜 눈 때문에 노예가 되었다고 말하곤 했다.

마쿠는 그가 아기였을 때, 하늘에서 아프리카 마을에 떨어진 백인의 머리카락을 심하게 잡아당겼기 때문에 그와 누이가 납치되었다고 단단히 믿고 있었다! 마쿠 라플은 그의 누나가 탄 배가 지옥으로 떠나기 전에 그에게 이런 얘기를 말해줄 시간이 있었다고 맹세했다. 그는 8살, 그녀는 12살이었다. 그는 아무것도 잊지 않았다. 그는 술에 취할 때면, 그가 아기였을 때 백인의 붉은 머리카락을 잡아당기지 말았어야 했다고, 그것 때문에 그는 노예가 되었다고 반복해서 쉰 목소리로 말했다. 붉은 머리는 악마의 상징이었다.

다른 사람들은 모두 그를 비웃었지만, 나 마들렌은 그들처럼 웃지 않았다. 나는, 더 이상 오르페우스의 슬픈 망상에 울지 않기 위해서 온 힘을 다해 미소 지었다.

옮긴이의 말

# 이성의 바벨탑 위에 떨궈진
# 신성한 새의 깃털

《작별 너머》는 《밤에는 모든 피가 검다》(2023)로 한국 독자들을 만난 바 있는 다비드 디옵의 세번째 소설이다. 단 세권의 소설로 다비드 디옵이 프랑스 문단에서 이룬 성과는 놀랍다. 전작으로 〈고교생 공쿠르상〉과 〈부커 인터내셔날상〉을 수상하며 단숨에 존재감을 키운데 이어, 이번 소설은 출간 즉시 언론의 각별한 주목 속에 독자들의 뜨거운 사랑을 받으며, 아프리카와 프랑스 사이에 놓인 작가의 문학적 탐구의 밀도를 입증했다.

프랑스인 어머니와 세네갈인 아버지를 둔 작가는 파리에서 태어나 어린시절을 보내고, 청소년기의 한 시절을 세네갈에서 보냈다. 프랑스와 세네갈, 유럽과 아프리카는 그를 이룬 두가지 근원이자 작가적 문제 의식을 싹트게 하는 갈등의 근원이다. 현재 프랑스 포(PAU) 대학에서 18세기 문학을 연구하는 학자이기도 한 다비드 디옵은 학자로서의 정체성과 나긋한 문체로 첨예한 질문을 던지는 작가의 재능을 유려하게 결합시키는 데 성공한다.

《밤에는 모든 피가 검다》가 1차대전 중 프랑스 용병으로 전장에 보내지는 세네갈 소년병의 이야기를 다뤘다면, 이번 작품에선 반대로 18세기에 실존했던 프랑스 식물학자 미셸 아당송(1727-1806)의 세네갈 여행기가 소설의 토대가 된다.

'계몽주의 시대'라 불리는 유럽의 18세기 중후반을 프랑스인들은 빛의 시기(Les Lumières)로 불렀다. 당시의 진보적 엘리트들은 철학과 과학, 이성과 지식을 무기로 종교적 권위와 절대적인 왕권에 저당잡힌 인류의 이성을 해방하고자 했다. 이 빛의 전사들이 몰고온 바람이 사회, 정치의 영역에서 혁명이란 결실을 얻었다면, 학문의 영역에선 35권의 백과전서 편찬의 열망으로 결집된다. 그들은 신의 벽장 속에 갇혀있던 불가지의 세계를 열어 젖혀, 세상 모든 지식들을 이성의 논리로 집대성하여, 백과사전 속에 가지런히 담아내고자 했다.

주인공 미셸 아당송은 바로 이 시기를 살았던 식물학자로 자연백과사전을 집필, 과학의 역사에 위대한 족적을 남기고자 했던 인물이다. 그런 야심에서 미지의 땅 세네갈로 건너가 5-6년의 세월을 보내며 유럽에 알려진 바 없는 아프리카의 자연을 탐험하고 기록했다. 그러나 그의 세네갈 여행은 빛을 밝혀 어둠을 몰아내려했던 유럽 계몽주의자들이 정작 자신들의 등잔 밑은 어둠으로 채우고 있다는 사실을 깨닫게 해준 시간이기도 했다.

"나의 세네갈 여행의 목적은 식물들을 발견하기 위해서였지만 나는 거기서 사람들을 만났다. 우리는 교육이 빚어 놓은 열매다. 세상의 질서에 대해 알려준 모든 이들의 가르침을 온전한 선의를 가지고 믿고, 곧이곧대로 받아들였던 나는, 그들이 말한 대로 흑인들의 야만성을 사실이라고 굳게 믿고 있었다. 어떻게 내가 존경하는 스승들의 말을 의심할 수 있었겠는가? (…) 내가 신도가 될 뻔했던 카톨릭교는 흑인들은 타고날 때부터 노예라고 가르쳤다."

현지어를 익히고, 세네갈 사람들의 습성과 문화, 지혜를 온전히 접하면서, 아당송은 자신이 속했던 유럽 사회의 오만과 모순을 깨닫는다. 천부인권을 말하던 계몽주의 시대 지식인들은 흑인들을 포획하여 노예로 팔아넘기는 일에 문제를 느끼지 못하는 치명적 자가당착에 빠져있었다. 창조주 유일신과 그의 독생자를 섬기는 종교는 문명 사회의 것이나, 만물에 깃든 신성을 믿는 범신론은 미개하다 여기는 그들은 지극히 편협한 사고의 포로였다. 그러나 이것을 깨달은 아당송 역시, 여전히 자신의 시대와 사회로부터 자유로울 수 없었음을, 오늘까지도 어김없이 치유되지 않는 두 대륙간의 오랜 갈등의 심연을 작가는 섬세하게 드러낸다.

  임종을 앞둔 아당송은 딸에게 남긴 장문의 기록을 통해 누구에게도 밝힌 적 없는, '마람'과의 사랑 이야기를 전한다. 죽을 때까지 그가 가슴 품었던 여인 '마람'은 그에게 우아함과 아름다움, 야성을 남은 아프리카 그 자체였다. 두 사람은 모두 자연에 매료되어 있었으나, 그 방식은 서로 달랐다. "마람과 나는 자연의 신비에 대해서도 민감한 감수성을 지니고 있었다. 그녀는 자연의 존재들과 자신을 일치시키려 했고, 나는 자연을 꿰뚫어 보고 세세히 파악하고자 했다." 아당송으로 대표되는 유럽인은 인간이 자연의 주인이라 여기며 자연을 이용해 명성과 부를 추구했고, 마람으로 대표되는 당시의 아프리카인은 자연을 섬김의 대상으로 여기며 그들과 더불어 평화롭게 지내려고 애썼다. 화해하기 힘든 두 세계 사이엔 여전히 채워지지 않는 골이 자리하고 있다. 아당송이 구하지 못했던 마람, 끝내 이룰 수 없었던 전율같은 사랑에 대한 회한은 아프리카가 그에게 건넨 통찰을 손가락 사이로 빠져나가게 만든 자신의 한계, 그 어리석음에 대한 통한이기도 하다.

  공적 기록이 비워둔 여백을 문학적 상상력으로 채워낸 작가 특유의 마술적 서사는 이성과 지식의 허무한 바벨탑을 쌓던 유럽 지식인들 머리 위에 아프리카에서 날아온 신성한 새의 깃털을 떨군다. 디옵의 문학은 두 대륙 사이에서 다시 한

번 날갯짓하며 도약한다.

### 역자 목수정

재불 작가, 번역가.
지은 책으로 《밥상의 말》, 《칼리의 프랑스 학교 이야기》, 《야성의 사랑학》, 《뼛속까지 자유롭고 치맛속까지 정치적인》 등이 있고, 번역한 책으로 《페미니즘들의 세계사》, 《에코사이드》, 《자발적 복종》, 《멈추지 말고 진보하라》, 《밤에는 모든 피가 검다》 등이 있다.

# 작별 너머

초판 1쇄 발행 2025년 11월 19일

지은이 다비드 디옵
옮긴이 목수정
발행인 김희영
펴낸곳 희담

디자인 신미연
일러스트 Adèle Vey
인쇄 헬로우프린텍

등록 제2024-000109호
주소 10909 경기도 파주시 번뛰기길, 23-21, 401호
도서문의 070-7856-7720
전자우편 mignon5@naver.com
블로그 http://blog.naver.com/heedampublisher
ISBN 979-11-958794-7-2  03860

* 책값은 뒤표지에 있습니다.

 Cet ouvrage, publié dans le cadre du Programme d'aide à la Publication Sejong, a bénéficié du soutien de l'Institut français de Corée du Sud – Service culturel de l'Ambassade de France en République de Corée.

이 책은 주한 프랑스대사관 문화과의 세종 출판 번역 지원프로그램의 도움을 받아 출간되었습니다.